夏雪缘 著
XIAXUEYUAN
唯美纯爱言情小说

幸福微甜

Happiness is little sweet

夏雪缘 著

湖南少年儿童出版社
HUNAN JUVENILE & CHILDREN'S PUBLISHING HOUSE

图书在版编目（CIP）数据

幸福微甜 / 夏雪缘著. -- 长沙：湖南少年儿童出版社，2012.3
ISBN 978-7-5358-6350-8

Ⅰ．①幸… Ⅱ．①夏… Ⅲ．①长篇小说－中国－当代Ⅳ．①I247.5

中国版本图书馆CIP数据核字(2012)第025878号

| 责任编辑：周 霞 吴 蓓 |
| 品牌运营：Sean.L |
| 特约编辑：李 黎 |
| 视觉监制：611 |
| 文字编辑：杨汪芬 |
| 装帧设计：严曼丽 陈 辉 |
| 插画制作：索·比昂卡创作组 |
| （Daisy） |

出版发行：湖南少年儿童出版社
地　　址：湖南省长沙市晚报大道89号　邮编：410016
电　　话：0731-82196340（销售部）　82196313（总编室）
传　　真：0731-82199308（销售部）　82196330（综合管理部）

经　　销：新华书店
常年法律顾问：北京市长安律师事务所长沙分所　张晓军律师
印　　刷：长沙福盛印务有限公司
印　　张：16　　　　　　　　　　开　本：660 mm×960 mm　1/16
版　　次：2012年5月第1版　　　　印　次：2012年5月第1次印刷
定　　价：26.80元

版权所有 侵权必究
质量服务承诺：若发现缺页、错页、倒装等印装质量问题，可直接向本社或印刷厂调换。
服务电话：0731-82196362 / 84887200

目录 Mulu

- 序章　初雪下的擦肩瞬间　001
- Chapter1　握紧没有温度的手　007
- Chapter2　唤醒过往美好记忆　035
- Chapter3　微妙错误的租赁客　057
- Chapter4　隐藏海蓝之星光泪　081
- Chapter5　坠下美好留在指尖　103

目录 Mulu

Chapter6 月夜轻弹心中思念 129

Chapter7 再也无法珍藏约定 149

Chapter8 遗失海边的双生链 173

Chapter9 再次逆转所有告别 191

Chapter10 在折痕的地方等待 211

尾声 永不消逝的爱恋歌 235

序章

初雪下的擦肩瞬间

高速公路上，黑色的玛莎拉蒂一路疾驰。

天空是阴沉的蓝灰色，一丝云都没有。微凉的风带来淡淡的湿意，预示着将会有一场风雪到来。

他冰冷的手指僵硬地握紧方向盘，僵直的身上有着浓烈的酒气。

冷风不停地吹过他的面庞，尽管如此，他也没有想关闭车天窗的意思，任由冰冷的空气包围着自己。

他的眼眸中除了冷漠再没有第二种光芒。

咖啡的热气在他面前弥漫着，他冷漠地看着自己信赖的经纪人。面前这个从他出道开始就陪伴在他左右的人突然间变得陌生起来。

许久，他的嘴角扯出一抹冷笑："也就是说，因为我的人气不如她，所以就算错的人不是我，也要承担这个后果？"

"Siyanie（俄文人名，意为闪耀的光芒），你明白就好。想想看，有多少明星被封杀了还不是照样有出头的那天。你至少比他们有更多机会，现在就当是放长假，调整好心态吧！"

"放长假？"他的背脊变得僵硬起来，目光冰寒。

"对呀！你不是一直都很想完成学业吗？这就是个不错的机会。我已经为你联系好了适合的学校。"

"这……"他依旧冷笑，锐气逼人的面孔上带着如王者般的骄傲，"确实很不错。"

Siyanie——他的另一个名字。

在俄文里，Siyanie的意思是炫目的光，宛如浩瀚宇宙中最遥远却又最清亮的一颗星辰，似梦又似幻影一般，怎么抓也抓不住，永远不可能在任何一个人的手掌心停留。

在公路旁边的紧急停车道内急刹车后，他像是濒临溺水的孩子般大口地呼吸。这时，晶莹剔透的雪花从空中缓缓飘落，静悄悄地落在车顶，落在他身上。

他伸出手。

在路灯的照耀下，雪花轻轻飘落，带着淡淡的凉意，居然没有在他的掌心融化。

他忍不住轻声问自己：还坚持什么？

然后，他发动车子，继续驶向未知的前方。

雪似乎越下越大了，天地间一片耀眼的洁白。

寂静的街道。

因为突然而至的大雪，此时路面上并没有什么人，道路两边的昏暗灯光柔和地洒下，一辆公交车在站牌下缓缓停住，只有零星的几个人陆陆续续从公交车上走了下来。

公交车缓慢地开走了。

雪纷纷扬扬地下着，地上的积雪越来越多，软软的，踩上去的时候会发出"咯吱咯吱"的响声。海公主默默地看着面前飞舞的雪花，静静地朝回家的方向走去。

忽然，她站住了。

她左手方向有一个小小的报刊亭立在风雪中，整个报刊亭被刷成浅浅的绿色——她最喜欢的颜色。

她提着书包站着不动，看着报刊亭，然后深深吸了一口冰冷的空气。其实，她也不知道自己为什么会在每天都会经过的报刊亭处停下了脚步。

"需要点儿什么吗？我这里有今天早晨刚出的《影视周刊》还有很多杂志……"报刊亭的主人开始热情地推销，这可能是他下班之前的最后一笔生意。

"嗯……不了。如果有《单元夺冠测试卷》的话，我买一本英语的。"

"好的。您稍等，我给您找找。"

拿到卷子，海公主随意地翻了翻，正要把卷子装进书包，忽然一辆黑色敞篷跑车急速经过，她乌黑的头发随风飘动，刺骨的冷风夹着冰冷的雪花向她袭来。

"哗——"

卷子全被吹飞了！

她慌忙蹲下去捡那些落在地上的卷子。

"可恶——"

那个抱怨的声音很小，却清晰地传进他耳里。同时，还有一种淡淡的清香从他的鼻间飘过。

他下意识地停下车，视线转向后视镜——

他瞬间怔住。

在他的面前仿佛有无数只白鸽在飞舞，整面后视镜里都是一片白色，从天空降落的雪花恍若长了翅膀的雪精灵。

一个天使般的少女蹲在地上捡着什么，眉头微微紧蹙。

他有一刹那的失神，不知不觉间，心神竟被那个陌生的女生给夺去。

等到清醒过来,他很快地转过头往后看去,但是报刊亭旁已经没有那个蹲下捡东西的身影。

雪花从他面前静悄悄地飘落,天与地之间,除了晶莹的洁白,再没有第二种颜色能进入他的视线。

他走下车,走到报刊亭旁。

一张白色的试卷安静地躺在他脚边的雪地上。他看了看,眼眸中闪现一丝淡淡的光,然后,他俯下身去,伸出修长的手指,默默地捡起了那张试卷。

试卷的边角带着点儿水渍,应该是刚刚那个女生落下的。

"需要点儿什么吗?我这里有今天早晨刚出的《影视周刊》还有很多杂志……"报刊亭的主人又开始一如既往的热情推销。

新堂圣的面容宁静,琥珀色的眼眸透出淡淡的光亮来,薄薄的唇角动了动,声音清远:"这样的测验卷……"

既然要学习了,那就让他好好地学一番吧!

"每个科目都各来一本。"

Chapter1

握紧没有温度的手

半个月后。

中午的阳光透过九画堂学院餐厅的落地玻璃窗照射进来。

扎着粉红色蝴蝶结的女生手托餐盘四处张望，试图在午休的就餐高峰期找到空位。终于，她眼前一亮，对身边个子矮小的同伴说："快！去那边！"

她手指的方向果然有一张空空的四人桌，那四人桌只有靠窗的位子坐着一个女生，其余三个位子都是空的。

那个女生正在安静地用餐，整个人看起来懒洋洋的。她的肌肤晶莹宛若透明，茶色的浓密长发微微卷曲，如丝缎般在阳光下闪着耀眼的光泽。

"啊，公主……"矮个子女生脸都绿了，随即提出强烈的反对意见，"不过去！"

"公主？什么公主？"蝴蝶结女生眼珠不解地转动了一下，"难道那个女生是一个公主吗？"

"才不是哩！她是姓海名公主而已。"矮个子女生低声嘀咕，"一个很奇怪的名字……总之，别坐那里，再找找看有没有其他的空位。"

蝴蝶结女生摇了摇头："不要啦！就坐那里怎么了？只有那个地方有空位子啊！"

"千万别过去！你刚转学过来，不知道海公主的事。要知道如果和她靠得太近是会倒霉的！上个礼拜就有人不信，结果……"

声音渐渐远去。

大理石的窗台上落着薄薄的积雪，有一只小鸟飞过，停下来，收起自己的翅膀，仿佛有点儿好奇地歪着头看着食堂里的情形。

海公主静静地握紧了手中的勺子。她的手因为太过用力而暴露出青色的血管来。

她仰起了头，冬日清凉如水般的阳光温柔地洒落在她白皙的脸上，于是，她的面庞便蒙上了一层晶莹剔透的光晕。

她的眼神淡漠得如隐在雾里的星光。

她知道自己是不受欢迎的人，一直都是如此，似乎从她出生的那一刻就注定了。在她半径三米之内仿佛被设下了阴沉沉的结界，所有人都得绕道而行，否则就会有不祥的事情降临。

无一例外，直到他的出现……

*** *** ***

四月底，绽放着的白色樱花仿佛是永远都不会融化的初雪，在海公主的面前轻轻飞舞。

九画堂学院就像是一座极美丽的花园。在每一栋建筑物旁都会种上成片但是种类各异的花草树木，不仅是教学楼，还有食堂、学生宿舍，总之每到一处都可见绿树成荫。有的是青竹，有的是杨柳，有的是枫树，还有的是桂花树……而面前通往图书馆的道路两侧则是梦幻的樱花树。

此时樱花正悄然绽放，再如春雨般细细碎碎地飘落。

放学不到五分钟，海公主抱着一摞书朝图书馆的方向走去。

通常这个时间段图书馆里的人会很少，偶尔有同学趁着回家之前借几本书来阅读，而她则是去还书的。

微风轻轻地吹过，她长长的茶色卷发便随风飘舞。花瓣被风吹落，轻轻地落在她柔软的长睫毛上，她的面孔上带着宁静的光芒。

不远处，美丽的阳光温柔地洒在一栋蓝顶白壁的大楼上，那里就是校图书馆。

在大楼的顶层上有一座古老的钟，每当钟声缓缓地响起，楼前的小型喷泉就会向半空中喷涌出灿烂的水花，就像被施过华丽的魔法一样。

据说这是从九画堂建校开始就有的景观，有很多别校的学生也慕名而来，仿佛这是一处热门的旅游景点。

然而此时的水池周围一片冷清。今天古钟被敲响的时间已经过去，喷泉自然不会再喷出美丽的水花。因为是放学的时间，图书馆又在校园里比较偏的位置，所以这里已经没有学生了，图书馆前一片静谧。

海公主直接上了三楼旧书室。

推开门，她走了进去。寂静的房里，夕阳的余晖在木质地板上缓缓流动，细微的灰尘颗粒在空气中旋舞。

一排排陈旧的书架，罗列整齐的图书，还有旧书独有的味道在她的鼻间弥漫着。她静静地绕过一排排的书架，直到走到外国文学区才停住脚步。

她正打算将手中的书放回原位，哪儿知道一个人立在那儿，正好挡住了她。

夕阳的光芒从玻璃窗外投射进来，安静而温柔地笼罩着那个瘦高的少年。

他的肩上随意搭着个橘色书包，正在认真地翻阅手中的旧课本，神情宁静，看起来就像是童话里高傲的王子。那是一种从骨子里散发出来的、与生俱来的高贵。

从海公主所站的角度看过去，那个人的侧脸精致完美，有着一头如黑夜般浓黑的短发。他整个人仿佛是被镶嵌了一圈灿烂夺目的光环般，整洁的衣服折射着阳光，闪耀着柔和的金色光芒。

像是察觉到有人在看自己,他轻轻侧过头,目光在一瞬间触到了站在书架另一端的海公主。

他英气的眉毛微微地扬了扬,如黑玛瑙一般明亮的眼中仿佛落入了星星的光芒。

他就这样凝视着她。

像夜风徐徐地吹过……

像淡淡的秋阳照入心田……

像终于遇见那个他一直等待的人……

海公主怀抱着书籍的指尖轻颤了一下,她只觉得一阵窒息,心中徒然涌起一阵异样的感觉。

从未有人这样凝视过她,那双眼眸幽暗深邃得就仿佛是看不到边际的夜,她想挣脱,却发现早已经被他的目光锁定,一动也动不了。

她不喜欢这种感觉,微微地皱了一下眉,连忙转过头去,再也没有去看他的眼睛。

视线落在一旁未被关闭的那扇窗子上,微风缓缓地从她的面颊旁吹过,带给她一丝丝清凉。

"同学,麻烦你让一让。"海公主礼貌而客气地说着,声音中透着一股一贯的疏远,"我要把书放回去,所以——"

"麻烦你让一让。"这是她对他说的第一句话。

少年的嘴角有一丝不易察觉的浅笑,他将手中的书放回原位,然后侧身让开了一点点,却没有离开旧书室的意思。

*** *** ***

傍晚的阳光很柔和,樱花树的叶子在高高的树枝上轻摇,偶尔一阵风吹过，晶莹如雪的花瓣便细细碎碎地轻盈飘落。天空如水般透明。

海公主提着书包在前面走着，后面是那个高傲的少年，两人之间隔着不远不近的距离。

从图书馆里出来，那个少年就一直跟在海公主的身后，像是无声无息的影子般，可他的一举一动都带着贵族般的倨傲与吸引力，让人无法忽视。

校园里安静得只有树叶的轻响。

"这么美丽，却仅有四到十天的寿命。"那个少年突然在海公主的身后发出感慨，打破了刚刚一直维持的静谧氛围。

海公主回头。

那个少年正走在盛开的樱花树下，头发如黑玉一般散着明亮的光泽。他微微仰着头，脖颈处的肌肤细致如最美的瓷器。

他边走边看着那些樱花，漆黑倨傲的眼眸中隐约流露出一抹怜惜。

海公主怔了怔，收回视线，继续朝校门走去。

忽然，夕阳隐去了，天边传来轰隆隆的雷声。

刚刚还晴朗的天空说变就变，海公主下意识地加快了脚步，但雷声并没有理会她的行走速度，仍是接二连三地轰然响起，乌云越来越密集，眨眼间就滴答滴答下起雨来。

此时，海公主刚走出校门口，距离公交车站还有一段好长的距离，而这条路又非常僻静，平时就连出租车都拦不到，更何况现在还下着大雨。

看来，她今天注定要被淋成落汤鸡了。

"你没有带伞吗？"

一个声音在她身后响起，恍若一团冰花在白雾里缓慢地绽放开来。

她转身，少年的双眼一下子点亮了她心里那块黑暗阴冷的地方。只见他的身后拉着长长的阴影，湿漉漉的地面闪着微光。

他朝她走来的瞬间，一片樱花的花瓣从他肩上飘落，悄无声息地掉在了地上。

"我的借给你。"

雨静静地下着。

冰凉的雨水从海公主的面颊上滴落。

在少年的声音落定之后，整个世界仿佛变得寂静了。

海公主的目光穿过透明的雨雾静静地凝视着少年。他手中拿着一把蓝色雨伞，可是显然他只有一把伞，他为什么不自己用呢？

雨打在道路两旁栽种整齐的樱花树上，然后顺着细细的苍绿叶脉簌簌地滚落到地上，溅起如水晶般透明的水珠。风肆意吹着，带着一阵滋润的水汽，拂过脸庞时隐含着一股幽远的清香。

海公主默默地注视着他，缓缓地，她的唇角牵起一道浅浅的弧度。她轻轻地开口："不用了，谢谢。"

她的声音淡淡的，像风一样。刹那间，周围如死寂一般，只听得到风吹树叶的簌簌轻响。少年的脸色没有丝毫变化，只是眼睛里的光亮明显暗淡下去。

他看着她，密长的睫毛上挂着雨珠，桀骜的双眼如同漆黑夜空中最遥远的寒星，隐约有水雾在他的眼中弥漫。

雨还在下，周围弥漫着一股不知名的幽香。

"啪"的一声，雨伞被撑开了。

下一瞬间，少年执拗地抓住了海公主的胳膊，把她纤瘦的身体拉进了伞下。

他和她同在一片蓝色下。

他气势凌人，下巴有着倨傲的线条，眼眸中映射出坚定的光芒，不容拒绝地开口说："对不起，我想你现在是必须站在伞下的。"

海公主微怔，和少年面对面站着。他距离她是那样近，可她感觉他距离她是那样远，远得就仿佛天边的流星一样，会在一瞬间从她的面前迅速滑落。

雨沿着雨伞的边缘滴落，仿佛是一帘晶莹剔透的水晶。

海公主淡淡地望了一眼伞外的雨，感觉胳膊上原本冷冰冰的肌肤变得异常温暖——这是从他手掌传递过来的，而且这种温暖一直蔓延进心底，就像每次遇到让人伤心难过的事时，妈妈在身边柔声地开解安慰她一般，让她依赖和眷恋。

气氛有点儿怪异。

海公主的脸色苍白透明，茶色的长卷发被风吹得胡乱飞舞。

少年担心地看着她，想伸出手去抚摸她湿透的头发。可就在他的手离开她胳膊时，一辆酒红色宾士车停在了他们旁边。

车窗被摇下来，一个挽着发髻面容清丽气质淡雅如紫色郁金香的贵妇人探出头来。

天空阴沉沉的布满阴霾。雨中，许许多多的花瓣在飘零飞舞。

四周静悄悄的。

少年忽然拉起海公主的手，将雨伞交到她的手中。海公主望着他，淡漠的眼睛透着疏离，渐渐地涌出一股迷茫的淡雾。

然后，她将手中的伞又递回他的手里。

谁都没有减轻丝毫力度，犹如一场无声的、没有硝烟的拉锯战。

他凝视着她。

她也凝视着他。

两人的目光在雨中交汇。

这时，宾士车里的贵妇人鸣了一下车喇叭，尖锐的声响使得两人的目光同时落在了贵妇人身上。海公主这才注意到，那个贵妇人有着纤细挺拔的鼻梁和小巧的下颚，虽然眼角显出些许岁月的痕迹，但依然美丽得惊人。

此时，贵妇人正对着少年露出优雅的笑容："你迟到了。列泽华小帅哥，当心列培大帅哥惩罚你。"

说到"惩罚"二字时，贵妇人的笑意更浓了，却丝毫不含一丁点儿凌厉，看起来反倒像是在开一个小小的玩笑，眼中更多了一丝宠溺的味道。

原来他叫列泽华。海公主在心里重复了一遍面前这个少年的名字。

列泽华如寒星一般的黑眸中闪动着复杂的光芒，最后一次把伞交到海公主的手里，像守护着他心中最神圣的信仰，周围的一切对他来说似乎都是不存在的虚拟空间。

他只望着她，告诉她："一把伞而已，没有什么道理让你一而再地拒绝吧？"

说完，还没等海公主做出任何反应，他便头也不回地走向宾士车，拉开后面的车门坐了进去。

透过车窗，他和那位贵妇的谈话声隐约传出来。

"我为了准备礼物才会耽误一点儿时间……"

"那——那个女生是怎么回事？"

"你知道我不喜欢多做解释。"

"臭小孩！可我是你的母亲，就不要这么吝啬，对我透露一点点就好！我很好奇，你追她追了有多久？连你老爸的生日都可以耽误，还在这里搞浪漫的雨中散步。"

"嘿，神女士，难道你忘记那句台词了？好奇害死猫！"

"喂！不说就不说，你怎么又提起猫？明明知道我最害怕那种动物，碰一下就会起红疹，就算是听到这个字也会觉得不舒服。你是不是想害你老妈在你老爸生日的这天出疹子？"

"哦，我忘记了，原来神女士也有害怕的东西啊。"

"臭小孩，我知道你是故意的。现在你迟到了，看你老爸怎么惩罚你！"

"是吗？我相信等爸爸看到我精心准备的礼物时，就不会想着怎样惩罚我了。"

"什么样的礼物？我可要拭目以待喽！"

……

车子终于被发动了，急速驶向前方，很快就消失在细雨中。

撑着蓝伞的海公主在原地，脑中闪过了几个片段的画面。

刚刚那个贵妇人好像是红极一时、颇具传奇色彩的影后——神彩华。

因为母亲很喜欢神彩华演的影视剧，经常看得很入迷。有的时候海公主也会忍不住好奇地瞄上几眼，想看看究竟是什么样的影片能这么吸引母亲，所以才会有些印象。记得母亲说过，这位影后美丽得令当时上流社会的男人们惊叹倾倒，但她嫁给了一个不出名的动物学研究学者，后来就跟她的丈夫一起去了南极，从此再无任何消息，让媒体叹息不已。

她的老公好像就叫列培。

整片天空变得更加灰暗，雨丝毫没有停止的意思。

回到家后，海公主在自己的房间里踱来踱去，手中是那把蓝色雨伞。她该怎么还给他，想了半天，还是没有头绪。海公主放下雨伞，走到窗台边，支起画板，铺好画纸，然后开始细心地调着油彩。

雨打在玻璃窗上，发出乒乒的清脆声响。

第一次在夜晚作画，她竟然全神贯注地画了三个小时才放下画板。

这时的窗外，雨早已停歇，夜空中原本晦暗的星辰亮起来了。画板上那副未成形的油画，隐约可以看得出是一个男生，但只画好了眼睛的部分。那是一双冷漠的眼睛，冰冷如破晓时分的寒雾，却又隐藏着一丝暖意，仿佛窗外氤氲的水雾穿过画纸蔓延进去，倨傲、迷离，还有点儿若隐若现的脆弱。

★★★ ★★★ ★★★

  有时候，海公主会想，如果那天列泽华没有和她说话就好了。

  因为，在那之后的第二个礼拜，他在一次体育课上跳远时碰到了石头，膝盖受到了不可治愈的重创，以后都不能做剧烈运动了，甚至跑得太快也不可以。

  没有人知道那么大一块石头为什么会在跳远场地，又怎么会掩埋在层层细沙之下。大家只知道之前的同学没有受伤都是因为跳得不够远，偏巧在跳远方面突出的列泽华正好跳到那个位置。

  所以，他以后都不能再跳那么远了。

  听同学们这样议论着，海公主的心好像被一根很细很长的丝线缠绕住了一样，越揪越紧，最后疼得她已经忘记疼痛的感觉，只有眼中有星星点点的湿润，如一层薄薄的雾气不断地涌上来，异常冰凉。

  天空蓝得如同海水一般澄澈美丽，偶尔有几朵云飘过。

  空寂的旧书室里，列泽华的影子在光滑的大理石地面上无声地晃动。从那天以后他就再也没有见过她。

  他几乎每天都在这里等到图书馆关门的最后一刻，可她始终没有出现……会不会是他住院期间她来过了？

  但是，为什么他走遍学校里的每一个角落都找寻不到她的影子？她就仿佛是透明的空气一样，让人可以感受得到她的存在，可是让人无法抓住。

  莫名地，列泽华的心开始慌乱不已。

  修长的手指缓缓地滑过书架上排列整齐的图书。列泽华感觉，似乎有一种思念在不知不觉间注入自己的心田里，并在短短的时间里生根发芽，茁壮成长。

他抽出一本书，急躁的翻书声在寂静的旧书室里响起。

"麻烦一下——我找这本书已经找了好久，能不能先借给我？"

柔美的声音像是一首最动人的诗歌般，从旧书室的门口传了进来，带着坚定的诚意与些许期待。

翻书声停止。

列泽华抬起头。

面前似乎有一道耀眼的白光闪现。

海公主站在门口，眼睛像海水一样透着清雅内敛的气质。茶色微卷的长发用一枚象牙白的发卡夹起来，几缕斜斜的刘海儿散至额间，整个人看起来淡然宁静。

她神态谦恭温和地对一旁的另一个短发女生说："我保证会看得很快。你只要给我一个晚上的时间就好，第二天我就还给你。"

短发女生冷笑："你找了很久，我也找了很久！有什么道理要我先借给你？而且，既然你已经等了这么久，就不差等我看完再看了！"

"可是……"

"废话那么多做什么，不借就是不借啦！"短发女生不屑地白了海公主一眼，恶狠狠地说，"也不看清楚自己是个什么样的人，被你碰过的书再交到我手里，天晓得会有多少倒霉的事情排队等着降临到我身上！想看书，先洗干净你的手再说吧！"

"哦。"海公主的眼神有些淡漠，有些麻木，仿佛如此荒谬的说辞已经在她的世界里重复地上演过无数次了。她已经记不清这是第几次、第几个人对她说因为她的缘故就会沾染上倒霉的事情。

可即便如此，她还是不禁有一点点恼怒。她一向最反感别人嘲弄的目光。

"只是一本书而已，就像你说的，我等了那么久，真的不差这些时间……"

"知道就好！"

"不过——"

海公主无视短发女生得意扬扬的嘴脸，淡淡地说道，"也正如你所说的，被我碰过的东西就会沾染上倒霉的事情，那怎么办才好呢？我刚才好像不小心碰到了你……"

"什么？"短发女生的瞳孔一点点放大，硬生生地打了个寒战，仿佛已经步入了地狱一般，吓得脸一阵白一阵紫，什么话都说不出来，傻傻地张大着嘴巴，看起来滑稽极了。

海公主转身准备离开。

"同学——"

一个恍如冰花绽开般的声音响起。

就像庭院里悄悄生长的花草们淡淡的影子，列泽华静静地走了过来，而且愈来愈近，最后他站到了她与短发女生之间。

海公主眼中闪过一丝隐约的亮光。她终究还是遇到了他……

是宿命吧？

她躲了他那么久那么久之后，还是和他不期而遇。

也许——

真的是宿命吧！

"同学……"倨傲冷漠的列泽华对短发女生打招呼。清冷的阳光笼罩着他。他的态度就像古欧洲的贵族一样，有礼而疏远。

"你好，我是A班的列泽华。我想拜托你一件事情，好吗？"

"好啊！好啊！"

短发女生激动得泪水都快流出来了。她已经忘记刚才的担忧，浑身的血液在瞬间都冲到头上去了，眼里只有这个如神一般的男生。

列泽华对着短发女生微笑，笑容俊美却有点儿勉强："你手里的这本书先借给我看，可以吗？"

"啊！"短发女生的脸涨得通红，拿着书的那只手乱扭着不知该摆到什么地方才合适，只有拼命地喘气，"天哪！列泽华笑了！我……我不是在做梦吧？"

"谢谢你了！"列泽华又朝短发女生露出一个温柔的笑脸。

"哦！哦！"短发女生激动得差点儿晕倒，她的声音在颤抖，手也在颤抖，"你……你……你想看……拿去就好……不……不用说谢谢啦！"

从短发女生手中接过那本书后，列泽华还是礼貌地再次道谢："真的很谢谢你。我会很快看完再还给你的。"

然而此时的短发女生一点儿都不在乎自己费尽精力与时间得到的书什么时候才会被还回来，她兴奋得仿佛疯了一般，尖叫着跑走了。

长长的走廊里，她越跑越远，边跑还边手舞足蹈地疯狂尖叫着——

"天哪！列泽华笑了！"

"天哪！列泽华刚刚对我笑了！"

等那个女生完全消失在走廊上，列泽华将手中的书递给海公主。

"你？"海公主眼睛微眯，原来他是借来给她的……指尖接触到纸质的书面，她正好抬头碰到他的目光，他的眼眸如星芒般闪亮，有淡淡的快乐和孩子气的得意。她想笑，然而又不知为什么，她忽然想起那些流言飞语。

他……不能再跳那么远……

他因为她……以后都不能再跳那么远……

她的心脏倏地紧缩，仿佛有深冬最寒冷的气流自头顶灌入，冷冰冰的，一直冷到她的手心，她的手指不自觉地僵硬收紧。

接过那本书，海公主淡淡地说："谢谢。"

说完，她拿着书准备离开。

"这几天我发现了一个很不错的地方。"

列泽华完全没有察觉到她想要离开，自顾自地说着，兴致勃勃的他犹如一个急于献宝的孩子一般，但可惜，他说完后并没有得到期待中的追问。

海公主只是安静地看着他，眼神无比淡漠。

列泽华微微眯起双眼，看着一言不发的海公主，有点儿不可思议地睁大眼睛，仿佛是惊讶于海公主的沉默。

他凝视她："难道你不想和我去看看吗？"

海公主没有说话，她垂下睫毛，遮住眼中复杂的情绪。

列泽华走近她，眼眸清亮如星辰："跟我走吧！"

海公主的心跳忽快忽慢，脑中一片空白。她……她该不该跟他走？然而就在她还犹豫不决的时候，手已经被列泽华很自然地牵起。

他的手指温热。

她无法说出拒绝的话来，有种奇异的幸福悄悄地在她的心底抽芽开花，她控制不住地想要这份幸福。

"在那里，我有件东西想送给你。"

他带着她走出旧书室，唇边露出淡淡的笑意。

爱她，就请她吃哈根达斯。

这份只与你最心爱之人分享的甜蜜。

在维也纳广场新开的哈根达斯冰激凌店内，布艺的沙发椅干净而舒适，餐盘明亮精致,音箱里放着悠扬动听的抒情歌曲。

把你的手放在我的手心里

对你轻轻地说句喜欢你

不管什么原因我都会愿意

和你永远不分离

……

当幸福旋律响起 好想紧紧抱着你

我不管你愿不愿意 我都会用心去疼你

再大的风风雨雨 我都会保护你

……

我会借这首情歌 唱歌给你听

……

把你的手放在我的手心里

对你轻轻地说句 我爱你

……

临街的座位。海公主看着桌上一盘色彩华丽的哈根达斯冰激凌,忍不住想起那句广告词:爱她,就请她吃哈根达斯。

她迟疑了。

桌对面坐着如太阳神一般倨傲俊美的列泽华。

他看向海公主的时候,她已经将视线从冰激凌上移开望向窗外了。她似乎在想些什么,有些悲伤,眼睛里有种迷离的神情。宁静的阳光淡淡地将她笼罩,恍惚间,她仿佛根本不存在,只是一个如泡沫般虚幻的影子。

列泽华屏住呼吸。

"怎么了？难道你不喜欢吃这个？"

问这话的时候，他的目光暗淡下来。她没有吃那个冰欺凌，这是不是代表着……她没有喜欢他……

海公主迎着列泽华的目光，没有说话，脸色有些苍白。

时间慢慢地流淌过去。

就在那些好看的嫩黄色冰激凌快要融化的时候，海公主深深地吸了一口气，拿起餐桌上的勺子，舀起一勺放进嘴里。

然后，她轻柔地说："很好吃。"

★★★ ★★★ ★★★

天空蔚蓝如洗。

在每周一例行的升旗仪式结束之后，很多同学都没有直接回教室，而是都聚集到了一个地方。

校园广场旁边的大布告栏上竟贴了一张小小的油画。

油画里有一个少年站在樱花盛开的庭院里，淡红的霞光透过晶莹娇嫩的花瓣缝隙斜斜映照在他身上。他望着布满晚霞的天空出神，面容有着王子般的高贵与圣洁。他身上穿着的卡其色衬衣略显陈旧，画面定格在他衣角被风吹得轻轻飘起的瞬间。

同学们呆呆地站着。

这幅画画得实在是太美了。

有女生开始尖叫，仿佛一颗心脏要跳出喉咙。

"哇！"

"这画的不是列泽华吗？"

当这个疑问被提出来的时候，一个秀气的男生站在人群里大声说："其实这是海公主画的……"

说着,他走上前,伸出手指了指画的右下角:"你们看,这边上还有她的签名呢!尽管她隐藏得很好,但还是被我发现了,哈哈……听说海公主暗恋列泽华,原来这是真的!只是没想到她这么不要脸,竟然以这种方式公开向列泽华告白。"

他说完,人群里传来一阵低低的吸气声,然后是——

"啊!"

更大的惊呼声。

围观的人纷纷议论起来——

"什么?虽然喜欢列泽华的人很多,可是海公主她也太不要脸了!"

"可恶!像列泽华这种只能在童话故事里出现的王子是不能够被任何一个女生独占的!"

"就是说呀!列泽华是大家的,是所有人的梦想。"

"列泽华是只可以远远地欣赏的,绝不可以有人自作主张地单独送他礼物、情书之类的,还有也不可以试图约会他!海公主她以为自己是谁呀!"

"所以,海公主胆敢这样公开地追求列泽华,她就甭想再在学校里混下去了!"

"……"

缕缕阳光照射下来。

黑压压的人群聚集在布告栏前,直到一个气质冷漠的人从人群中走出来,他面无表情地自人群中向前走,学生们纷纷闪开,人群离他如此近,却没有人敢跟他打招呼,虽然尖叫涌动在胸膛里但还是没有女生再敢喊出来。

那个人就是列泽华。

世界变得宁静。

只有那个秀气的男生有些局促不安。

恍如冰花在雾气里缓缓绽放，列泽华站到了秀气男生的身边。在场的所有同学都惊讶地看着他。

整个世界寂静无声，只有鸟儿在绿树枝丫上活泼地鸣叫。

他气势凌人，冷冷地看着面前的这些人，眼神比以往更加冷漠，然后默默地走到布告栏边，手指轻轻抚摸油画的边角，动作轻柔，就像在爱抚恋人一般。

秀气男生见状，急忙凑了过来，一脸嗔怒地说："哥，这上面画的是你，是海公主画的，估计也是她自己贴过来的，目的就是想引起你的注意！"

列泽华的眼神顿时变得冰冷。

他没有说话，将油画小心地撕下来，如珍宝一般捧在怀中。任谁都看得出来他喜欢这幅画，没有丝毫嫌弃的意思。

空气瞬间变得窒息。

秀气男生有点儿着急了。

"哥，就算这幅画画得确实还不错，可这是海公主画的！她那样的女生有什么资格喜欢哥……"

列泽华眉心皱起，冷冷地看着秀气男生，声音冷淡而疏远："不管你是谁，请你叫我的名字，我没有兄弟姐妹。"

身后传来一阵阵笑声，同学们用不屑的眼光瞟着秀气男生——想拍马屁可惜找错了对象。就算上流社会有头有脸的公子小姐们，拿这一套使用在列泽华身上都未必吃得开，更何况是一个普普通通、没有任何背景的他？

秀气男生脸红红地说："列泽华，你喜欢海公主……"

列泽华冷冷地看着他："跟你有什么关系？"

"原来你真的喜欢海公主！"

列泽华笑了，笑容不屑而且冷漠。

"你说呢？"

列泽华一句话把秀气男生问怔了，他尴尬地站着。

"你们有什么权利对别人评头论足？"

一个淡淡的声音响起。

"就算是喜欢，也是两个人彼此之间的事，不关你们其中任何一个人的事。"

众学生循声望去，不知道什么时候，海公主已经来到了人群中。

同学们打量着她。

阳光下，她一头如海藻般浓密的茶色长发微微卷曲，眼睛像海水一样清澈，皮肤如象牙般白净。她的眼神平静，整个人看起来淡漠而从容。纵使在铺天盖地的流言飞语中，纵使在不怀好意的指指点点中，她依旧从容淡漠得好像是来自天使国度的公主，有种圣洁的气质，仿佛她是不可亵渎的。

此刻的九画堂校园，所有的焦点都在列泽华跟海公主身上，连明媚的阳光也都聚集在他们身上。

他和她被阳光照耀着。

*** *** ***

列泽华打人了！

九画堂学院的神话、全体师生眼里最谦逊有礼的优质生，居然动手打了人！

"我不信！"一个扎着马尾辫的女生在教室里激动地大叫。

"别说你不信，教导主任也不信，还以为是同名同姓的家伙干的。"

"列泽华只有一个！我们的神话只有一个！"

"就是——"

"哼！我也不信。列泽华这个人虽然对谁都是冷冰冰的，但是在学校这么多年，我从来没听说过他跟谁有什么过节……"

海公主坐在教室的最后一排。

现在是课间休息时间，她正盯着课本温习。但，教室里闹哄哄的声音似乎是一堵密不透风的墙，将她紧紧围在里面。她低头看书，竟一个字也看不进去。

"喂喂——"

这时，教室的门被推开，一个男生冲进来宣布他刚刚打探回来的消息。

原来，列泽华打了那个秀气的男生。那个家伙叫魏宇民，上次海公主的画就是他贴出来的，可能是他偷偷暗恋海公主，但海公主总是不搭理他，他才由爱生恨，想诋毁海公主。也不知道那幅画是他从哪里弄来的，而这件事又是怎么让列泽华知道的。总之，列泽华狠狠地打了魏宇民，然后被记过了，现在正在教导处受训。听说魏宇民的鼻梁都让列泽华揍断了。

这下，所有人的目光都落在了海公主的身上。

"乌鸦精！"

"扫把星！"

"滚出九画堂！"

所有恶毒的话和恶毒的眼神都落在了一直安静看书没有参与这个话题的海公主身上。又是她，她有什么资格让列泽华那种如神祇一般的人如此厚待。

几个一直暗恋列泽华的女生气愤地朝海公主的座位冲过去，将她围在中间。因为据说只要碰到她就会很倒霉，所以她们忍住不动手，只是冷言冷语相向。

手指在书页上收紧，海公主皱眉，她没有理会面前这帮大放厥词的女生们，"啪"的一声合上书，从座位上站起来。

当她起身，教室里所有的同学全都愣愣看着她。

她拉开椅子，朝门口走去。一个刚才围住她的女生试图凶巴巴地拉住她，可才伸出手，见同伴们都没有什么反应，而是给她让开道路，便尴尬地放下了手。

海公主走出了教室。

教导处外面的走廊上围了许多好奇的学生，有的把脸趴在玻璃窗上，有的把脑袋凑到门缝边。可当他们看到事件的女主角出现时，都很自觉地让开了，因为大家都在潜意识里期待这件事能更戏剧化，更具观赏性。不过，现在只凭列泽华打人这件事就已经能让九画堂的学生们在茶余饭后谈论好久了。

海公主站在门口。

教导处里传出严厉的声音。

阳光洒进办公室，有点儿清冷，列泽华站在教导处办公室的中央，不知道教导主任说了些什么，他的唇角渐渐变成一抹冻人的冰冷。

海公主推开教导处的门。

教导主任正拍着桌子吼着，没有注意到。

"打人就是不对！不管任何原因，先动手打人就是不对！同学之间要团结友爱，这个道理难道你都不懂？枉你的功课那么好，你太让我失望了！"

海公主深呼吸，大步走过去。列泽华回头，看到是她，倨傲冰冷的面上流露出柔软温和的表情。

教导处里外鸦雀无声。

教导主任呆呆地看着海公主，走廊上的学生们也全都呆呆地看着海公主。

她的脸上没有任何表情，也没有说任何话。

列泽华凝视着她，眼眸中有着一种执著的情愫，在她的面前如花一般地绽放开来。

海公主在瞬间有些失神，她的呼吸在这一刻突然变得很轻，很轻。她的眼珠黑白分明，眼神宁静，凝注着列泽华。

仿佛整个世界也都变得静悄悄的。所有人都很好奇，不知道她进去会起到什么作用。

可是过了好久，什么事都没有发生。

"那个，"教导主任忍不住开口问，"这位同学，你有什么事吗？"

她对教导主任鞠躬行礼："对不起，老师。"

然后，她抬起头，一声不吭地拉起列泽华的手，就大步朝门口走去。

"你这是做什么？"教导主任立刻火冒三丈地在他们身后大吼。

海公主回头。

"不打招呼地离开，我有先跟主任您道过歉。"

"什么？你在说些什么，我怎么完全听不懂？这位同学你脑子是不是有点儿问题？"

"主任，我的问题就是学校的公告栏是不是可以成为私人报复他人的一件工具？列泽华动手打了人是不对，只是，您在记他过的同时，是不是也要记那个滥用学校公用设施的人的过呢？"

所有人都惊呆了。

教导主任也呆住了，他竟然被一个小女生问得哑口无言。

列泽华静静地望着她，眼中带着淡淡的光芒，感受到她掌心传来的温度，他的唇角不自觉地向上扬起。

她以为这样做可以拥有幸福，可是伤害就像是最古老可怕的咒语，无法解除。

★★★ ★★★ ★★★

天空灰蒙蒙的，淡得像水一样。下课铃响起，同学们陆续走出教室，一个个都是那样兴高采烈，彼此探讨着假期生活怎样安排，只有她孤寂清冷。

海公主一个人安静地走出校门。

"我的爸爸又有了要研究的项目，我们全家都必须跟过去……"

"今晚7点的飞机……"

"你会来吗？"

"我希望你能来……送我……"

海公主全身的血液仿佛开始缓缓流淌又被重新冰冻住了一般。他其实什么都不是，她为什么要烦恼？

他为她借过一本书；为她在雨中淋湿，将唯一的雨伞交到她手中；在旧书室的走廊上笑着告诉她，他有份礼物要送给她，并牵起了她的手；他送了她哈根达斯，她告诉他很好吃……在那之后他们还什么都没来得及拥有，他就对她说他要离开了。

透明的阳光透过清冷的云层，疏离地、冰冷地照耀着，在校门口，等待了很久的列泽华终于见到了海公主。

可仿佛是等待了太久，一瞬间，他的喉咙仿佛被什么东西堵住了，竟然说不出话来。

寂静。

时间仿佛被黑夜给凝固住了。

"我真的很希望你能来送我。"

列泽华的声音里带着一丝轻微的颤抖，让海公主的心理防线瞬间坍塌。她轻轻咬住嘴唇，胸口有着浅浅的起伏。

她说："不。"

列泽华深深地凝视海公主，那凝视的神情如此之痛，可她还是告诉他："我是不会去的。"

说完，她静静地朝前走去，与他擦肩而过。列泽华怔怔地站着，望着她离开的样子，她白色的身影像随时会消散在天际的云丝。

走了几步，海公主突然停住。她缓缓地转过身，看着离她几步远的列泽华，她的面容一如往常般宁静如水。

她的声音轻轻的："我不会去的，所以你别浪费时间等我。"

她说话的时候，目光没有落在他身上，手指紧紧地握着。心口处莫名地传来阵阵冰冷的疼痛，可她还是很坚持地告诉他："把时间用在等待像我这样的人身上没有必要。"

"没有必要？"

列泽华瞳孔渐渐紧缩，追上前紧握住她的肩膀，笃定而决绝地说："这个选择是属于我的，我有权力选择等或不等。"

他的语气就像是在漆黑深夜里不顾一切撞上冰山的航船："我觉得等你是我这辈子最大的'必要'！"

海公主的睫毛颤了颤，没有说话，呼吸非常平静。

"啊——"

周围传来一片吸气声。

原来，校门口不知什么时候出现了好多没有离开学校的同学，他们渐渐汇成人潮，都注视着海公主和列泽华。

学院里的两大风云人物啊！

一个是像童话里优雅的王子般完美得几乎无可挑剔的列泽华；一个是谁

接近谁就会倒霉的海公主,被所有人视为很惹人反感的倒霉女,是大家公认的童话故事中的坏女巫。

王子应该和公主在一起,怎么会跟女巫待在一块儿?同学们不满地小声议论。

围观中的一个女生忍不住捂住嘴巴大声尖叫起来:"天哪,列泽华这么优秀的人怎么会和她在一起?"

海公主淡笑。原来同学们习惯用"她"这个字来称呼她呢!

不想继续成为众人的焦点,海公主抬起手,试图挣脱开肩上的禁锢。可是,列泽华紧紧地抓着,不肯放手。

阳光如透明的碎琉璃,斜斜照在列泽华的身上,点点炫目的晶莹染上他的唇角。

他深深地凝视着海公主,手指忍不住僵硬收紧。

她和他距离很近,恍若他们的呼吸就在彼此的唇间,仅剩下如一片树叶般薄薄的缝隙。

世界宁静无声,只有轻轻的风。

然后,他竟然缓缓地松开了她,拉起她的右手,轻弯下腰,在她的手背印下一个轻如雾般的吻。

众人惊叹的目光之中,列泽华有如王座上高贵的主宰者,气度高贵从容,低声说:"我喜欢你。"

海公主的手被握在他冰冷的掌心,这一次他的手是冷的。

绝大多数的同学都仿佛被点了穴道般全愣住了,只有一小部分人发出微弱的吸气声。

列泽华眼中闪过一抹奇异的神情,沉默了一会儿,他突然说出一句很突兀的话:"你也喜欢我。"

他的呼吸有些滚烫,轻轻呵在她的唇上,温热得犹如洒落在樱花瓣的月光。

海公主的身子僵住了。

同学们全都惊呆了。

天空不知名的花瓣飞舞着，晶莹透明，闪着微微的寒光。

花瓣纷飞中，她静静地看着他，没有发出一点儿声音，眼神有些淡漠。

直到天色完全变暗，夜晚降临时，海公主才回过神，朝家附近的海边走去。因为从那个位置仰望天空，可以见到列泽华所乘坐的飞机飞过。

没有月亮的海增添了几分妩媚与神秘，天与海完全连成一体，一个深蓝得近乎漆黑的世界。唯有一排排相继涌来的浪花，给海镀上了一道道如雪的花边。

夜风轻柔地吹拂海面，海公主小心翼翼地沿着海边向临岸的大石堤走去。

走到她认为可以看得到他所乘坐的飞机飞过的位置，才抬起头仰望遥远的夜空。但时间一分一秒地过去之后，夜空依然空寂，只有闪烁不定的星辰忽明忽暗，洒下一地淡淡的忧伤。

夜色渐深。

最后一点希望在她的眼中熄灭了，海公主抱住膝盖坐在石堤上发呆。她的身子缩得紧紧的，影子也变成小小的一团。风吹过，她的长发凌乱地飞舞着。

列泽华走了。

真的走了。

浓浓的寂寞将她包围，在这漆黑的夜里，她全身僵硬得犹如一块冰块，再没有发出任何声音。

阳光带有新鲜草莓的味道。历史老师正在讲课，有几个同学小声嘀咕，说昨晚有一架飞机起航后没多久就出事了，好像只有两个人活了下来……

海公主正认真做着笔记，结果有张字条传到了她的桌上。

一瞬间，她的呼吸忽然停止了，周围所有的声音似乎都消失了，整个教室出奇的安静。她的眼珠乌黑，眼中有潮湿的雾气。她凝视着那张字条，屏住呼吸。

字条上写着——

你说的是列泽华吗？我知道呢！他和他父母出国时乘坐的飞机出事了，只有他和一位空姐活了下来。不过他现在还躺在医院，怎么了？你也喜欢他？

海公主猛地站起来对老师说她不舒服，要请假。没等老师点头，她就冲出了教室。

傍晚的彩霞染红了天际，透过仁济医院病房的窗户斜洒进来，照在雪白的床单上。

护士拿着托盘，医生正在给列泽华打针。

他的胸部似乎伤得很重，被层层白纱布包裹住，却依然隐约可见伤口的血迹在边缘凝成淡淡的红色。相较之下，腿部的伤口就比较好处理一些。医生打完了针，安排护士拆掉纱布，开始上药。

海公主轻轻地走到门口，看到这一幕，她打了一个寒战，身体里涌起一阵阵火烫又一阵阵冰凉。

耳膜莫名地轰轰作响。

腿似乎像灌了铅一般无从着力，她竟然失掉了从门口走到他身边的那份勇气，此刻的她就如踩在棉花团里，白茫茫，空荡荡，不知是从哪里走过来，不知将要走到哪里去。

她失魂落魄地站在病房门口。

拼命克制住手部的颤抖，海公主缓慢地把手伸向病房的门把，希望能找到一个支撑自己的支点。

空气中弥漫着刺鼻的消毒水味。

当消毒药水涂抹到伤口的时候，从腿部传来的一阵钻心疼痛使得列泽华的嘴唇苍白起来，额头上也浸出细密的汗。

见到这一幕，原本刚来到房门口的海公主快步走到病床边，护士原本要将海公主赶出去，却发现海公主的到来似乎在无形之中让列泽华减轻了疼痛感，于是便任由海公主待在病床边。

海公主将手放到列泽华的肩上，轻轻握紧，仿佛想默默地帮助他减轻疼痛感。列泽华抬头看她，她却没有看他，只是凝视着他的伤口，眉心紧蹙。

当一切处理完毕，医生和护士走出了病房。海公主松开他的肩膀，安静地站在病床边。

列泽华直直地凝视着海公主。

海藻般的茶色长发，洁白的面庞，淡色的嘴唇，她只是安静地站着，却让他想一直一直这样看下去。

他不禁困惑地问："你是谁？"

海公主的心猛地一沉。寻找了这么多家医院，她终于找到了他。他的容貌还是一如既往的俊美冷漠，但是，他竟然已经不记得她是谁了……

她看起来依然平静，心中却如潮水般涌动着各种复杂苦涩的滋味。

"我姓海……"她如深夜花瓣上的露珠般静静看着他，说，"叫……海公主。"

"你？"

不知怎么回事，他想用手指碰触这个女生的面颊，轻轻地，就只是轻轻地碰触一下。

为什么他没见过她，她却可以那样轻易地让他感觉到心痛？

所以，他必须确定："我们认识吗？"

列泽华急切地问着，双手不自觉地握紧了白色的被角，看着神情淡然的海公主，他突然害怕她说出口的是"不认识"。

他的下巴绷得紧紧的。

"我觉得我们认识……"他屏息说。

海公主的指尖轻轻颤了一下，她的心中像是被风吹过的海面，皱起一圈涟漪，慢慢地荡开，然而很快就消失不见了。

"我们……"

她想说不认识……可是，当眼角的余光看到他的手掌在病床上渐渐紧握成拳时，她犹豫挣扎了一下："我们认识……"

她的声音恍若透明，带着种温柔的感情。

"等你养好伤，就……跟我回家吧！"

夕阳宁静，带着美好的红晕。

列泽华一怔，深深地凝视着面前的这个女生："为什么？为什么我……要跟你回家？"

"因为……我们是一家人。"

她的眼睛里渐渐地闪出如星芒般晶莹的泪光，嘴唇苍白得像是将要枯萎的百合花。

她清晰而坚定地说："你是……我的……哥哥……"

"哥哥？"

他看着她，心中忽然一紧，然后，他发现她的眼眸里有种恍惚的光，好像在看他，又好像透过他看到了某个遥不可及的远方。而碰触到他的视线后，她只是稍微愣了一下，便又重新恢复了刚刚出现在病房时的那种淡然表情。

列泽华呆了，他不禁怀疑方才是自己的一种错觉。

他隐约有种怀疑："我真的是你的哥哥吗？"

"嗯。"海公主点点头。想了想才犹豫着说，"你是我没有血缘关系的哥哥。但是我们两家的父母是很要好的朋友，他们的关系好得就像是一家人，而……现在你的父母不在了，就由我的母亲来照顾你，为了让已经离去的朋友安心。"

"只是这样？"

"只是这样。"

✳✳✳ ✳✳✳ ✳✳✳

海公主安静地坐在学校餐厅的角落里,思绪却淡淡地从这现实中抽离了。

这一天和平常的每一天都一样,同学们用餐的用餐,打卡买饭的打卡买饭,排队的排队。但是,突然有位女生的尖叫声打乱了所有的秩序,她叫喊着说自己的钱包被偷了。

所有人的焦点都移到了那个女生身上,大家热切地议论起来。

海公主那冗长的回忆被女生的尖叫打断了,她微微皱眉往尖叫的女生看了一眼,觉得不关她的事,于是继续安静地喝汤。

这时,一个少年朝她走了过来。他居高临下地看着她,笑容有一点点邪恶,有一点点诡异,却不失漂亮。海公主没有看他,继续沉默地喝着汤,茶色的长卷发轻轻垂落耳边。

突然,他伸出手抓住了她正舀起一勺汤的手腕。

白瓷勺颤抖了一下,里面的汤汁洒了出来,溅到餐桌上,立刻浸透了绿色格子的桌布。

"啊……"

餐厅里瞬间响起一片吸气声。

海公主的神情依然平静,只是眉梢不易察觉地轻跳了一下。

轻轻地,一个柔美得犹如深夜带露的声音响起:"其实钱包是你偷的。"

餐厅里静悄悄的。

海公主抬起头。

那少年的眼中有如雾的星光。如此美丽的眼睛也正一眨不眨地看着她，眉宇间透着股孩子气的得意。

窗外，不知何时又开始下起雪。天空几乎透明，白色的雪花不间断地轻轻飘落。

今年的雪似乎特别特别的多，天气也比往年冷了很多。

他看着她，薄薄的唇角有抹奇异的笑意："钱包是你偷的。"

此话一出口，餐厅里所有的人都震惊了。甚至有人干脆放弃排队打饭，跑过来好奇地围观。只是碍于主角是海公主，他们怕沾染上什么霉气，所以都不敢靠得太近。只有那个少年完全不在意地抓着她的手。

他的紫发泛着柔和的光泽，肌肤如精致的白瓷般美丽，他的唇角温柔而优美，整个人看起来美丽得令人惊心动魄。

"哎呀！Siyanie！"一个女生捂住嘴巴尖叫。

大家才渐渐地反应过来，面前这个少年不就是盛世影视公司的艺人Siyanie吗？他的中文名字也是本名叫新堂圣，不过大家还是比较喜欢称他为Siyanie。

传说他的微笑有着勾魂摄魄的魔力，仿佛绯红的樱花，现在近距离地看他，比从电视屏幕上见到的竟还要多几分妖艳与性感。

一双双睁大的眼睛兴奋好奇地看着他。在演艺圈红极一时的偶像明星怎么会出现在九画堂学院？

所有的学生都忘记了呼吸。

整个世界寂静无声。

尖叫涌动在胸膛里但没有任何人喊出来，仿佛害怕只要发出一点点细微的动静就会打破这不可思议的美梦。只有几个女生忍不住热泪盈眶地掩住了嘴巴，小声地感慨："天哪！这是在做梦吧！"

新堂圣浑身仿佛是被湿润的夜雾笼罩着，那样梦幻。

他白皙修长的手指紧紧握住海公主的手腕，眼睛里有一股妖娆的雾气，他嘲弄地说："这位同学，你总是盯着别人的皮包看，所以那位同学丢的钱包一定是你偷的！我分析的没错吧？"

海公主的背脊忽然有些僵硬，她微怔着眯起眼看着他，然后放下汤勺，手臂用力，想把自己的手腕从他掌心中挣脱出来。

很少有人会这么抓着她。

他的力气比她大得多，只是稍微加重了一些力道，她的手腕仍然被钳制在他的手里。缓缓地，他的唇角勾出一抹妖娆的笑意："把钱包交出来，然后道歉。"

他看着她。

她瞪着他。

两人的目光相遇在空中闪出隐约的蓝光。

"好吧，就算是我偷的……"海公主眉心皱起，眼神依然无比淡漠。她冷冷地出声，"那你的证据呢？"

"证据？"他终于松开了她的手腕，沉思了一下，手指轻轻抚摸餐桌的边角，动作轻柔得就好似在爱抚恋人一般。

"你总是盯着别人的钱包看，这就是证据！小偷的本能，在下手盗窃什么东西之前总要先好好地观察一番。"新堂圣轻笑着说，"你不会闲着没事边吃饭边看其他同学的钱包吧？这个习惯还真是没办法拿来当借口。"

气氛瞬间变得有点儿怪异，充满了一触即发的紧张气息。大家本来就不太喜欢海公主，于是想都没想一股脑儿都偏向新堂圣的说法。

甚至有人已经开始大胆地说："喂！海公主，拿了别人的东西就要交出来。"

"快把钱包交出来！"

接着不知是谁带头，叫嚣声开始此起彼伏地响起，仿佛狂风席卷而来一般。

"不要脸的小偷！"

"海公主！小偷！还有脸在这里！"

"小偷！滚出去！"

"小偷！"

……

海公主并没有因为大家的责骂而慌乱或者气愤，这样的话语和污蔑对她来说其实早已习以为常了。

窗外，天空灰蒙蒙的，洁白的雪似是轻雾般萦绕。

她倚着椅背懒懒地打个哈欠："对做工不完美的皮制品，我不感兴趣。所以请不要把偷皮夹子这种事牵扯到我身上。"

说完，她没有再理大家，重新拿起勺子，继续安静地喝汤。

"你既然要偷，当然是偷钱包里面的钱，自然跟钱包是什么样的没有关系！"新堂圣凝视着她，眼中有一丝冰冷的嘲弄，仿佛有妖艳的雾气笼罩着他的全身。

这时，那个方才大喊丢了钱包的女生不好意思地从黑压压的人群中跳出来，满脸沮丧地说："钱包找到了，刚才……真是不好意思，我弄错了，以为丢了，其实是夹在课本里了……"

"啊……"

一片吸气声响起。

同学们都呆呆地站着。

每个人都傻了般地张大嘴。他们该为刚才的起哄行为道歉的，但是这一次，却没有一个人肯带这个头。

海公主唇角勾起来，笑容淡淡的。她看向新堂圣，声音淡漠而疏远：

Chapter 2

"以后不要随便怀疑别人。"

她的眼珠黑白分明,眼神安静。她静静地凝视着他,眼中那股气势使得新堂圣忽然忘记了原本想说些什么。

整个餐厅也变得静悄悄的。

海公主慢慢地将最后一点汤喝完,然后又用纸巾擦了擦唇角,从位子上缓缓地站起来,然后拉开椅子,一言不发地走出人群,走向餐厅的大门。自始至终她的背脊都挺得很直,面孔上带着冷冷的淡然。

她沉默地走出餐厅,就像是从未来过一样。

所有人都怔怔地看着她消失的方向。

如果她此刻回头,就会看见新堂圣嘲弄地勾起唇角,目光正安静地落在她身上。在这冬日落雪的午后,他看起来就像是一个美丽得不可方物的妖精,因为不被注视反而变得更加美丽的妖精,透着不可抵挡的嚣张。

★★★　★★★　★★★

下午第一节课的预备铃刚刚敲过,九画堂学院的学生都纷纷回到教室准备上课,但在三年A班的教室里仍然乱糟糟的,因为老师还没来,所以大家毫无顾忌地各谈各的。

"什么?Siyanie来过?"

震惊的声音从教室最前排的位子上传来。素有"大小姐"之称的贝依依瞪着眼睛看着邻座扎着马尾的小跟班,吃惊地问:"你说的是真的?我的偶像来过?"

"嗯,我也看到了。"正在吃零食的另一个小跟班探头过来,顺便贡献自己带来的牛肉干,八卦地说,"我听说,Siyanie之前当众扇了大家心目中的玉女安诺西。"

"就安诺西还玉女？我呸！"贝依依微微皱眉，不屑地说，"像她那样的角色也配跟Siyanie相提并论！"

"对对对。安诺西虽说是玉女掌门，其实仔细看并不好看。"

"就是说嘛！安诺西一点儿也配不上Siyanie。"

跟班们都知道贝依依非常喜欢Siyanie，是他的超级粉丝，便都马上改变自己的口气，笑嘻嘻地说着，就差没有振臂高呼："Siyanie最棒！Siyanie最帅！Siyanie万岁！"

海公主合上课本。

她坐在教室里，周围是同学们的笑闹声，让她根本无法专心看书。窗外还在下着雪，而且越来越大，几乎是鹅毛大雪。透过玻璃窗，她看见班主任穿过广场从学生处的方向走了过来，班主任的身后是一个身材颀长的少年。

她的目光忽然定住了。

那个少年的身上仿佛从内向外散发着一种光芒，在大雪纷飞的纯白色世界里，美丽得就像是五月绯红的樱花。

班主任似乎是忘记拿什么东西了，他对少年摆摆手，然后又朝来的方向走回去，少年径自一人走向教室。

晶莹剔透的雪花从空中缓缓飘落，少年犹如一团白色的光芒静静前行。他似乎并不急于赶回教室，也丝毫不在意雪花飘落在自己身上，反倒是一副在欣赏最心爱的风景的样子。

雪花飘落，他的紫发被风扬起，柔软的唇角露出纯美的笑意，那种捉摸不定的感觉令海公主心惊。

海公主怔了片刻，收回视线，静静地吸了一口气，把课堂笔记放在自己的面前，翻开一页，本子上已经密密麻麻地记录满了，再翻开一页仍是如此，连续翻开几页，依然这样，看来没有需要补充的地方。她合上笔记，再次望向窗外，那个人已经消失在茫茫雪天中。

"砰——"

教室的门忽然被推开了，大家不由自主地朝门口看去。

海公主也抬头看过去，然而，就在她抬头的那一刻，正好接触到那个人的目光，他安静地站在教室的门口，眼睛如星芒般明亮。

在看到少年的那一刻，教室里所有的同学都无比震惊。

教室里静悄悄的。

站在教室门口的少年有着让人无法忽视的魅力。他紫色的头发带着点儿桀骜不驯的光泽，眼眸有白色的雾气腾起。他就好像是一个天生的发光体，在无形中吸引着所有人的注意力。

贝依依和她的跟班们忘记了议论安诺西的是非，有点呆怔地看着这个突然出现在门口的少年，那个手拿零食的跟班眼睛瞪得铜铃一般大，手中的牛肉干掉落在桌子上。

"老天！他是新堂……"就在贝依依几乎要喊出来的一刻，一旁的跟班已经捡起牛肉干，兴奋地大叫起来，"Siyanie！天哪！居然是Siyanie！"

"Siyanie！Siyanie！"

"Siyanie！"

全班的同学或震惊，或崇拜，或兴奋，所有人的目光都落在了新堂圣的身上。然而，他站在门边一句话都不说，唇角的笑容有种漫不经心的漂亮，他径直朝着教室最后排走去，那里靠窗的地方正好有两个空位子。

他从海公主的身边走过。

然后——

稍稍停顿了一下，看到海公主的时候，他的眼中突然闪过愕然的光芒，好似有纷纷扬扬的雪花从她的面前落下，于是，他的唇角勾出一抹妖娆至极的笑容。

在他的目光下，海公主抚在课本上的手轻轻地颤抖了一下。

他笑着走过去。

不一会儿，教室的后面响起了桌椅碰撞的声音。新堂圣选择靠里面的一个位子坐了下来。

就在他刚刚坐下的时候，贝依依已经从震惊中清醒过来，忍不住要从自己的位子上蹿过去，两个跟班赶紧拉住她，示意她老师就要过来了。果然，教室的门口再次传来一阵脚步声。

班主任抱着厚厚的资料走了进来，看到新堂圣落座的时候，安心地微微笑了一下，然后阔步迈上讲台，注视着教室里的同学，小心翼翼地扶了扶金丝边框眼镜："同学们，今天我们班转来一位新同学，就是坐在后排的这位新堂圣同学——"

班主任说话的时候似乎努力想让自己的声音变得轻松一些。

"新堂圣同学，欢迎你成为三年A班的一员，现在站起来为大家做一个自我介绍吧！"

教室里立刻安静下来。

这种暴风雨前的安静，静得连根针落在地上都可以听得到。

其实，根本不用他自我介绍，大家也都知道他是谁。

"传说他是因为当众扇了大家心目中的玉女安诺西的负面新闻，导致身价下滑，才被盛世影视公司冷藏起来的。"

"对对，我也听说了，盛世还放出假新闻，说什么他之前为了星路而中断学业，现在重返学校。"

"不会吧，看起来那么斯文的一个人，竟然会扇女生，还是安诺西那种柔弱的美女。"

"……"

同学们的议论声虽然已经极力压低，但还是传到了教室后排。

新堂圣听到后扯起唇角，嘲弄地笑着。

★★★ ★★★ ★★★

过了好久……久到班主任脸上的笑容都有点儿僵硬了，仍然没有听见某人自我介绍的声音。

在新堂圣所在的位子上，没有任何声音传出来。

海公主疑惑地转过头。

新堂圣坐在教室的最后一排，出奇地安静，就好像他已完全融入了空气之中，连呼吸都停止了似的。唯有他眼中依旧闪烁着的光芒能证明他是真实存在着的，只不过这次他眼中的光也似乎渐渐暗淡，继而浓黑得宛如化不开的墨般。

细碎的议论声还在继续——

"他跟安诺西是荧幕情侣呢！竟然还下得了手。"

"这样的男生即使有着惊人的相貌，可也很招人讨厌。"

"总之我支持的是安诺西。"

"毕竟说到红，还是安诺西比较红，虽然他们是荧幕情侣，Siyanie出道也比较早，可是安诺西更有名气和人气呢！"

"所以说，Siyanie一点儿都不好！即使是明星又怎样，哼！"

"你们说什么呢！"留着及腰的金色大波浪卷发、性感迷人的贝依依猛地一下从椅子上跳了起来，"有种再给我说一次！"

大小姐贝依依眼里冒着火，控制不住地怒吼着，完全不顾班主任在场，也不管此时是不是在上课，只是一心想维护自己偶像的形象。

班主任额角顿时青筋直跳，咳嗽一声，警告道："贝依依同学，现在是上课时间，请你遵守一下课堂纪律。"

贝依依咬住嘴唇，气得有些发抖，却不能发作，只好脸色铁青地坐回原位，坐下去的时候还不忘恶狠狠地瞪了方才诋毁她偶像的那几个人两眼。

然而，这件事的主角人物始终安静地坐在位子上。他长长的睫毛一动也不动，俊逸的侧脸上带着一丝淡淡的冷漠。

海公主迟疑了一下，然后转回头，开始在课本上画列泽华的样子。

在她转过头的一瞬间，新堂圣站了起来。他黑亮的眼中有一点儿晶莹的湿润，感动的荧光点亮他如樱花般美丽的容颜。

他对着贝依依温柔一笑："谢谢。"

他的声音一如他的容貌一样魅惑人心。

贝依依惊呆了。

他收回视线，隐约有水雾在眼中弥漫，他低声对全班同学说："刚才因为我，让课堂纪律处于一度失控的状况，真是抱歉。"

班主任欣慰地点点头。

同学们全都呆住了。这一点儿也不像外界谣传的那个，脾气暴躁的新堂圣。

照现在这种状况看来，他的脾气可以说是好得不能再好了。他态度谦恭温和，就跟学校里那些只懂得读书的呆子优等生一样，没有丝毫傲慢的感觉。

海公主怔了怔，有点儿怀疑方才她所看见的他唇边露出的诡异笑容只是她自己的一场幻觉。她画画的动作依然没有停止，只是眼角的余光不经意间瞟向了新堂圣。

他站立的姿势仿佛从未改变。

一缕阳光从窗外射进来，无声地笼罩着他的身体。

窗外的雪不知何时已经停了。

他轻柔地说："大家好，我是刚转来的新生，我的名字叫新堂圣，现在加入到三年A班这个大集体中，希望以后大家互帮互助。如果我有什么地方做得不足的，也请多多指教……"

★★★ ★★★ ★★★

下课之前，班主任交代海公主放学以后带新堂圣到学院四处逛逛，熟悉熟悉学习环境。

好吧，这是老师交代的，海公主用手指轻轻地按着自己的太阳穴，即便她有一千万个不愿意，可还是得依照班主任的意思去办。

当她提着书包、戴着耳机边听音乐边和新堂圣走出教室时，走廊里正准备回家的别的班级的同学全都震惊得目瞪口呆。

"啊！"

不知是谁惊叫了一声，然后反应过来这不是在做梦的同学们发出一片尖叫。有同学仍不敢相信地拼命揉眼睛，有同学狠狠掐自己脸蛋看看是不是幻觉，也有几个反应快的同学已经找出纸和笔上前索要签名，还有拿着手机要求合影留念的。

瞬间，这狭长的走廊变得好不热闹，简直可以媲美下班高峰时期的站台。

海公主默默地穿过人群，没有理会那些同学疯狂的举动。

新堂圣以前毕竟是偶像明星，面对疯狂的同学们，他很快地进入角色，职业性的微笑始终挂在他面上。

女生们都因为他那一抹柔和的笑容而兴奋地拥抱在一起，声音也都随着颤抖起来——

"Siyanie好帅！"

"Siyanie太棒了！"

"Siyanie真是太完美了！"

"Siyanie比从电视和海报上看到的还要帅气……"

就这样，以往不过需要短短几分钟就走出去的走廊，海公主今天却花费了十几分钟还没有走出去。

她不得不停下脚步。

转过身，她平静地望着新堂圣。

正如她所预料的，整个校园都轰动了。偶像明星的魅力是无法抵挡的，即便外界有着各种不佳的传言，也无法扑灭学生们高涨的热情。女生们都脸红地交头接耳，一群群聚在一起兴奋地议论，无数人上前要求签名、拍照。

一双双睁大的眼睛兴奋而好奇地看着新堂圣。

"Siyanie！"

"Siyanie！"

"Siyanie！"

……

不知是谁带的头，围观的同学们开始起哄大喊。

狭长的走廊上呼喊新堂圣的声音震耳欲聋，空中洁白的云朵似乎都被震撼了，蓦地散开。

"喂……"海公主试图叫新堂圣快点儿走，可是她的声音才从喉咙里发出就被淹没了。

风中弥漫着花朵的清香。新堂圣宁静帅气地站着，好脾气地任由同学们一波接一波地向他索要签名与拍照，脸上丝毫没有骄傲的神情。

忽然，新堂圣转头。

他慢慢转过头望向海公主，唇角勾出一抹妖娆的笑意，好像知道她在看他似的，笑意更浓了，仿佛有炫目的烟花在他唇角绽开一般。

海公主轻轻皱眉。不知道为什么，看着新堂圣故意摆出这副样子吸引女生的注意力，她的心情竟然有些小小的烦闷。

不过她不打算打断他，只是站在角落里静静等待这一切可以早点儿结束。

天地之间一片晶莹。

风不是很大，却异常冰冷。

海公主围着纯白的围巾，茶色的卷发被风轻轻吹乱，有着慵懒的娇媚感。

"你跟我是同类人。"原本静静走在她身后的新堂圣突然出声。

海公主忍不住回头，新堂圣笑着，笑容有点儿邪恶，还有一点点诡异，但仍旧是非常俊美的。海公主心里一惊，但面上依旧故作平静，自顾自地向前走去，边走边介绍着九画堂学院的历史和基本情况。她想，她只不过是在完成班主任交代的任务，至于新堂圣听进去多少就不关她的事了。

"我口渴，要喝饮料。"参观到一半，新堂圣突然对海公主说。

这一次，海公主停下来了，她转身告诉新堂圣："商店并不远，就是刚才路过的那栋绿房子，你自己过去买吧！我在这里等你。"

新堂圣有些不情愿地走了。海公主在原地等待，可是等了很久，新堂圣都没有回来。

会不会是迷路了？海公主有些担心，要是把他弄丢了，班主任责怪怎么办？

早知道她就不让他一个人去买饮料了。就算他是她讨厌的人，可他毕竟是她的同班同学，并且还是刚入校第一天的新生，她怎么可以放任他在校园里独行？

海公主有一点点自责了。她决定去找他。

到了绿房子，海公主才发现新堂圣根本没有来这里。没办法，她只好去校园广播处，希望能够通过广播找到新堂圣。

✦✦✦ ✦✦✦ ✦✦✦

通往广播处的路上要经过海公主最不愿意经过的操场。那个地方让列泽华再也不能跳得那么远……

"哎呀！Siyanie竟然可以跳得这么远！"一个女生尖叫的声音传了过来。

海公主停住脚步。

明媚的阳光下，她怔了怔，朝那个方向望过去。新堂圣果然在操场上。他正在和几个同学比赛跳远，并且还围了一大群女生。

雪已经开始融化了。

阳光柔柔地洒在新堂圣的身上，英气的眉宇、挺直的鼻梁，唇边绽放的那抹微笑，宛若最美丽的花朵静静盛开……

海公主咬咬嘴唇。

面前的世界一片雪白，而她却仿佛置身于一片黑暗之中。她面前的那个身影忽然间变成了另一个身影，苍白的面孔透出孩子气般冷漠倨犟的味道，嘴唇带着倨傲的线条紧紧地抿起。

望着那个人，海公主的眼中透出隐约的光芒来："列……泽……华……"

她叫着他的名字，也似乎听到了他的声音，并看到了他脸上的笑容，很浅的一抹微笑，却足以灿烂得照进她心中。

可是，瞬间她就看到他的身影好似断了线的风筝，从她面前——像是一片白色的雪花一般——无声无息地倒下。

……没有人知道那么大一块石头为什么会在跳远场地，又怎么会掩埋在那层层细沙之下，大家只知道之前的同学没有受伤都是因为跳得不够远，偏巧在跳远方面突出的列泽华正好跳到那个位置……

所以，他以后都不能再跳那么远了……

时间仿佛被定格了……

列泽华受伤的那一刻，海公主并没有看到，可是她的脑海里清晰地想象出了这样的情节与场景。

纷乱的声音在她的耳边此起彼伏地响着……她惊恐地想避开这一切，可是好像有无数双宛如恶魔般的手紧紧揪住了她，撕扯着她，让她无法逃避。

她看到列泽华倒在白色的光芒中，鲜红的血不断地从他的腿部流淌出来，最终，鲜血淹没了他的双腿……

无数可怕的红色藤蔓在她的面前疯狂地蔓延着，只是一刹那间，整个世界都仿佛被一片恐怖的殷红占领了。

似乎有人在喊她。

可是她要逃！逃离这一切，逃离这种可怕的感觉！

红色的血还在蔓延着，如同溃堤的河，触目惊心地在她的视线里蔓延着，无声地流淌着……

"大惊小怪什么啊！"大姐头贝依依白了一眼身旁的跟班甲，"我们Siyanie当然是最棒的！跳得远算什么，这是理所当然的！这是只需崇拜不需惊讶的！"

"是！是！是！Siyanie真是帅呆了！"

"没错。我也这么觉得，Siyanie真是太完美了！"

"对啊！"

……

这些赞美的声音将海公主从那场被红色缠绕的噩梦中拯救出来，她看着面前还在继续的跳远比赛，心猛地沉了下去。

海公主朝新堂圣走过去，冷冷地说："难道你不懂得怎样尊重别人吗？"

操场上顿时安静得只听得到脚踩在雪地上的轻响。所有在场的人全都错愕地面面相觑。

看着海公主生气的样子，有几个女生忍不住打了一个寒战，她们不理解是谁惹火了这个一向对任何事都保持淡漠态度的海公主。

海公主愤怒地走近新堂圣，虽然在生气，但她的眼神依然淡淡的："新堂圣同学，如果你要和别的同学进行跳远比赛，那么请你告诉我一声，不要让我在那里无谓地等待，不要让我像个傻瓜一样担心你会迷路！"

"你……"贝依依用手指着海公主，"你怎么可以这样对Siyanie说话？"

"我的话说完了，参观也结束了。"海公主不理睬贝依依，对新堂圣说着。

贝依依尴尬地愣了愣，觉得在偶像面前失了颜面，便咬了咬牙："喂！我跟你说话呢！海公主！"

海公主没有理她，准备转身离开。

贝依依被海公主的无视彻底激怒了，她猛地冲上前拉住海公主，然后愤怒地挥起手掌重重地朝海公主的脸颊扇过去。

"啊！"

同学们都倒吸了一口冷气。

可是这巴掌没有落下去，电光火石间，海公主反手抓住贝依依挥过来的手，然后，在所有人都以为海公主要反手扇贝依依的时候，海公主甩开了贝依依的手，头也不回地走开了。

寂静。

整个操场都陷入了一片死寂之中。

所有的人都惊呆了,张大嘴巴,呆呆地动弹不得。

原本正准备起跳的新堂圣看着海公主走远的背影,眼中夹杂着一丝疑惑。她是因为他而生气吗?

★★★ ★★★ ★★★

窗外的阳光被乌云挡住,天色阴沉,一道闪电划破天空,雨珠噼里啪啦地敲打在玻璃窗上,有种急促而混乱的节奏。墙壁上的时钟指向7点50分,一阵痉挛般的疼痛从列泽华的胃部传来。

一个安静的身影坐在白色沙发上,茶几上放着一杯早已没有热气的水,她的影子斜斜地映在地毯上,玻璃窗外是清冷的雨声。

仿佛察觉到他的到来,她轻轻抬头,声音里却带着隐约的感情:"我们是一家人。"

一家人……

那次是列泽华来到海家后第一次因为一点儿小事而发脾气离开,当他不知走到哪里去而选择回来的时候,他以为海公主的母亲,也就是他的养母程兰会冷冷地将他拒之门外,可是她竟然告诉他:"一家人就是什么都可以包容的……"

所以,在此刻气氛沉闷的晚餐桌上——

"您不用担心,就算我没有记忆也没关系,只要我们一家人健康地生活在一起就好。"餐桌上,列泽华低声对程兰说,"医药费太昂贵了。既然公司已经处于亏损的状态,还欠了不少债务,您没必要为了我平添一分烦恼。"

程兰的脸色有些不安,连忙说:"我已经很努力地经营,可还是一败涂地……"

海公主看着列泽华，眼里是深深的内疚："你怎么会是烦恼？李医生不是说，只要坚持治疗，你的记忆是可以恢复的！"

"放弃治疗吧！"列泽华神情坚决。

"不可以！我明天拿设计的手工作品去卖……"海公主失去了往常的淡然，急切地说着。

列泽华还是摇摇头，说："我不愿意看见那些不懂得欣赏你的人糟蹋你的心血。"

"不行！不管你答不答应，我已经决定了！"海公主倔犟地说。

"我不会再接受治疗的！没有记忆又怎样？"列泽华也依然不肯让步。

就在两人相持不下的时候，程兰的电话响了，海公主和列泽华停止了争吵。程兰看了看号码，便起身走向客厅去接听电话。

回来后，程兰对海公主和列泽华说："你们不用争了。列泽华的病肯定是要继续医治的，而海公主你的手工作品也不用拿出去卖。刚刚是我的一个朋友给我的电话，她说有一单可以让我的公司起死回生的大生意，但是要到偏僻的湘城去找那家公司的总裁谈。所以，我明天一早就要赶去湘城。你们两个在家要小心，互相照顾好对方，知道吗？"

清晨。

整条道路的灯都已经黑了，四周弥漫着轻柔而透明白雾。街道上车水马龙，热闹非凡。路两旁有着厚厚的积雪，空气清新得如同梦境一般。送走程兰，海公主把之前做好的手工作品打包好，步出家门，准备在上课之前送到商店寄售。

她在雪地上很起劲地走着，因为每走一步，脚下就会传来"咯吱咯吱"的声音，听上去非常厚重踏实。其实她大可以选择走清洁工打扫出来的路面，可她就是喜欢踩在雪地上的那种感觉。

她边走边看着路边几个堆雪人的孩子玩耍，唇角不由自主地向上扬起。

"啊——"

她全神贯注地看着堆雪人的孩子们，没注意脚底一滑，一个趔趄身体已经歪向了一边。就在这时，一只温暖的大手很及时地伸过来，拉住了她的手臂。

海公主眼中的光芒轻轻一颤。她深深地吸了一口凉凉的空气，然后抬头看向晨练回来的列泽华。

他在扶住她之后却依然拉着她的手，并没有松开。

他紧紧地握着她的手。

海公主心里一紧，慌忙抽回自己的手。列泽华任由她把手收回，并没有说什么，只是唇角多了一抹笑意。

"谢谢！"

"我们是一家人，还需要说谢谢吗？"

列泽华看着海公主，眼眸中是一片明亮温和的光，他的声音在这美丽的冬晨里带着某种异样的感情。

海公主的心竟在瞬间猛地一颤。

"今天这么早就去上课？"

"嗯，有些功课必须到学校里去请教老师。"

"这样啊，那你快点儿去学校吧！"

"那，那我先走了。"

就在海公主转身打算离开的时候，列泽华的声音从她的耳边飘过，带着温柔的感情："你没有必要对我也这么疏远。那些传言我不会放在心上。只要和你在一起，我就能感觉到从未有过的温暖和快乐。"

海公主僵住，神情有些恍惚，却没有转过身，而是背对着列泽华站在了那里。

静静地把话说完，列泽华看着海公主的背影，缓缓地握紧了自己的手，就好像她手心的温度还残留在他的手上，并没有消失一样。

铺满积雪的道路上，他默默地站着，看着她的身影。

海公主也静静地站着，良久，她转过身，唇边缓缓出现了一抹温柔似水的笑意："你不要想太多，我并没有疏远你。"

列泽华一怔，倨傲漆黑的眼眸在下一秒迸发出明亮的光来。

她回眸微笑，声音澄澈而坚定。

"好了，我该去上课了。"说完，她的睫毛颤了颤，朝公交车站的方向走去。

列泽华依然站在雪地里，心底涌起了淡淡的失落和不舍。

一个手工制作的皮制钥匙扣落在地上，应该是海公主刚才不小心掉落的。他认得她的设计风格。他轻轻地将钥匙扣捡起来，小心地触碰着，仿佛那上面还有她留下的气息，一种让他眷恋的温暖气息。

阳光如琉璃般洒落。

列泽华拿着那个钥匙扣，站在那一片白雪中凝望着她，就仿佛知道她会回头一样，帅气的面孔上浮现出一个温暖灿烂的笑容。

原本越走越远的海公主忽然回头，她的眼中里闪过一丝隐约的亮光。再看了列泽华一眼，她渐渐走远了，纤瘦的背影隐入了一片橘黄色的阳光之中。

列泽华一直看着海公主离开。

她还是为了他拿自己最珍视的手工制品去贩售了。

他看着海公主离开的方向，就那样安静地站在原地，好久，好久……

他想死死抓住那一份温暖的感觉。从一开始就从她身上流露出来的、对他而言不能缺少的温暖……

*** *** ***

同样的清晨。

同样的天空，蔚蓝如洗。

风吹起窗纱。

新堂圣站在卧室的落地窗前，眼中是一片暗沉的孤独。地板上斜斜长长的投影染着寂寥如水的晨光。他拿着水晶酒杯，里面盛满了浓烈的伏特加，他沉默地空腹喝下，瞬间火辣辣的液体从咽喉一路燃烧到腹中，灼疼了他的胃。

这也许是他在这房子里所喝的最后一杯酒了。这样想着，他的神情更加黯然，手指无力地收紧。自己最信任的经纪人李克那雷霆般震怒的吼声以及其他人的冷嘲热讽、不满与谴责如梦魇般重叠，再次回响在他耳边……

"你是歌手新人王,就可以随便动手打人了吗?"

"对方是女生!还是你的屏幕情侣!"

"就算你没有感情,但也要看重自己辛辛苦苦打拼出来的演艺事业!"

"Siyanie!你以为你是谁?"

"这是公司的决定,原先在你名下的房子要收回,不过我另外帮你租了套房子……"

……

新堂圣闭上眼睛,心中泛起一阵撕裂般的疼痛,渐渐地,随着这股疼痛,脑袋也如针扎般地痛起来。他用力摇头,努力想将那些可怕的声音挥去。

可是,走吧……

还是走吧!

这儿已经不属于他了。

仰头将满满一杯伏特加"咕咚咕咚"地一饮而尽,"砰"地一下重重把空酒杯放回桌上。他转身走到大衣柜前,开始收拾行李。

天空蓝得一丝云都没有,积雪消融,空气冷得像结了一层薄冰一样,反而比下雪时更加寒冷。

新堂圣放下行李,默默地拿出钥匙。

将钥匙插入门里。

门开了。

满屋的明亮与温暖。

空气中弥漫着诱人的饭菜香气。

"你回来了?"

一个女生从厨房里探出头来,脸颊上沾了一点点面粉,身上穿着一条浅蓝色的围裙，蓬松卷曲的茶色长发安静地垂在肩上，整个人看起来清新美丽，又很自然。

微笑着，她从厨房里走出来，用围裙擦干双手，但是，看到是他时，她的身子顿时变得僵硬，原本明亮得宛如夜空中刚刚出现的星星的双眼瞬间淡漠下去。

新堂圣愣住了，立在原地，脑子里一片空白。

淡淡的饭菜香就是家的感觉吧？不需要什么珍馐美味，只要简单平常的饭菜也可以百尝不腻。

温暖的橘色灯光，还有从厨房里微笑着走出来的她，浓郁的饭菜香气，一切都是那么的美好而幸福。

仿佛全身的血液从冰冻中解冻，然后重新开始缓缓流淌，新堂圣的眼眶有些湿润了。他想要的家的感觉，一直想寻找的家的感觉，竟然会在这初来的地方遇到了。

可是——

这一切会不会只是转瞬即逝的幸福泡沫？往往越是美丽的事物就越是易碎，上天让他感到幸福也许是为了要让他坠入更深的地狱。

果然，海公主咬牙，眼神古怪地瞪着他："你……你怎么会出现在我家？"

她的不友好态度让新堂圣的眼神暗淡下来。

海公主轻轻皱眉。

"在学校还不够，现在竟然跑到我家里……"话还没说完，海公主就转身，直接打电话找来小区的保安。

新堂圣的心渐渐沉下去。

家的感觉……果然只是泡沫，它像极了盛夏里那些美得虚幻的泡沫，但只要指尖轻轻碰触到，就会立马破碎。

他始终不能拥有一个温暖的家。

保安很快赶了过来。

海公主不动声色地问:"这个人,他不是本社区的住户,怎么可以随意进入?"

原本一直默默出神的新堂圣见状,只好解释:"我是租客。是你把房子租出来的,而我只是一个租客。没想到你这个房主竟然不知道是谁租了你的房子就随随便便交出大门钥匙。"

海公主平静地把视线从保安那里收回来,有些嘲讽地笑道:"哦?是这样吗?我是有打算出租房子,可是还没贴出出租告示,你就已经租到了房子,理由也太牵强了一些吧?"

"这位小姐……"

保安轻唤,他觉得这位先生的口气不像在作假,而这位小姐又沉静得看不出她究竟在想什么。

新堂圣眨眨眼睛,打量她半响。

想了想,他从行李里找出一个牛皮信封,递给海公主:

"或许这个能证明我没有撒谎。"

*** *** ***

在经过详细确认后,海公主得知新堂圣真的是她家的房客。程兰在去湘城之前把房子租给了新堂圣的助理,但因为公司的危机而忘记告诉海公主了。

海公主沉默。

她轻轻吸了一口气,是她误会他了。

保安打量着海公主的神情,迟疑地说:"既然是一场误会,那我就先离开了。"

说完,保安离开了。

整个房间只有他和她两个人,屋子里一下子安静下来。

窗纱落寞地被夜风吹起,海公主静静地站着。

新堂圣靠在米白色沙发上,身上有种清新的体香,像是香皂混合了松树的味道。他薄薄的嘴唇弯出优雅的弧度,笑道:"误会?一句误会就什么事都没有了?难道我无缘无故就会拿到你家钥匙吗?真是可笑……"

瞬间,空气被冰冻住了……

寒光在被冰动住的空气中若隐若现。是嘲讽吧?呵,他的态度让她原本有些内疚的心情又冷了下来。

海公主的神情是一贯的淡然宁静。

只是缓缓地,她笑了,笑容恍如寒冬里结冰的海面,晶莹美丽,却寒凉冷漠。她正想说些什么,门再次被打开了。

冰冷倨傲的少年在见到海公主时低头凝视她,宝石般闪亮的光芒从他眼中飞闪而过。

黄昏的阳光照进来,地板微微反射出柔和的光。看见是列泽华,海公主的心情忽然明朗得就像看见了阳光,她的笑容多了一丝温暖,就好像她每天都在这里等着他回家一般。

新堂圣的喉咙仿佛被什么堵住了,心中忽然莫名地泛起一阵疼痛。

"海……"列泽华望着她宁静温柔的笑容,突然有种不可思议的幸福感,觉得一切都显得那么不真实。

他飞快地将头转开。

忽然间,他不想让她瞧见自己这副狼狈的快乐模样,便装作呼吸空气中饭菜的香气,深吸几口气,才孩子气地说:"真是香啊!你做了什么好吃的？"

"妈妈今天没有回来，所以我就亲自下厨了。"海公主的眼睛亮亮的，她笑着说，"是一些很简单的菜式，但都是我最拿手的。"

她转了转眼珠，像小猫一样可爱："有你最喜欢吃的糖醋排骨哦！"

一瞬间，又热又暖的液体让列泽华的声音变得低沉："哦？是吗？那我可要尝尝看。"

他牵起她的手。

海公主仰头，对他灿烂微笑。

他和她如同最美丽的童话般，唯美梦幻得令人窒息。

他们一起步入厨房，并没有注意到还有一个人正笑着仰靠在沙发里，美丽得惊人。新堂圣如同一个妖娆的妖精般，因为被忽视受到伤害而更加肆意地绽放出妖冶的美丽笑容。

厨房很小，一盏小小的百合吊灯散发着柔光。

几个菜已经盛进碟里，上面盖着瓷盘盖保温，炉上的锅里用小火炖着粥，清香的味道扑鼻而来。

列泽华的眉梢染上柔和的神情，他惊奇地说："啊，居然全都准备好了！"

他一一打开保温的瓷盘盖，只见雪白色的瓷盘里是笋片炒冬菇，浅绿色瓷盘里是素炒藕片，淡蓝色瓷盘里是他最爱吃的糖醋排骨，另外还有一碗紫菜汤。

"怎么样？"

海公主小心翼翼地问着。以前和妈妈住在一起的时候，她偶尔会做几次饭，自从列泽华来了以后，她好像还是第一次下厨呢！她担心菜色太素淡了，可是她最拿手的菜就是这些。

"很丰盛，很好。"

列泽华夹了一筷子笋片炒冬菇，细细咀嚼着，那异常甜美清香的味道让他都不舍得咽下去。就算世界顶级的厨师做出的菜也比不上海公主做的。

"没想到你的厨艺也这么好，和程妈妈的厨艺不相上下。"

"妈妈比我做得好吃，我还以为我做的菜会让你难以下咽呢！"她微笑。

"怎么会？只要是你做的饭菜，就是世界上最美味的。"

列泽华感动地说着，眸中闪动着温柔的光。

★★★ ★★★ ★★★

"哦！我差点儿忘记了！"

就在列泽华准备大快朵颐的时候，海公主突然惊叫出声。

列泽华放下筷子，疑惑又担心地看着海公主："怎么了？是还有什么菜忘记拿上来，还是忘记关煤气了？"

"不是啦……"海公主脸上浮起一抹内疚的神色，急忙对列泽华说，"你等一下……"

说完，海公主就跑向客厅。

新堂圣看到海公主朝他走近的时候，脸上的笑容更加妖冶了，只是眼神越来越冷。

海公主走到新堂圣面前，神情变得如往常一般礼貌而疏离："那个……你吃饭了吗？如果还没吃的话，就和我们一起吧！"

新堂圣心里冷笑了一下，想着，这是同情吗？于是，开口想拒绝，却没想到说出的话竟然是："好。"

说出这个字时，新堂圣都惊住了。

当他想改口的时候，海公主已经转身离开了，边走边对他说："那就快点儿过来吧！要不然菜都凉了。"

月光透过枯树的枝丫洒下一片斑驳的阴影。

餐桌上全然没有了最初的温馨和热络。

自从海公主介绍完新堂圣是自家的房客兼她的同班同学，列泽华礼貌地微笑并打了一声招呼后，除了三个人安静吃饭的声音，再没有其他声音了。

气氛有点儿怪异。

海公主夹了块排骨到列泽华碗里，说："多吃点儿。"

"嗯。"列泽华抬头对她笑。

新堂圣的背脊忽然有些僵硬，他竟然短暂地失神，眼中隐约有种受到伤害的湿润雾气，他慢慢放下筷子，从餐桌上随意抽出一张面纸擦了擦唇角，起身说："很丰盛，谢谢。你们慢用。"

他淡淡地说着，目光停留在海公主身上一两秒，然后转身走出了餐厅。

在新堂圣走后，列泽华也放下了碗筷，仿佛是在想什么似的，一种疏远的气息让人难以接近。

海公主坐到他的身边。她侧头望他，眼中有种温柔的神色："怎么了？刚刚不是还说我做的饭菜很好吃，现在怎么只吃这么一点点就吃不下去了？"

"不是。"

"哦。那你是怎么了？身体不舒服吗？"

"他是谁？"列泽华打断她，低沉着声音问着。

海公主怔了怔，然后懒懒地打了一个哈欠，解释道："刚才不是说过了吗，他是租我们房子的租客。"

"我不是想问这个问题。"

"那是什么？"

"他会住多久？"

"不知道。"

列泽华凝视着海公主，终于还是问出了在第一眼看到新堂圣后就无端冒出的让自己恐慌的疑问："你喜欢他？"

"怎么可能？"海公主一扫以往的从容淡定，讶异地说。

"那……那你讨厌他？"

"嗯……或许吧！总之是没有好感的。"海公主朝列泽华温柔一笑，如实回答。想起之前和新堂圣之间的过节，她确实对他产生不了好感。

这个笑容让列泽华的背脊又开始僵硬，他的手指滑到她的脸颊，声音很低："以后也不要喜欢他，好吗？"

"喂，列泽华，你今天是怎么了？"海公主看着列泽华深情的眼神，内心一阵慌乱。

"没怎么……只是想要你答应我不要喜欢他。"列泽华的眼神更深邃了。其实，他的心里还有一句话没有说出口，就是——除了我，请你不要喜欢上任何人。

海公主看着列泽华执拗的神情，有些生气，可是想到列泽华因为自己而遇到的不幸，她所有的怒气都消散了，她轻声说："好，我不会喜欢他。"

"真的？"

"是，真的。"

半透明的纱制落地窗帘在风中轻轻地晃动着。

列泽华屏住呼吸，心底涌出一股喜悦，然而依然僵硬的唇角，让他的笑容看起来出奇的孩子气。

原本有些恼火的海公主也不由得因为他这个笑容而妥协，她心想，自己的出现带给他太多的不幸了，那么，只要让他快乐，自己不管做什么都可以的吧？

★★★　★★★　★★★

电话铃突然响了起来，打破了这份宁静。

列泽华接起电话。然后，他的眉毛紧紧地皱了起来。

"嗯，好！我知道，我马上就到！"

放下电话，他告诉海公主程兰被工厂的设备弄伤了，住进了当地的医院，他会先过去看望，然后明天再向学校请假。海公主要求一起去，他执意不让："我自己连夜开车过去照顾她就好，并不是很严重，你乖乖在家等消息吧！"

说完，列泽华起身走出餐厅。

不一会儿，屋子外面传来发动车子的声音。

夜色渐深。

海公主依然坐在餐桌前，桌上的饭菜早已变凉，她抱着膝盖发呆，身子缩得紧紧的，影子也变成小小的一团。

一个人影走到她的身边，阴影将她笼罩进去。

她知道那是新堂圣。

因为只有他的身上才会有着如白雾般淡淡的气息，同时，有一种淡淡的香气会从她鼻间飘过。

"我说过，你和我是同一类人。"

他居高临下地望着她，一如初次见到时那般，笑容里有一点点邪恶，还有一丝诡异，却仍旧非常漂亮。

她转过头，没有看他，继续发呆。

良久，他以为她不会开口说些什么时，她突然轻轻地说："我跟你是同一类人，所以请你离我远一点儿。在学校里和在这个家里不一样，最好有我的地方你就不要出现。"

说完，海公主站起来，走进卧室。

夜越来越深。

皎洁的月光透过窗户照在米白色的沙发上，新堂圣一个人安静地坐着，脸上有种若有所思的神情，忽而皱眉忽而微笑。

他的笑容里带着些孩子气，也带着淡淡的恶意，就好像想到什么有趣的恶作剧。

*** *** ***

上午，阳光灿烂。

新堂圣反复思考了一会儿，还是前往摄影棚去见光辉影视的著名制作人，期待有新的机会。

光辉影视与盛世影视公司不同，虽然规模较小，但对新人的提拔是任何一家公司都无法比拟的。

他并不知道去那里之后会有怎样的结果，但他希望能有一个好机会。前段时间光辉在四处招揽新人，据说是在筹备一支知名企业的广告，可是一直找不到适合的男主角，所以拍摄进度一拖再拖。盛世也有推荐人过去，但都被一一否决了。

前台接待小姐让他去四楼南面的会议室，看到等电梯的人很多，他想了想，从大厅一侧的旋转楼梯走了上去。

楼梯铺的是栗色的大理石，镶嵌着金色的细条纹，栗色的木制扶手触感圆滑舒适，金色的镂花透出奢华气派。

会议室的大门也是栗色与金色相间的装饰，栗色的夹边，中间是金色的华丽雕刻图案。

新堂圣礼貌地敲了敲门。

等了一会儿，仍没有听见里面的回应，他轻轻推开会议室的大门，走了进去。

里面已经有三个男生在等待了，一个娃娃脸、一个俊雅、一个带着点儿书卷气。他们正谈笑着，见到有人进来，表情都显得有点儿诧异，但是立刻他们的眼神里就多了些奇怪的东西，冷冷地打量完新堂圣，又转过头去继续说笑，直接把新堂圣当成空气一般。

新堂圣微怔。

会议室中间是一张椭圆形的大桌子，三个男生坐在右边，他想了一下，坐在左边，正好侧对着他们。

他对他们礼貌地笑了笑。

其中一个书卷气的男生有些错愕，局促不安地扶了扶黑边框眼镜，也试图挤出像他那样收放自如的微笑来回应，可是失败了，笑起来傻兮兮的，活脱脱的书呆子形象。

说到笑容，这个圈子里谁都不及俊美性感的新堂圣。他刚出道时的第一张专辑的宣传海报，可谓震惊了整个娱乐圈，就算他现在已经在走下坡路，粉丝也日益减少，但那张海报还是大家不舍得丢弃的珍藏品，有些音像店至今还把那张海报张贴在醒目处，没有撕下来换上新人的海报。

毕竟，他那穿着英伦风格的白衬衣、胸口处解开一颗珍珠纽扣、故意露出细致如瓷的肌肤所透出的无限性感，是可以令任何人都看得如醉如痴、目眩神迷的，当然也是任何人都无法企及的。

尤其他那美如樱花的双唇，只要轻轻上扬，便可迷倒无数人。

另外两个男生狠狠瞪了一眼书卷气质的男生："白痴，你笑什么？有什么好笑的。"

这时，会议室的门又开了。一个穿着米色大衣和牛仔裤、浑身透着帅气的男生走了进来，与他并肩走进来的还有一位妩媚的女生。他们显然也是为了此次的广告而来，只是这支广告缺少的是男主角，为什么会有女的也来试镜？

新堂圣抬眼，下巴瞬间紧绷，眼神深沉。

那两个人选择了中间的位子坐下来。

办公室里安静得仿佛没有了呼吸。窗外的阳光被乌云挡住，天色有些阴沉。墙上的时钟一分一秒地走动。

"有些人就是不知道自己的轻重。诺西姐，你说有些人都过气了，还妄想成为这么重要的广告代言人。这次幸亏你陪我来，要不然你不亲眼目睹，我回头跟你说，你又当我是在开玩笑。"

说话的是方才刚进来的穿米色大衣的男生——盛世力捧的新人，最重要的他还是安诺西刚出道的师弟。

新堂圣安静地坐着，明明知道这话是在嘲讽自己，他也只是微微眯起眼睛，眼中腾起妖娆的雾气，看不出任何情绪，就仿佛像没有听出他话语中的嘲弄。

"小C，不要随意评论那些已经过气的前辈，要知道这样的前辈发起火来可是很可怕的。"妩媚女生似笑非笑地说着，"我就是一个很好的教训。"

"那又如何！欺负了诺西姐，不就被赶出了盛世吗？他还能嚣张什么？"

……

安诺西和那个叫小C的师弟一唱一和的。安诺西看着新堂圣，就像是在看一个可怜的乞丐，口气里含着施舍的味道："我说小C，你刚出道就这么红，事业可谓如日中天，就不要跟着掺和这个小小的广告试镜了吧！纯属浪费时间。"

太过分了，这话一出口，在座的其他人即使明知安诺西是在挖苦新堂圣，但脸上也都有些不好看。虽然他们自知无法跟安诺西的师弟争角色，但任谁被这样贬低都不会舒服的。

不过他们也不敢得罪安诺西，只能愤愤地看着那一男一女。

忽然，新堂圣开口了："是吗？明知道是浪费时间还跑来，真是够愚蠢的。"

空气里仿佛突然弥漫起令人窒息的白雾。

缓缓地，新堂圣笑了，他脸上没有任何被激怒的神情，笑得依旧那么漫不经心，仿佛君王在怜悯他的俘虏一般："靠女人增加的名气，红了又如何？就算可以得到这支广告，但拍摄的时候怎么办才好呢？难道也要让女人代替去表演？不过，有些事似乎得说出来，这女人很辛苦才爬到今天的位置，但其实她并不懂得如何演戏……"

"你说谁呢！"安诺西暴怒地拍了拍桌子，站起来，怒视新堂圣。

"你说谁不会演戏？"

新堂圣的瞳孔渐渐紧缩，笑容却愈发妖艳。他轻笑着说："说你。"

从出道到现在全靠绯闻维持演艺事业的安诺西，圈里人私底下都送她一些不雅的外号，如"交际女王""娱乐圈的小公关"……只是当她终于红了，这些负面的新闻竟然如同粉笔字一样被处理得干干净净。她和哪个导演私下暧昧，或是和哪个名企业家有过瓜葛，这些负面新闻统统都没有了，她在观众面前所呈现出来的始终是纯情玉女的形象。

对于那样的过去或许她自己也讨厌吧！所以当新堂圣微微提及，她就已经控制不住情绪了。

所有人的目光都落在那两人身上。

空气仿佛凝滞了，就连呼吸声似乎都没有了。

突然，悠扬的手机铃声响了起来。

安诺西的师弟接起电话："哦？是吗？那真是不错……"

他挂掉电话，对安诺西微笑："诺西姐，刚才小玲打电话说，这支广告的男主角已经敲定由我出演，不用试镜了。咱们现在走吧，没必要在这里浪费时间。"

已经敲定了？那他们坐在这里干什么？

带着书卷气的男生首先起身离开了会议室，接着是那个娃娃脸和那个俊雅男生。

安诺西和她师弟同时轻蔑地瞅了一眼新堂圣，也离开了。

只剩下他一个人坐在空落落的会议室里。

虽然在来之前就做好了这样的心理准备，但事情真正发生后，他的心还是很痛。

然后浓浓的失落……

★★★　★★★　★★★

从光辉影视出来后，新堂圣想了想，还是往下一个影视公司走去。

舞蹈排练厅里，阳光照在四周的镜面墙壁上，白花花的亮光炫目而刺眼。音乐声很大，在空旷的房间里回荡。年轻富有活力的女生们跳着充满活力的舞步，看起来一个个可爱漂亮极了。

"1，2，3，4！"

"1，2，3，4……"

木质地板上，阳光一圈圈地晕开，舞蹈教练随着音乐的节奏大声喊着，在一排女生前面领舞，边跳边从镜子里观察她们的动作。

女生们好像已经练习了很久，每个人都是满脸汗水，急速起伏的胸口和越抬越低的双腿也都显示出她们太累了，再不休息她们真的就要累得晕倒了。

终于——

她们中间最矮小的那个女生"扑通"一声坐倒在地板上。

她拼命喘气，汗流浃背，练功服全都湿透了。她其实并不想坐下来这么丢人，可是，她实在是跳不动了。

紧接着，又有人倒在地上。

"你们看好谁？"

练功房的外面，透过敞开的大门，一个胖胖的女人用手托住下巴望向里面的女生，手指上玫瑰形状的红宝石戒指熠熠发光。

她身旁陪着的另外两个人陷入一阵思考中，还未开口，就见到有一个人走过来。

那个人身上就像是蒙着层淡淡的白雾，美丽得让人觉得好像陷入了美梦。

当新堂圣从这里经过，窗外的阳光忽然不再灿烂，四周的一切也忽然暗淡失色，因为世间所有的光芒都聚集在了他的身上。那光芒恍如是从他的体内迸射而出，无比明亮，美丽刺眼得令人眩晕。他穿着简洁、略带华美的衣服，看起来就像参加完豪华夜宴后刚刚将晚礼服随手扔掉的王子。

盯着新堂圣，戴着玫瑰形红宝石戒指的女人慢慢地抚摸自己的下巴。

"你是Siyanie？"

新堂圣眼眸如暗夜迷雾般斜睨着身旁的胖女人。竟然会有人用不确定的口气问他是不是Siyanie。

他绝美的面容有一丝失落，原来，人们对他的记忆这么快就模糊了。

他的唇角勾勒出一个嘲弄的弧度，目光淡淡如晨间的白雾，他望着胖女人，低沉着声音说："我是新堂圣。"

胖女人伸出手，热情地微笑："很高兴能在这里见到你。我是温雅。"

新堂圣没有握住她的手。

温雅干脆伸出胳膊挽住他，就像多年未见的情侣一样，亲密地对他说："我们在挑选新片的女主角……"

这是温雅第一次如此近距离地跟新堂圣接触。尽管都是一个圈子里的人，也曾经在一些大大小小的场合远远地见过他，知道他的美丽属于动人心魄的那种类型。可是，当新堂圣如此近距离真真切切地站到她面前的时候，她还是会像情窦初开的小姑娘似的，眼前金星乱冒，胸口有血气喷涌，甚至有种快要窒息晕倒的兴奋感。

新堂圣抽回自己的胳膊，仰头而笑，语气中带着不屑："难道你是想让我帮你挑选一下谁来当女主角比较合适？那可能会很好笑呢！因为，我除了会唱歌、会演戏，对于帮别人挑人还真是爱莫能助。"

"怎么会呢，Siyanie的眼光无论是从哪个角度来说都是最棒的！这次我邀请你过来，是想跟你谈谈我的一部新戏，这部戏的男主角还没敲定，你很符合我心目中理想的男主角形象。不知道有没有这个荣幸能邀请你出演。如果可以，我希望我们可以详谈一下。"

"哦？"新堂圣微眯眼睛，似笑非笑地问，"男主角？"

*** *** ***

深夜。

乐巢酒吧。

闹市区最著名的酒吧就是乐巢酒吧，此时正是它最热闹的时段。

不同于一般的酒吧，这里选用了纯净、淡雅、带有明快感的米黄色调作为大背景，设计风格中体现多元化、多视角的丰富内涵，在构造典雅的同时营造出别具一格的氛围。

酒吧里几乎每个角落都坐满了客人，来往穿梭的服务生，酒杯相碰的声音，轻语声，欢笑声，调酒师们玩出许多令人目不暇接的花式动作调出各种美酒，而小有名气的"萤火虫"乐队在前面的舞台上投入地唱着属于自己的原创歌曲，使酒吧里的气氛沸腾到最高点。

酒吧的吧台边有一个死角，那是最僻静的位子。高大的深绿色树木盆栽将这里与其他喧闹的区域分开。不过，这儿虽然能保持清静，却会阻碍视线。一般人是不会坐这个位子的，因为来酒吧都是为了找热闹。

可是今晚，那里竟然有了一位客人。

新堂圣。

因为植物的掩映，酒吧里的人们只能隐约看到他的侧脸。

他沉默地喝着酒，五官轮廓俊美，美丽得好像画里的妖精，恍若有朦胧的白雾笼罩在他身上。

细心的话，可以发现他已经喝了很多杯。他一杯接一杯地喝着，仿佛喝下的不过是白开水。

一些女人心醉于他的风采，试图装作无意地走近他、与他攀谈。可是，每当她们刚走到距离他三米左右时，就会有服务生礼貌地拦住她们，解释说那位客人不喜欢被打扰。

喧闹的酒吧。

新堂圣疏离的背影与这里的环境格格不入。

乐队声嘶力竭地弹奏演唱，客人们谈笑着，空气中弥漫着浓重的酒气。

新堂圣把水晶酒杯向前一推，吧台后的调酒师立刻恭敬地将新调好的酒倒入杯中。他皱眉凝视酒杯中轻晃的透明液体，眼神空洞。他微微仰头，火辣的灼烧感顿时沿着喉咙而下。

男主角……多少人梦寐以求的……

可是，为什么是那样低俗的戏？

当他满怀着希望应邀去那个温雅的家中去看剧本时，没想到竟然是一本低俗的垃圾片，竟然还让他脱掉衣服，说要看看他的身材怎么样。

当他愤怒地撕烂剧本后，温雅变得没有一开始那么热情，而是冷冷地挖苦他说已经是过气的偶像还装正经，并愤怒地警告他毁掉了她的剧本，她会采取法律手段，并让他在影视圈再也没有翻身的机会。

没有翻身的机会？

这倒不错，他可以离开得彻彻底底、干干脆脆，再也不留下什么。于是，他告诉她要告就痛快点儿，像这种不干净的片子，法律是不会支持的，至于以后没有办法再在影视圈工作，他也乐意接受，毕竟这样的影视圈没什么值得他留恋的。

然后……然后呢？

他也不清楚自己是怎么走出那个温雅的家，来到他经常来的乐巢酒吧的。在这儿没有人会在意他曾经是谁。这里的侍应生对他的态度还是一如既往，在他们的眼中，他也只不过是一个客人，只要给钱就可以享受到最好的服务。

酒吧里音乐嘈杂，灯光闪烁。望着酒杯，新堂圣没有表情地笑了笑，酒杯又空了。

调酒师小心翼翼地低声说："Siyanie，您已经喝了十几杯了……"

新堂圣看他一眼，说："可是我还没有醉。等我醉了，你就可以停止为我倒酒。"

调酒师嗫声,连忙将调好的酒再次倒上。

新堂圣沉默地坐着,手指轻敲着酒杯,水晶酒杯轻轻发出清脆的声音。

他还没有醉……

"啪——"

房间的灯被打开，一室黑暗顿时消散。

夜风从房门外轻轻吹来。

模糊中仿佛有一双手拉住了他，那是双很温暖的手，触到他冰冷的手臂上，带来的竟是灼热的暖流……

他的大脑痛得几乎要爆炸了，眼睛也是，睁着也痛，闭上也会痛，而眼前似乎还有如红雾般可怕的梦魇在控制着他，无论睁开眼还是闭上眼，他始终挣脱不开，痛苦已经掐住了他的咽喉。

他快要窒息了。

完全没有任何意识，他的手本能地伸出，似乎是要寻求某种可以救赎自己的力量，他想抓住任何可以抓住的东西，摆脱这可怕的感觉。

酩酊大醉的新堂圣忽然伸出手来，用很大的力道把被他的敲门声吵到挂断与列泽华的电话、打开房门还不清楚是什么情况的海公主揽到怀里。

她的额头猛地撞到了他的胸膛，根本来不及喊痛，她的第一个反应就是挣脱他突如其来的怀抱，但是，刚刚一动，她立刻就被更大的力道箍住，被紧紧锁在他的怀里，连呼吸都变得困难了。

"新……新堂圣……"

海公主从新堂圣的怀里费劲地抬起头来，她的一只手被新堂圣握得紧紧的，毫不克制的力道几乎可以把她的手骨捏碎。

"你——"

一阵夜风吹过,窗帘被猛烈地吹扬而起。她仰起头想大声喊醒他,但是就在她刚刚张开嘴的时候,一滴温热的液体忽然落在了她的面颊上。

海公主怔住了。

是眼泪,温热、带着苦涩味道的眼泪……

海公主惊愕地望着新堂圣,她被箍在他的怀里一动不能动,却能看到他的眼泪一滴滴地滚落下来……

他居然流泪了!

像是被噩梦纠缠着,他痛苦挣扎,痛苦地流泪,如同山一般沉重的绝望化成眼泪落下来……

滚烫的、犹如溃堤的海水一般的眼泪一滴滴地落在海公主的脸上、身上。

海公主不再挣扎,也忘记了手上传来的疼痛,她屏住呼吸看着新堂圣近在咫尺的脸,看着那些眼泪不断地落下。

"这是最后一次……我最后一次的坚持也都……再也不会有了……我放弃了……我也会累……我真的好累,好累……"

他的面孔依旧苍白,眼睛死死地闭着,身体疯狂地颤抖着,痛苦的声音从他的唇边传出,带着苦涩之意。

仿佛忘了他们两人之间过于亲密的距离,海公主怔怔地看着他,一动不动。

忘记了自己讨厌他,也忘记大半夜因为他而被吵到的烦闷,一切只因为此刻的他脆弱得就像是一个无助的孩子般。

莫名地,她的心在刹那间变得很软,很软。

清冷的月光无声地照进整洁的卧房,她的脸颊贴在他的胸口。

淡淡的香气混合着浓烈的酒气一起传入鼻间,她温软的身体渐渐温暖了他冰冷僵硬的身体,新堂圣屏住呼吸拥抱着她,仿佛只要在她的身边,往日的阴影就再也不会来。月光淡淡地照在拥抱的两人身上……

房间里流淌着如水一般的宁静。

新堂圣静静地睁开眼，看到怀中的海公主，他的眼眸突然透出琉璃般闪亮的光来。

她的手正被他紧紧地握在手里。

不知为何，他喜欢这种感觉。也许是他醉了，但是不管是在梦里还是现实，他都想放纵一次，于是他的手握得更紧了。

海公主见他睁开了眼睛，顿觉尴尬，想从新堂圣的怀里抽身而出。

而新堂圣再次闭上了眼睛，喃喃自语着："不要走，可不可以？留下来陪我，好吗……"

海公主挣扎许久，还是留了下来。她把新堂圣扶到床边，照顾新堂圣睡下，在她做好一切要离开的时候，新堂圣拉住了她的手——

"不要走……"

海公主转身看向新堂圣，新堂圣并没有醒来，眼睛紧闭着，眉头微皱，嘴里断断续续地说着："不要走……妈妈……我的头好痛。唱首歌给我听好吗？"

"只要听妈妈唱歌，我的头……就不会痛了……妈妈……"

……

新堂圣的面容上露出孩子般的脆弱，海公主的心中涌起一阵心疼，这样的新堂圣是她从未见过的啊！

海公主慢慢地在新堂圣的床边坐了下来，从来不当着外人唱歌的她，竟然轻轻地唱起歌来……

舒缓的歌声在静谧的夜里轻轻地流淌，让人无比安心。

新堂圣在海公主的歌声中睡着了，却不知什么时候把枕头掉到了床下。

海公主望着他呼吸均匀的睡容，然后，捡起枕头，轻轻伸手将新堂圣的脑袋抬起，想让他枕好枕头。

正努力地想把枕头塞到新堂圣的头下时，海公主忽然一怔，身体僵住了……

新堂圣的头正缓缓地垂下……

他柔软的嘴唇从她的侧脸轻轻地滑过……宛如一个轻柔的长吻……

海公主长长的睫毛一动也不敢动，甚至连眼中的光芒也在瞬间暗淡了。

她忘记了呼吸。

房间里静静的。

新堂圣的呼吸就在她的脸颊边，他浑身透着浓浓的酒气，甚至连呼出的气都是热热的，长长的睫毛如同帘幕一般盖住了他紧闭的眼眸。

海公主的心突然间很快地跳动起来，完全乱了节奏。

终于把枕头放好了，海公主小心翼翼地松开抱着新堂圣的手，想改变这种暧昧的姿势。但是，她的手刚一松，新堂圣的头便重重地砸在枕头上。

"妈妈……"

仿佛是受到了她的干扰般，睡梦中新堂圣的身子突然变得僵硬。卧房昏暗的灯光里，他不安地呓语低喃，额头沁出细密的汗水。

"妈妈……"

他的脸色渐渐苍白透明，睫毛漆黑濡湿。

恍惚的白光中，他回到飘着雪花的那个早晨……

爸爸冷冰冰地告诉他："你走出这个家门，就不是我新家的人！"

妈妈偷偷地塞给了他一张卡，匆忙地告诉他密码，可还是被爸爸发现了，爸爸狠狠地将卡夺了回去，然后将他推出门外。

"新家丢不起这个人！"

"你的祖母就是因为迷恋戏子才会可悲地死去，而你现在又去当戏子！"

……

雪花轻轻飘落……

他说过只是拍一支广告，就算签约了也只是当个明星，拍电影，唱歌，这怎么能算是戏子？

爸爸不理会他的辩驳，一味地强调："戏子就是戏子！新家又不是没钱，用不着你抛头露面当下三流的演员，出卖色相！"

雪越下越大。

大雪铺满了地面，白茫茫的世界。爸爸不管他的任何解释，也不顾母亲的哭泣，"砰"的一声无情地关上大门。

而站在门外的他只穿了单薄的毛衣，在纷扬的雪花中瑟瑟发抖……

……

"妈妈……"

"妈妈……我好冷……"

……

漆黑的睫毛濡湿，新堂圣浑身颤抖着，仿佛冻僵了一般，他一阵一阵地抽搐着，却无法醒来。

"新堂圣……"

海公主轻柔地拍他的肩膀，心中不禁涌起怜惜。

"你只是做梦……"她轻抚他的紫发，温柔地一遍一遍地对他说，"不管你见到了什么，那都只是一个梦……过去的就把它忘了吧……只是梦……"

噩梦中，新堂圣痛苦地低喃着。

渐渐地，那轻柔的声音飘进他的梦里。就好像雪花纷飞中，他终于等到了生命中等候了那么久，那么久，那么久的人……

"要永远在一起……和我在一起，不要离开我，好不好？"

……

夜色深沉。

月亮穿过云层，皎洁的光芒洒在玻璃窗上。

海公主看着他，目光静静地停在他面容上，然后，她伸出手轻抚新堂圣的脸颊，低声说："好，不分开。"

新堂圣像孩子般贴近她，一点泪水悄悄在她的手上晕染开。幸福原来是这样的味道啊，带着微微的甜，又带着淡淡的酸。

海公主看了一眼熟睡中的新堂圣，不觉得困，拿起画笔继续画被新堂圣打断的画。原本画的是列泽华，但不知为何，此刻笔下的每一个线条都指引着她描绘出新堂圣的样子，她的心里一阵慌乱，不安地扔掉了画笔……

★★★ ★★★ ★★★

早上七点左右，新堂圣从睡梦中醒过来了。最初睁开眼睛的时候，他的瞳眸是空洞、毫无焦距的。

过了很久，意识才渐渐清明起来，随即陌生的一切跃入他的眼帘。

他竟然躺在一张很蓝、很有公主感觉的床上！

他从床上坐起来，呆呆地看着周围的一切，这里是……

水蓝色的窗帘随风飘动，清晨的阳光透过窗帘的间隙洒进这间卧房。整个房间以柔和、温暖的颜色为基调，柔软舒适的象牙白色地毯和雕饰着百合花图案的天花板使整个房间充满了梦幻的感觉，仿佛公主的寝室。

他怎么会在这里？

因为宿醉的关系，他的大脑变得空白一片，昨夜的事情居然什么都想不起来了。

新堂圣伸出纤长的手指用力按了按自己有些麻木的太阳穴，胃部传来的隐隐疼痛提醒着他昨天晚上喝了太多的酒，但是酒醉之后的他是怎么到床上的呢？

整洁干净的卧房里静悄悄的，没有一点儿声音。

倏地，仿佛意识到了什么，他紧按住自己太阳穴的手指忽然停住，眼中出现难以置信的光芒。

阳光洒下，透明的玻璃窗在阳光中闪烁着光芒，一个女生趴在窗前的书桌上睡着了。一头浓密的茶色长发微微卷曲着，犹如海藻一般。她整个人看起来懒洋洋的，阳光在她的身上如同电影的柔焦一般打出柔美的光。

新堂圣怔住，屏住呼吸望着她。

然后，静静地，他的眼中出现一丝淡淡的白雾，像是迷茫，又像是疑惑。

"咳……昨夜……"

他的声音终于还是响了起来，恍若大提琴发出的声音般低沉。

海公主轻轻皱眉，从睡梦中醒来。她缓缓地睁开眼，唯有嘴唇依旧苍白。

她竟然守着他在桌边睡着了。不能睡在床上果然是一种折磨，她的关节似乎都麻木了。

新堂圣调整呼吸，赶忙问道："我和你……昨夜，发生了什么吗？"

海公主看看腕上的手表，这个时间上课已经快要迟到了。

她站起来，淡淡地对他说："你喝多了，然后误闯进我的房间，霸占了我的床睡着了，而我只能趴在桌上睡了一夜。"

"只是这样？"

新堂圣看着她，轻轻吸气，俨然一副不相信的样子，薄薄的唇角有抹自嘲。

阳光照在他的脸上，让他看起来那么寂寞，那么脆弱。

海公主垂下眼，声音依旧僵硬："那还能怎样？"

新堂圣声音低哑痛楚地说："难道……我就什么都没有说过吗？或者我是说了什么的，只不过对你而言太过无关紧要……"

海公主的动作僵住。

昨夜，他受伤的样子映入脑海。

她打断他，声音柔和了许多："什么都没有发生。你……"她微怔了一下，继续说，"你回来以后喝得很醉，什么都没有说就睡着了。"

他凝视着她，美丽的眼睛里带着丝妖娆的雾气。

"我哭过了是不是？"

"从医学的角度上来讲，眼泪有清洗眼睛的作用，所以哭没有什么不好。"

说完，海公主转身，走到玄关处换上鞋，头也不回地说："我要去上课了。"

她拉开屋门，想了想，又转过身，好像忽然想到什么似的："难道你不去上课？"

说完，她走出去，轻轻关上屋门，从即将合上的门缝她注意到新堂圣沉默地垂下眼睛，但几乎是与此同时，他掀开被子，迅速跳下床，朝她追了过来。

★★★ ★★★ ★★★

天空蓝得一丝云都没有，一辆公交车在站牌下缓缓停住。

不是这辆。海公主看看腕上的手表，如果公交车再不来，她就真的要迟到了。正焦急着，身后忽然响起了急促的脚步声。

只是下一瞬间，她的手臂就被一双冰凉的手抓住，一股力道让她被迫转过身去。

"那个，昨天真的没有发生什么吗？我是说，那个……我们也没有发生什么吗？"

就在抓住她手臂的刹那间，好似一股奇异的电流从新堂圣的心上通过，平静的心竟在瞬间狂乱起来。他从未有过这样的感觉，仿佛是被温暖的手轻轻地抚过受伤的心。

可是，她的脸上没有任何表情，尤其是眼珠，透明得有些淡漠。

他缓缓地放开抓住她手臂的手，却又低声问道："我们……"

新堂圣的声音很低，但是他之前的举动早已引起了同样等公交车的其他人的注意。

四周传来一片静静的吸气声。

"这个人……"

"不就是Siyanie？"

"那个女生是谁？"

"他们……好暧昧。"

"难道Siyanie因为新欢在九画堂学院才来这里念书？"

"白痴！哪有这么痴情的明星为了爱情牺牲事业？明星都是为了事业才恋爱。"

"不要这么诋毁Siyanie……"

……

议论声尽管很小，但她还是听得清楚。海公主抿紧嘴唇，无声地看着新堂圣。终于被惹得厌烦了吧？她在心底自嘲，然而神情依旧淡漠。

"说了什么都没有发生，你还要问？"

她的胸口起伏了一下，语气变得不一样，但看起来仍然是那么平静。她只是轻轻地垂下黝黑的睫毛，唯有嘴唇依旧微微苍白，缓缓地说："那好吧，我告诉你，不管怎样，我都不会跟你这样的人有任何关系。"

瞬间，震惊声一浪高过一浪。

然后，整个世界寂静无声了，所有人的视线都落在了新堂圣的身上，像是在期待他的回答。

阳光变得越来越强烈了。

新堂圣轻吸一口气，他感觉自己的脑部仿佛在突然间被重锤敲击了一般。从来没有人……可以这样无视他的存在，他一直都是最耀眼的那一个，即便是他在走下坡路，但仍然有粉丝崇拜着他。

可是这一次，他被她淡淡地忽视了，不是冷冷的，也不是很酷的，只是被很淡漠、很疏离地忽视了。但她对他就是有一种致命的诱惑力。

每次一见到她，他总是克制不住自己，她的眼睛就像美丽的海水，即使是在她宁静微笑时，也如大海般令他无法移开目光，仿佛要沉溺其中。

在娱乐圈打拼好几年的他，形形色色的各类人物也是见怪不怪了，唯独她……

怎么就让他乱了分寸？

忽然——

"哼！Siyanie会跟你这样的人怎样，不要在这里哗众取宠了，想和明星拉关系，海公主你还能更作践自己吗！"

不知从哪里传出一声冷哼，在场的所有人都怔了怔，同时寻找着声音来源，发现那个冷哼是从等车的人群旁边发出的。

是一直支持Siyanie的贝依依。

她柳眉踢竖，声音尖锐，如一只美丽的白天鹅般嫌弃地瞅了瞅海公主，然后步履轻盈地走向新堂圣。

人群鸦雀无声地分开一条道路。

贝依依美丽、聪明、多才多艺，是九画堂学院的学生会会长，而且还是学院理事长的女儿,也是九画堂学院最高傲的大姐头。

谁都知道她最喜欢Siyanie,谁也都知道不能惹到她。

仿佛就在一秒钟之内,走到偶像身边的贝依依已经换上了甜美的笑容:"我的名字叫贝依依,你知道我吗?我和你现在在同一个班级哦!"

她从书包里找出笔记本和钢笔,递给新堂圣:"你叫我依依就好了,我的朋友都这么叫我。Siyanie,我好喜欢你的,帮我签个名好吗?"

"依……"新堂圣轻轻地念了一个字,并没有转头看身边的女生,也没有接过笔记本和钢笔,他的目光依然落在海公主身上。在被人这么难堪地说过之后,海公主的身体虽然僵住,但只是一瞬,她很快就平静下来了。

调教很好的艺人也不过如此。

新堂圣一挑眉,像是终于发现了最有趣的珍宝般,微笑了。他的笑容优美如在雨夜飘落的樱花瓣。

贝依依的嘴巴立刻变成了圆形,以为新堂圣很欣赏自己,面颊也顿时一片绯红。

"别人叫我的名字都不觉得会这样好听,只有Siyanie叫我才是这世界上最美丽的语言呢!"她的杏眼因为开心而弯成了两道月牙。

"Siyanie,帮我签名吧!这是一个好的开始,我期待以后你和我的关系会变得更加亲密,那以后我们就可以一起回忆今天,你帮我签名的瞬间是多么美好……"

贝依依自顾自地憧憬着,新堂圣仍然静静地站着,恍若已经置身在了属于他自己的梦境里,有淡淡的白雾。

他眼角含笑,性感又魅惑,有种浪荡少年的邪气,偏偏美如樱花的唇角又透出一抹直逼人心的纯真。

"Siyanie,帮我签名啦!你怎么都不理人家?给点儿反应好不好,人家一直都很喜欢你的,可是每次寄去你公司的礼物还有信件都石沉大海,毫无消息，你一点点的回应都不肯给我。"

贝依依看着新堂圣，在场的所有人都能从她的眼神中读到一种痴狂的信念。她说着就越来越觉得委屈。

终于——

"哦。"新堂圣笑了，语气却淡淡的，"原来是这样。"

"对啊！不过没关系啦，现在能跟你面对面地说话，以前的一切就都过去好了，我还是最喜欢Siyanie你了，如果你帮我签名，我一定会幸福得死掉的。"

重获希望的贝依依眼眸中带着深深的执拗："只要你帮我签名了，我就可以把你的行为解释成你完全不知道是谁送的礼物才丢掉的，或者是你的公司压根儿就没有把礼物转交到你的手上。"

新堂圣再次微笑，然后，他轻轻地摇头，在摇头的瞬间，他唇角的笑意还没有散去："不用了，根本不用那么麻烦地去解释什么，因为……我对你真的一点儿兴趣都没有。"

极轻柔的话语，然而，新堂圣眼中的光芒比贝依依还要执拗。

贝依依自信满满的表情在瞬间僵硬，明媚的大眼中立刻迸发出锐利的光芒，她直直地凝视着新堂圣，说道："你什么意思？就算我的意图很明显了，但我也没有叫你立刻跟我交往，只是先签个名！为什么要拒绝我？难道你真的有喜欢的人？否则你没有道理这样对我！难道是跟传言一样，你根本就是爱上了九画堂学院的某人，所以才纡尊降贵地来到这里念书？告诉我！那个人是谁？我要知道那个人是谁！"

"那个人……"

当贝依依说完话的时候，新堂圣转过头，薄薄的唇角有抹奇异的笑意，他看着海公主，笑容有一点点冷，可即便是冷笑，他还是美得不可方物。

海公主一怔，如有预感般，她抬起头看他，正好新堂圣也看着她，恍若有朦胧的白雾笼罩在他周身，捉摸不定，令她心惊。

海公主忽然有种不祥的预感，她微微皱眉，心中竟有一种想逃走的冲动。

海公主转过身，想快点儿离开这个地方。

但是，她听到身后新堂圣优雅的笑声："那个人是存在着的，好像被这位同学说对了呢！我喜欢的人就在九画堂学院，所以，我才会放弃辉煌的演艺事业，这一切，不过就是为了——她！"

果然——

海公主感到自己的后背有一种被针刺到的疼痛，所有人的目光都集中在自己身上，与以往不同的是更多的是震惊。

这时，她果断地迈开脚步，决定以最快的速度离开这里。她可以不坐这班车，她可以坐出租车去学校，甚至，她可以做一个逃课生……

第一次，她有些手足无措了。

可是，身后的那个声音没有怜惜她，虽然依旧是温柔的声音，就好像是情人之间的问话，却令她感觉头皮一阵发麻。

"为什么要离开呢？"新堂圣有些受伤地吸吸鼻子，唇上也沾染了一抹凄厉的艳色，像是一个被狠心母亲丢弃的可怜孩子，他紧张地盯着海公主，停顿了一下，温柔地低声问道，"海——公——主，我说的喜欢的人是你呀！难道在这种情况下，你也要丢下我独自一个人离开，让我一个人面对这一切……"

心中终于有一阵怒火冒出。

海公主紧紧地咬着嘴唇，唇上一片青白的颜色，然后，她缓缓地转过头，清楚地看到了新堂圣脸上露出一丝得意的笑容。

贝依依明媚的大眼中满是强烈的嫉恨。

这就是他的目的。海公主在新堂圣的眼中看到了挑衅与得逞的意味。

海公主竭力压抑内心的火气，然后，几乎是咬牙切齿地说："新堂圣，你这个坏蛋！"

新堂圣无比快乐地笑了，笑容恍若冬日里的雪花般晶莹剔透，只是还来不及融化就已经被风吹散了。

"听你这样说，我的心都要碎了，你真的很伤人呢！"

这时，微风掠过，吹起了他浅紫色的发，他的声音如雪水一般流淌过来，很冷，但很温柔。

"我真的喜欢你。"

他说这话的时候眼中弥漫着一层雾气，在场的人无不为之感动，有几个女生已经掏出手帕擦眼泪了。

"哇——"

"太感人了……"

"Siyanie这么喜欢海公主呀！"

"要是有人这样喜欢我，我一定会立刻答应做他的女朋友。"

"Siyanie万岁！"

"哼！"贝依依冷冷地瞪了海公主一眼，然后将手中的笔记本和钢笔扔到地上，狠狠地踩了几脚后，头也不回地离开了。

*** *** ***

剩下的人还在等待着后续发展，谁都没有抱怨今天的班车怎么会这么久还不来。毕竟，有了面前的这一幕，任谁也不会去计较等待的时间有多么漫长。

一双双眼睛都看向海公主，有的是震惊，有的是愕然，有的是嫉妒。

"是吗？"海公主脸色有些发白，她心中怒火暗涌，面容却愈加像结了冰霜般淡漠，她正视新堂圣，目光没有丝毫的躲闪，声音里带着淡淡的怀疑，"你喜欢我？"

空气中寂静得仿佛没有呼吸，他看着她，没有一丝犹疑地回答："是！我的心意你应该明白。"

说完，新堂圣似笑非笑，眼睛仍然漆黑幽深。他没有再多说，仿佛就是要看她将会怎么回答。

海公主静静地看着他。

她静静地凝视着新堂圣，眼中那股奇异的气势使得新堂圣忽然愣了一下。四周也变得静悄悄的。所有人都很好奇，不知道她会怎么说。

可是，她没有回答什么，神色非常平静。

良久，当大家都认为她不会做出任何回答的时候，她轻声开了口："是这样吗？你真的喜欢我？为我放弃了一切来到九画堂学院？"

海公主长长的睫毛在她的脸颊轻颤："可是如果我没有说错，这是明星们惯用的炒作手段吧？不过这次你找错了对象。"

言下之意就是，他新堂圣拿她海公主当炒作的目标实属浪费时间。在场的有谁不知道其实新堂圣的绯闻一贯是炒得轰轰烈烈，放眼望去，什么娱乐节目、杂志、报纸上哪个不报道关于他恋爱方面的新闻呢？即便是有褒有贬，然而无论是哪种评论，他的表演、他的歌唱都不及他的绯闻精彩。

所以，虽然大家很不欣赏海公主，但是被偶像明星愚弄更加令人愤怒。已经有人开始将矛头转向新堂圣。

不知是谁带头先喊了一句："骗子！"

接着就有人嘀咕："怎么可以这样子，真是讨厌。"

"竟然连圈外的普通人也拿来炒作。"

"鄙视炒作绯闻的！"

……

新堂圣的表情僵住。

他微微地愣了一下，他没想到海公主会这么简单地做出反击，但是他毕竟久经沙场，他揉揉眉心，眼神随即就暗淡下来，声音里透出一点儿倦意："没有人信对吧？我就知道……"

他的眼珠乌黑，眼中有种受到伤害的脆弱："没有人会相信……我喜欢她……"

阳光将他包围，他孤独地站着，肌肤白得恍如透明，唇色仿佛也是透明的。他扯下自己脖间的项链，笑得极美，眼神邪恶。

他缓缓走向海公主。

她想转身走掉已经来不及了，他的呼吸呵在她的肌肤上，无比滚烫。

他将项链倏地挂到了她的脖子上！

"可我还是要说，要对我那么深爱的你说，不论怎样，我依然很爱你。这条项链是我外婆留给我妈妈，然后我妈妈又传给我的传家之宝。"

他静静地看着她，说："我妈妈曾经对我说，这条链子只能给我用心去爱的那个女生。"

众人惊愕地面面相觑。

新堂圣的声音听起来仿佛很宁静，但是隐约有种很细微的颤抖，空灵得让人感动的颤抖。

这样子有谁还会说他是在演戏，是在炒作，这根本就是真真切切的——他爱她！非常爱！

清凉的空气带着阳光的味道，这样的冬日，这样的阳光，美丽的蓝宝石项链，恍惚间有种宿命的感觉在空气里静静流淌。

海公主的睫毛轻轻颤抖。在她本能地要摘掉脖颈上的链子时，她整个人都怔住了。

这条链子竟然跟她母亲的那条链子一模一样！

一样的宝石，一样的蓝色，一样的雕琢形状，连链子都一样，仿若双生。她忍不住更仔细地看，果然连设计师的名字都是一样的。

幽蓝之爱，代表着"牵着你我，越过天上人间，越过几千万里的距离，最终相遇在一起"。

她记得母亲曾经说过，这链子是她爸爸临死之前送给母亲的最后一份礼物，也是为了去买这份礼物，庆贺她的出生，爸爸才会遇到车祸离世，也就是从那天起，她的不祥就像是咒语一般紧紧笼罩着她。

她克死了自己的爸爸，几乎所有的亲戚朋友都这么说。而那条链子就被视作不祥之物被母亲锁在了宝石盒子里，如果不是因为这是爸爸最后的礼物，估计母亲早就把这条链子给丢掉了。

可是，为什么这唯一的链子竟然会另有一条一模一样的？

海公主深呼吸，往事一幕幕从她的脑海中浮现，那些被亲戚朋友冷冷嘲讽的日子让她呼吸困难……她努力地要赶走这些荒诞的感觉。

海公主微怔着站着，耳朵里除了风的声音什么都听不到。她侧头，看向站在自己身边的新堂圣。

新堂圣也正看着她，他的眼睛乌黑如玛瑙，里面似乎蕴有淡淡的雾气。他对她微笑，笑容里竟然没有任何嚣张与恶意，也没有示威和招摇，那么纯净的笑容。

她回避了他的目光。

"怎么会？"她的声音很轻，就像如烟的往事一般在静静飘荡，"他怎么会有这条项链……"

海公主空洞的眼睛里似乎没有看到任何人，她苍白失魂的模样就像即将要幻化为泡沫的小美人鱼。

而新堂圣的眼睛里只有她。

从他将项链挂到她脖子上的那一刻，他内心原本戏谑的感觉忽然变得很认真。

　　过了许久，海公主收起对新堂圣的不满，认真地对新堂圣说："请你告诉我，为什么你会给我这条链子？"

　　"你觉得我是为什么？"新堂圣轻轻地笑，"我刚才不是把理由说得很清楚了吗？因为我喜欢你，因为你是我用心喜欢的人。不过——"

　　新堂圣稍微停顿了一下，眼眸深处恍如有绝美的夜雾，湿润而晶莹："我知道你不会相信的。"

　　海公主完完全全地怔住，她怔怔地看着新堂圣的笑容。

　　四周一片诡异的安静，没有人敢发出声音。

　　迟来的公交车终于到了，大家开始陆续上车，海公主却还在原地打量着项链。最终，新堂圣也没上车。

　　当人全部走光，他望向她，嘲弄地向她扬了扬眉，问："你恨我吗？"

　　海公主抬起头，握紧挂在脖子上的项链，脸上没有表情。

　　新堂圣的笑容亮闪闪的，眉宇间是孩子气的炫耀，他挑衅地说："现在他们都认为我很爱你呢！可是你抛弃了我，怎么办才好呢？"

　　她瞪着他。

　　声音依然很轻，却清晰坚定，还带着异常的冰冷："无聊。"

　　新堂圣有些错愕，微微眯起眼睛来。眼神犹如暗夜迷雾般斜睨着海公主，像是在欣赏她淡漠的模样。

　　★★★　★★★　★★★

　　天空下。

　　他绝美的面容，浅蓝细格的外套，手腕处松松挽起几道的袖子，显得简洁却又略带华美，还有几分说不出的性感，就好像一个刚刚参加完豪华夜宴后将晚礼服随手扔掉的王子般，微笑着站在她面前。

新堂圣仿佛已经注视了她一个世纪那么久。

海公主见状，转身就走。既然已经错过了公交车，那她只好坐出租车去学校了。

可是，新堂圣极快地挡住了她的去路。

"嘿。"他低哑地唤她，"就这样走了，不说一句道别的话，就拿走属于我的项链？"

"你的？"海公主回望着他，用肯定的语气说，"这不是你的。"

"我确定这是我的！"新堂圣加重了语气，有种凌人的气势从他身上散发出来。

一时间，海公主不知道是否出现了错觉，她隐约可以察觉到他眼中幽深的愤怒。

新堂圣竟然一步步逼近，她本能地向后一步步退去。然后，她不知道绊到了什么东西，很坚硬、很冰冷的一种感觉刚刚传递到她的脚踝，她整个人就向后倒下去，为了平衡，她眉头一皱使劲力气使自己站稳，最终她没有难堪地倒下，但脚崴着了……

右脚传来的痛楚让海公主的眉头皱得更紧了。就在这时，一只温柔的手轻轻地握住了她受伤的脚。

海公主惊讶地低头望去，看见新堂圣正专注地检查她脚踝受伤的情况。

新堂圣修长的手指从她的脚面上轻轻地滑过，她可以清晰地感受到从他指尖传递过来的温暖。

她忽然觉得眩晕。

尤其，此时此刻的他风度翩翩，好像中世纪的贵族一般展现着绅士风度。而这种单膝跪地的姿势又好像是在求婚，海公主忍不住蹲下身与他平视。

"我没有事，"她说，"你放开我。"

新堂圣俊美的面孔清晰地呈现在海公主的面前。他的目光静静地停留在她的脸上，带着一种说不出来的温柔。

"要去医院看过才知道有没有事！"

新堂圣刚说完，另一个不悦的声音急速响起："放开她！"

海公主与新堂圣同时抬头望去，一辆深蓝色的车子不知何时停在了他们身边不远处，而通过摇下来的车窗可以清楚地看见列泽华正坐在车内，他的眼中有种难以捉摸的幽光。

"列？你什么时候回来的？妈妈的状况好吗？"

"妈妈没什么事，你放心。"

列泽华打开车门，走到海公主身边，伸出手将她扶了起来。

在站稳之后，海公主原本要自己走，但列泽华依然紧握着她的手。列泽华的手掌温热，而海公主的手掌微凉。他凝视着她，宝石般的眼眸里有种深刻的感情，手也不由得愈加收紧，没有放开的意思。

"先不要关心别人了，管好你自己才是，你的脚确定没有问题？"新堂圣的声音很轻，但隐含着的关心如汪洋一般深。

列泽华的嘴唇绷得紧紧的，什么话也没有说就将海公主抱起来，朝车子走去。

"你这是做什么？"海公主微怔，吃惊地望着列泽华。

列泽华沉默了一下，欲言又止地说："还是去医院做个检查比较好。"

坐到车内，海公主活动了一下脚踝，对列泽华说："不是很严重，没有必要去医院呢！你还是载我去学校吧！"

"一定要去医院检查过了才可以。还有……离新堂圣远一点儿！"

车子发动了，车窗被自动升上，但海公主还是看到立在原地的新堂圣微挑眉毛，脸上露出似笑非笑的神情，当察觉到她望着他时，他的目光变得无比幽深。不知为何，在新堂圣幽深的目光里，她的心里忽然闪过一丝难以言喻的感觉。

天空蓝得如海一般澄澈美丽，阳光灿烂而透明，空气中似乎有流动的香气。

"嘭——"

一声刺耳的响声，讲台上传来古板的英语老师严肃的声音："新堂圣！"

教室里一片寂静。

果然，这一回老师更加愤怒了，手中的教鞭一挥，毫不留情地指向了教室的一个角落，愤怒地大声喊道："那位新来的同学，是叫新堂圣的对吧？你给我站起来，新堂圣！"

几乎所有同学的心都随着老师的吼声颤抖起来。海公主的手指在书页上收紧，她皱眉，下一刻，她似乎听到了桌椅轻微碰撞的声音，也感觉到周围的人似乎都朝着某个地方看去。

海公主低头盯着课本看，可是书上的字一排排密密麻麻地在她的面前乱跳，她忽然觉得很烦。

不知为何，她竟也把头转了过去。

一个修长的身影从课桌后懒懒地站了起来。似乎英语老师的愤怒与他无关。

同学们都惊讶地看着新堂圣。

"啪——"

英语老师猛地合上厚厚的教科书，严厉地瞪着新堂圣，一字一顿地加重了语气："我的英语课到了让你一听就会睡觉的程度吗？"

"老师您说得没错。"新堂圣微带嘲意地勾了勾唇角。其实他是因为昨夜没有睡好才会忍不住打瞌睡的，不过这个英语老师讲课跟念经似的，确实也是很好的催眠曲。

"什么？"英语老师生气极了，心中的恼怒更盛，新堂圣的态度只能让他感觉到这个人对自己的无视与不尊重。

"我教学这么多年，像你这么无可救药的学生还是第一次见到，你好像很喜欢在我的课上睡觉是不是？你的意思是我讲的你都会了，不用听了，可以高枕无忧地睡大觉对不对？"

"老师的话总是很正确的……"他轻笑着说，"即使没什么营养的话也很正确呢！"

"你说什么？"英语老师彻底怒了。

教室里一片静寂。

谁都知道英语老师的严厉，惩罚起学生来毫不留情，说话尖刻更是出了名的。新堂圣竟然当众这样说英语老师。

他一定会被教训得很惨。

果然，英语老师微顿了一下，继续冷笑着说："你以为你是明星就是天才，根本不用学了？但是你现在已经不再走红，只是一个事业在走下坡路的过气偶像，你和普通人又有何差别呢？你是不是该好好学习，这样也许哪天你能抓到好机会回到影坛，也可以获得多一点儿的尊重！"

老师因为自己不轻不重的嘲讽而得意扬扬地笑了起来："新堂圣同学，你还是好好听我的课，学好英语走遍天下都不怕！九画堂学院一年一度的英文话剧比赛在即，难道你就不想参加？"

新堂圣站直身体，眼神无比冷漠："我一直都是一个不上进的人，当明星的时候如此，现在当学生自然也是这样。"

"你——"英语老师瞟他一眼，"无药可救！"

★★★ ★★★ ★★★

后半节课，英语老师一直板着脸，但是没有再和新堂圣起冲突。

一下课，所有同学的注意力都放在了老师说的英文话剧比赛上去了，似乎完全淡忘了上课时新堂圣和老师起冲突的事情。只是都一个劲儿地猜测今年的英文话剧比赛到底谁会是最闪亮的男主角。

"听说这次会有很多媒体来采访呢！"

"是啊，可真是一个很好的出风头的机会啊！"

"不是说每个班级要推荐一个主角吗？你说我们班的最佳男主角会是谁啊？"

……

"我们班的最佳男主角是谁，还用想吗？"

就在大家七嘴八舌地讨论说推荐谁的时候，贝依依站起来，大声地打断了大家的讨论："你们不用再多想了！我们班的最佳男主角只有一个，那就是Siyanie！Siyanie是最棒的！"

贝依依狂热的呼喊让原本趴在桌上的新堂圣抬起了头，午后的阳光照在他的脸上，慵懒的眼神充满了魅惑。

他看着贝依依，露出一个浅浅的笑容。他没想到，在他上次当着那么多人的面拒绝了贝依依后，贝依依居然还会这么执著地支持他。

贝依依看见新堂圣居然对她露出微笑，仿佛受到鼓舞似的，继续大喊："Siyanie，参加比赛吧！你一定会是舞台上最闪耀的那颗星！Siyanie！参加比赛！参加比赛！"

"Siyanie，你最棒了！"

"Siyanie，你就是第一名！"

"Siyanie，参加比赛吧！"

……

同学们似乎受到了贝依依的鼓舞般，都一起跟着喊起来。

一直埋头看书的海公主终于忍不住抬起头来，侧身微微皱眉地看向新堂圣。

新堂圣感觉到了海公主的注目，但他并没有看海公主，而是站起来，用不大却足以让大家安静下来的声音说："不要再喊了！我是不会去参加这种比赛的。"

大家安静下来，有些不知所措地面面相觑。

只有贝依依在愣了一秒后执著地问道："Siyanie，为什么？"

"没有为什么，我……我就是不想参加！"

"可是，这次会有很多媒体采访，Siyanie，你不要错过这次机会啊！"

"是啊！Siyanie，你那么棒，一定要去参加啊！"

"这么好的机会，Siyanie，你一定要把握住哦！"

……

"机会……"新堂圣轻声重复着这两个字，嘴角勾起一抹自嘲的笑，这样的机会，自己真的还需要吗？

同学们都期待地看着新堂圣，等待着他的答复。

海公主不再看他，而是转过身，似乎是对空气说话一样，轻轻地说了一句："既然不甘心，就不要硬挺着了，有机会就该抓住。"

海公主的声音不大不小，但在她身后的新堂圣正好能听见。新堂圣听到这句话先是一愣，随即露出了无比欢快的笑，内心似乎下定了决心，他看着贝依依，说："好吧，我参加。"

"哇哦！太好了！Siyanie，我爱你！"贝依依见新堂圣采纳了她的意见，顿时兴奋得有些失控了。

海公主听到新堂圣的回答后，不知道为什么，嘴角竟然也微微扬了起来。

放学后，作为班上推选的男主角。新堂圣要去话剧社试戏。

当他走进话剧社的排练室时，发现排练室里挤满了人。一群花痴女生不知道什么时候溜了进去，一看到新堂圣走进排练室就开始鼓掌呐喊——

"Siyanie，万岁！Siyanie，万岁！Siyanie，万岁！"

以贝依依为首的粉丝团声嘶力竭地呐喊着。

新堂圣看到这样的场景，忽然有些怀念自己当红时的生活。看来自己还是怀念那样的日子的，所以，这次或许会是一个好的机会吧。

这样想着，新堂圣走上舞台。

从这一刻起他仿佛已经不是他，他注视着话剧社社长，那深情款款的眼神仿佛话剧社社长就是戏中的女主角。

那想爱又不得不隐藏的痛苦表情让话剧社社长整个人都震惊了。

"这一封爱的信笺，我已经在心中反复思量了百遍，直到一切就绪，我才将我的灵魂放在纸旁……"

整出戏里最深情的告白，正通过新堂圣迷人醇厚的嗓音震撼着每一个人的心扉。原本嘈杂的剧场变得安静，每一个人都停下原本的交谈和动作，望向舞台。

试戏完毕，话剧社社长热情地握住新堂圣的手："同学，你就是我理想的男主角！"

新堂圣微微一笑，演戏他还是比较在行的。

可是，下一刻，话剧社社长忍不住质疑起来："那个，不知道你的英文怎么样，我们这个剧的台词要用英文来念。"

听到话剧社社长的话，新堂圣轻轻皱眉，他根本不会英文。

新堂圣没有给出答复就有些懊恼地走了出去。刚一走出排练室，新堂圣就忍不住立刻打电话给以前的经纪人助理，质问他为什么会安排自己进一所主修英文的学校。

经纪人助理讪讪地回答："当初我只是看学校的名字带个'画'字，以为是专门教画画的学校呢，我怎么会知道它是主修英语的。再说九画堂学院名字里面有个和你'新堂圣'这个名字很有渊源的'堂'字，我想你进去以后应该不会太倒霉。"

新堂圣恼了，不会太倒霉？他还不够倒霉吗，最倒霉的就是他竟然一时头脑发热把母亲的项链给了海公主而且无法拿回来了！

不过现在不是跟经纪人助理发火的时候。新堂圣为了不失去面子，他跟经纪人助理讨论看能否用经纪公司的立场来拒绝出演。

这时，话剧社社长追了出来，发现新堂圣还在，松了一口气，她告诉新堂圣："这次担当评委的人中有个国外知名制片人翰克，他很不喜欢紫色，麻烦你到时候戴假发套的时候一定要注意，不要露出一丝你原本的头发出来，我真的很担心。"

话剧社社长还在嘱咐新堂圣，而新堂圣已经听不进去了，他满脑子全是"翰克"这个名字。

他没想到这次担当评委的人员中竟然会有如此出名的国外制片人，于是他原本想拒绝出演的话变成了："我会注意的。"

*** *** ***

天边的夕阳渐渐地泛出金色的光芒。

海公主戴着耳机边听音乐边走在回家的路上，口袋里的手机震动起来，她掏出一看，手机屏幕上显示的名字是列泽华。

摘下耳机，按下接听键，列泽华的声音传了出来。

"今天是妈妈生日，她暂时把那边的工作放下了，回来跟我们一起庆祝，你早点儿回来哦！我已经把一切都准备好了。"

海公主一怔："妈妈怎么不告诉我呢？我还以为今年不能陪妈妈过生日了呢！上午我给妈妈打电话，她还说回不来。"

"妈妈也是临时决定的，不说那么多了，你早点儿回来吧。"

海公主开心地笑了笑："嗯，我就快要到家了。"

轻轻摇曳的烛光闪动着柔和的光。

在温暖的海家客厅，妈妈坐在沙发上。也许是因为通亮的烛火，她看上去满面红光，精神奕奕。

海公主心中微微酸痛，妈妈似乎很久都没有这么开心过了。

只是一场普通的生日宴会，参加的只有她和列泽华，可是妈妈是那样欣慰，那样开心。

整个晚饭时间，饭厅里洋溢着温馨幸福的气氛。饭后，列泽华开始收拾餐桌，然后去厨房洗碗。海公主和程兰看着列泽华的背影，温暖地相视一笑，然后往客厅走去。

走到客厅，海公主眼眸一亮，笑眯眯地说："妈妈，我有份礼物送给你呢。"

说完，她坐在了钢琴面前。

她纤细的手指轻轻地敲动黑白琴键，悠扬的旋律在整个客厅里飘扬起来。柔美的音乐好像在婉转低唱着很美丽真挚的感情，动人的旋律竟可以无声无息地渗进聆听者心中最柔软的那部分。

程兰凝神倾听着，目光中充满了浓浓的亲情，她的眼中甚至出现了隐约的水光。她不禁为女儿精湛的琴艺而惊叹，她有多久没听过女儿弹琴了。

　　庭院里，枯树上的白色积雪如花瓣一般细细碎碎地飘落。
　　新堂圣坐在海棠树粗大的枝干上，透过玻璃窗安静地看着不远处灯火通明的客厅里所发生的一切。他眼眸中有着清澈的光芒，仿佛落满了星辉，明亮而灿烂。
　　漫天的星辰静静点缀着如黑缎一般的夜空。
　　清凉的积雪簌簌地从他的手间落下，只留给他清雅的淡香。
　　客厅里，海公主专心致志地弹着琴。每当她决定做一件事时就会全身心地投入进去，然后做到最完美。
　　空气中弥漫着沉淀下来的甜美芳香。
　　列泽华忙完，从厨房走出来。当看到海公主沉醉的模样时，他眼睛里顿时染上了一丝异样的光，他不由自主地走向海公主。
　　一只手忽然在海公主的面前落下，光洁修长的手指轻轻地按住了琴键——
　　琴声戛然而止。
　　海公主抬起头，然后，她仰头对列泽华绽开笑容，嘴唇微微地颤动，轻喊："列……"
　　列泽华薄薄的唇角勾起淡淡的微笑，他轻轻地摇头，示意她不要说话，然后，他在海公主的身边缓缓地坐下，手指放在白色的琴键上。
　　温柔的灯光打在他们两个人的身上，两人仿佛心有灵犀一般，优美动人的旋律再次响起，两双手在琴键上轻柔地飞舞着，恍若蝴蝶的翅膀在花间舞动……
　　程兰看着面前的情景，在惊讶之后十分欣慰地笑了。

★★★ ★★★ ★★★

美丽的夜空，星星像宝石般闪烁。

没有花朵，没有嫩叶，只剩下干枯枝丫的海棠树上，新堂圣的目光静静地停留在远方，他安静地坐着，安静得如同雕像。

他的眼眸清凉如同天边澄亮的星辰，良久，他的脸上出现了一抹清寂的微笑，寂寞而黯然。

他的头部传来一阵疼痛，就好像有一团火在他的大脑里燃烧。他再次闭上眼睛，心中一片苦涩。

在很久以前，刚刚进入娱乐圈的他发着高烧，浑身痛得不得了，他想过要回家去，妈妈的怀抱总是温暖的，但是爸爸冰冷的声音打消了他的念头。

"你不是觉得自己很厉害吗？我说过，你只要走出这个家门去当什么戏子，我们新家就没有你这个人！"

"我们家没有当戏子的人，你滚吧！不要给我们家丢脸了！"

"以后不要告诉别人你是我的儿子，我丢不起这个人！"

……

那些痛苦的往事让新堂圣的心脏一阵阵抽痛，他抓紧腿上的补习本，发泄似的撕下一张张纸，漫不经心地往树下扔去。

"喂！新堂圣！拜托你不要乱扔垃圾好吗？"

忽然，一个清丽的声音将新堂圣的思绪拉了回来，他往树下看去，原来不知道什么时候，海公主已经弹完了钢琴曲。

此刻的海公主拿着一个礼物模样的盒子站在树下，抬着头有些微怒地看着他。

新堂圣没有做声，只是合上补习本，然后双手一撑，轻巧地从树上跳了下来，直直地站到了海公主的面前。

海公主原本还想责问他为什么乱爬树，可是，她突然发现面前的新堂圣脸上一扫以前的张扬不羁，原本总是带着嘲弄的眼神此刻很悲伤，隐约还有着水光在眼里闪烁。

"你……你怎么了？"海公主有些迟疑地问。

新堂圣意识到了自己的失态，他微微偏过头，却将手伸到海公主的面前，有些孩子气地说："请把项链还给我！"

原本海公主还有些担心面前有些不一样的新堂圣，可是，她一听到新堂圣这么无理取闹的话，忍不住生气了："项链？你那天当着大家的面戴在我脖子上的那条吗？那是我妈妈的！是我爸爸临死前留给我妈妈最后的礼物！上次还来不及问你是怎么拿到这条链子的，想不到你还来要我还给你？真是可笑！"

"什么，项链是你妈妈的？你不要胡说！"

"新堂圣，原本我只是以为你这个人不讲道理，没有礼貌，没想到你竟然还有这样的行为！拜托你以后不要随便动用房东的东西，不告而取是小偷的行为！我已经把链子放回我妈妈的首饰盒里了，你最好不要再去拿！不然我会报警的！"一向冷静的海公主在遇到有关自己爸爸、妈妈事情的时候总是无法控制住情绪。

"海公主！"新堂圣听到海公主那一连串指责，忍不住生气了，他无法忍受这样的污蔑，"我告诉你，那条项链本来就是我的，是我妈妈的东西，是我离开家时从我妈妈那里拿来的，希望在想她的时候能够有个东西让我去想念！海公主，如果你想把那条项链据为己有，请再编一个更为完美的理由，你刚刚说的未免也太牵强了！"

新堂圣用近乎咆哮的语气朝海公主吼着，大吼完，他转身气愤地离开了。

走了没多远，新堂圣又转过身来，嘴角溢出一抹悲伤的笑，对海公主说："如果说我不告而取就是小偷，那你强占不还岂不是强盗？"

说完这句话，新堂圣转身果决地走了。

海公主怔怔地看着新堂圣气愤的身影，忍不住想，难道真的是自己弄错了吗？但是不可能啊，自己怎么会连爸爸留给妈妈的项链都弄错呢？不会的。

这样想着，海公主淡漠地冷笑了一下，心想，新堂圣，你的演技真不错，果然是最佳男主角呢。

*** *** ***

"海公主？海公主……"温暖慈爱的声音从客厅传来。

海公主将脚下一地的碎纸往树边拢了拢，然后答应着走回了客厅。

客厅里依然灯火通明，妈妈和列泽华并排站在一起，脸上都洋溢着幸福满足的笑，海公主看着那样温情的一幕，刚刚的不快一扫而光。

"你去干吗了？怎么去这么久？"程兰柔声问她。

海公主快步向前，走到妈妈跟前的时候，把早已准备好的礼物递了过去："我去拿给您准备的礼物了，妈妈，生日快乐，我爱你！"

程兰的眼睛瞬间就湿润了，她的手有些颤抖地接过海公主递过来的礼物，正待拆开的时候，她像是忽然想起了什么似的，把礼物放下，说了句"你们等我一会儿"，然后就转身走回了房间。

海公主和列泽华都不知道发生了什么事情，疑惑地等待着程兰。

没过多久，程兰就从房间里出来了，手里拿着一条项链。

等程兰走到海公主面前，海公主才发现妈妈拿的是那条让她和新堂圣发生争执的项链。

"妈妈，您干吗？"海公主看着那条项链，不解地问。

而程兰也是一脸疑惑："这条项链是你们谁送我的礼物吗？"

列泽华一脸茫然地看向海公主，海公主也更加不解了："怎么了，妈妈？这条项链不是爸爸留给您的吗？

"不是的。你爸爸给我的那条，我一直随身戴着，今天我回来的时候，忽然发现首饰盒里又多出一条项链，还以为是你们给我的礼物，现在看来……好像你们给我的礼物并不是这个。"程兰说。

"啊……难道真的是我错怪他了？"海公主似乎有些懊恼地自言自语。

"怎么了？"程兰问道。

海公主从程兰手中拿过项链，不确定地问了一遍："妈妈，你确定这条项链不是你的吗？"

程兰哑然失笑："当然确定，我怎么会把你爸爸留给我的东西弄错。只是，这条项链看上去确实和我的那条一模一样。到底怎么了？这条项链是哪来的？"

"这是新堂圣的，我还以为他偷拿了您的……"海公主眉头紧皱，满脸内疚。

列泽华看了，心里有些不快，他轻轻地揉了揉海公主的头发，安慰道："珠宝首饰难免有相同的，这种巧合也是有的，不用太自责啦，你还给他就好了。"

"嗯……"

海公主答应着，便马上往新堂圣的房间走去。

柔柔的灯光从透明的水晶灯罩里洒出来。

这是一间极为宽敞的房间，美丽的天花板上吊着一盏华丽的水晶吊灯，地板上铺着柔软的米色地毯。

新堂圣和海公主争吵过后就躲回房间，想借由练话剧的英文台词来转移自己气愤的心情。

可是，他的英文实在是太差了，捧着台词本对照着念，却怎么也念不顺。

"咚咚咚……"

有人敲响了他的房门。

"谁呀？"

他烦闷地拉开门，发现居然是海公主站在门口。他立马冷笑了一下："怎么了？又要来质问我指责我吗？"

"我来是把这个还给你的。"海公主忽略新堂圣语气中的讽刺，平静地说。

蓝色的宝石项链像是吸取了海洋的精华，挂在她白皙的手指间，被夜风一吹，轻轻晃动起来。

新堂圣从她手中拿过项链，然后将项链缠绕在指间。一圈一圈，恍如是他和她的命运，一圈一圈、一层一层地缠绕在一起。隐约中，有蓝色的光芒在他的手上轻盈闪动，如童话般美丽得不可思议，又如泡沫般魅惑而又脆弱。

"你不是说这是你妈妈的，死活都不肯还给我，还当我是偷了你妈妈项链的卑鄙小偷。"

"对不起……是我错怪你了。"海公主直直地看着新堂圣，诚恳地向他道歉。

新堂圣愣住了，他没想到海公主居然这么轻易就跟他道歉。

"你……你干吗这么轻易就道歉？你知不知道这让我有种一拳头打到棉花上的感觉？"新堂圣气急败坏地大喊，但是看得出来他是开心的。

海公主被新堂圣无意间露出的孩子气逗笑了，她的笑容一扫以前的清淡，让人觉得很明媚灿烂。

新堂圣从没见过海公主这样灿烂的笑容，和列泽华在一起时的笑容虽然美好但还是带着一种疏离，从来没有像此刻这样让他觉得温暖。

他之前的烦闷和怒气全部消散了。但他还是故意装作生气地说："你说我是小偷，你觉得仅仅说句对不起就可以了吗？"

海公主听到这话一愣，收住了笑容，认真地问："那……你需要我补偿你什么？"

新堂圣原本只是开玩笑，却没想到海公主当了真，听到海公主这样问，他一时间也不知道怎样回答了。

海公主见新堂圣没做声，目光落到了新堂圣手上的英语台本上，微微一笑，说："这样吧，新堂圣，我帮你补习英语作为道歉吧。"

夜空中有几颗星星，月亮只有淡淡的轮廓。

"累吗？"

新堂圣问身边的她。

"不累。"

话刚说完，海公主却忍不住轻轻打了一个哈欠，鼻子酸酸的，眼睛困得仿佛马上就睁不开了。听到身边新堂圣的低笑，她不好意思地揉揉眼睛，努力试图把疲倦和睡意赶走。

"这些我全都会了。"夜色里，他的笑容被柔和的月光映衬着，"你早点儿回去休息吧。明天我们再继续。"

望着新堂圣，此时海公主的眼中浮起淡淡的温柔，有种慵懒和亲近，不再像往日那样冰冷疏离："你的悟性很高呀！按照这样的进度，等到你上台表演的那天一定可以有很好地发挥的。"

"谢谢你。"新堂圣深情地看着海公主。

"谢我什么呢？"海公主下意识地想离他远些。这些的夜色，这样的夜风，忽然令人心悸，仿佛有些无法掌控的事情将要发生。她避开他的眼睛，望着窗外，说，"是我以为项链是我妈妈的，所以霸占着没有还给你，并说了难听的话，现在帮你应对话剧比赛也是应该的，所以没什么好谢的……"

"你的意思是你帮我补习英语只是为了和我互不相欠？"他轻笑，"对我而言不是这样的……"

他的声音很低，在不大不小的房间里轻轻飘荡。

*** *** ***

时间如箭，眨眼就到了英文话剧比赛的晚上。

后台化妆室，所有的参赛选手都在紧张地准备。前台的音乐已经响起，两个主持人兴奋地介绍来宾炒热气氛，工作人员跑进来让大家做好准备，随时听调度上场。

化妆间的一个角落里，穿着绣着金线的深蓝色骑士服的新堂圣正闭着眼睛听耳机里的音乐。

不知前台的表演如何，居然引得满场哄笑。

这时，一个工作人员探头进来大吼："主角准备上场！快点儿！快点儿！"

新堂圣站起来摘掉耳机，从容镇定，他开始缓步朝舞台走去。

顶棚的灯光刺眼明亮，玫瑰红色调的舞台布置得瑰丽豪华。

音乐响起，烟雾般的白色干冰从舞台四周冒出来，一个美丽的少女和一个美丽的少年走出来，亮如白昼的聚光灯直直投射在他们身上。

红色的帷幕合上又再次拉开，在拉合的瞬间，舞台上已经是另外一番风景。

——可记得克利辛诉情那夜？那正是我人生的写照，总躲在幽暗的角落里，看人家登上楼台一亲芳泽。那是天经地义的，即使在临死之前，我还是认为：莫里哀是天才，克利辛是美男子……

（修道院钟声响起……）

——修女！修女！快来呀！

——不要叫修女！她们在晚祷！

——你的不幸都是我的罪过！你……你……

——当然不是你的错！我不曾享受过女性的温柔，亲生母亲嫌我臭、怪，又没有姐妹，后来又畏缩在女主人的冷眼下，然而多亏了你，我得识……红粉知己。多亏你，我的人生有红颜交会。

——我爱你！你要活下去。

——太迟了！表妹！

灯光全部聚集在舞台上，在观众席最偏僻的角落，一个身影隐藏在黑暗里，没有人注意到她。

直到这场比赛结束，主持人将最佳男主角的奖杯颁给新堂圣，她才站起身离开。

这次的比赛，那些原本据说会来参加的知名导演和制片人最后都没来，她想，他一定会失望吧……

毕竟，他付出了那么多的辛苦和努力，只为了能够引起那些导演和制片人的注意，从而获得再回到娱乐圈、再成为闪耀夺目的明星的机会。

可是好像希望落空了呢。

叹息着，海公主一个人静静地朝家的方向走去。

天边，星星的光芒渐渐地变暗，夜色渐渐深了。

舒适的卧房，壁灯幽静地亮着，落地窗半开，窗纱被夜风吹得轻轻飞扬，空气里有种熏衣草的香气。

纯手工的羊绒地毯，床头柜上有一瓶喝剩一半的香槟和一个卧倒的水晶香槟杯。

米白色的席梦思床上，新堂圣正安静地睡着。他似乎不喜欢枕头，而是枕着自己的手臂，床边是散落一地的报纸，映入眼帘的是报纸上大版面报道安诺西要开演唱会的消息。而关于新堂圣这次演出成功的消息一个字也没有提。

果然，虽然新堂圣这次的演出出奇成功，但是这个成功并没有像新堂圣当初想的那样会引起媒体的注意，隔天的新闻版面都被安诺西要开演唱会的报道占满。

新堂圣的眉头紧紧地皱在一起，仿佛一个被遗弃的小孩一般。

突然，手机铃声打破了夜的寂静，新堂圣皱眉，从梦中醒来，睡眼惺忪地找到手机。当看到经纪人的名字在手机的屏幕上不停地跳跃时，他嘲讽地笑了笑，笑容如罂粟般魅惑。

这个名字有多久没在他的手机屏幕上显示过了。

这还真是……让他有点儿难以置信。

按下接听键，刚刚把手机放到耳边，就听到经纪人那熟悉又陌生的低沉声音："喂！Siyanie，你得到机会了！"

"嗯？"新堂圣微微闭上眼，不感兴趣地笑道："李克经纪大人半夜三更打电话来给我这个已经被遗忘太久的小角色说找到机会了，不会是因为没事做，所以想找我这样的小角色开开玩笑吧？"

"我知道这个时间吵醒你是有点儿不妥，不过刚刚……"可能是因为太过激动，听筒那边传来一阵小小的沉默，仿佛噎住了声音似的，良久才又断断续续地说，"你之前拍摄的那部《蜗牛的爱恋春天》在国外影展获得佳绩，公司决定宣传一下在国内播映，并且是在顶级的湖世家影院的黄金档进行首映！"

因为经纪人太快乐的声音，新堂圣也情不自禁地开心起来，一瞬间所有的睡意都消散无踪了，他从床上坐起来，声音中带着一丝轻微的快乐。

"你是说《蜗牛的爱恋春天》？"那部因为之前他和安诺西矛盾激化而被各大影院拒之门外、不肯上档的电影。

现在湖世家影院竟然愿意播，而且还是在黄金时间档，这真是太好了！

"那个……"新堂圣的声音忽然有一点点的犹豫，但还是说了出来，"我应该感谢你的，如果不是你……"

"Siyanie？"

"嗯？"

"第一次听你对我说感谢……"经纪人的声音仿佛被什么哽住，再也说不出话来。

新堂圣的目光一凝，握着手机的手情不自禁地一僵。

★★★ ★★★ ★★★

湖世家影院是一座洁白的城堡形状的影院，它临湖而建，好像漂浮在湖面上，四周的景色也非常优美。

由于整座影院散发着壮观又高贵的气质，这里被称为是"最接近童话的地方"。在娱乐圈里有一个说法，那就是能被湖世家选中播放的电影想不红都难。

晚霞绚烂如绯色薄纱，风轻轻地吹过。安静的湖水映衬得湖世家电影院如梦似幻。

看着电影院前硕大的《蜗牛的爱恋春天》的宣传海报，海公主静静地站着，手中拿着那张新堂圣给她的贵宾票，思绪不禁飘远——

早上，海公主整理了一番准备出门。忽然听到身后传来一阵细碎的响声，接着，是新堂圣有些压抑不住兴奋的声音："喂！你今晚有事吗？"

"嗯？"海公主有些莫名其妙地看着新堂圣。

然而一贯张扬的新堂圣此时脸上竟然露出了羞涩的表情，他清了清嗓子，有些不好意思地说："我……我想请你看电影。"

"请我看电影？"看着面前很不正常的新堂圣，海公主原本平静的心湖竟也泛起了涟漪，她的脸色也变得有些不自然。过了好一会儿，她才继续说，"是为了感谢我帮你补习英文吗？那就不用了，那原本就是为了向你道歉而做的事。"

听到海公主这样说，新堂圣的笑容一下子就冷了，但他还是坚持："希望你能抽出时间来看，这是我第一部在国外获奖的电影。晚上我会在电影院等你的，我希望你能来。"

说完，他就把电影票塞到了海公主的手里，全然不顾海公主讶异的神情。

电影院的前厅亮如白昼，满厅宾客衣香鬓影，星光灿烂。

演艺界小有名气的明星几乎全都到场了，每个人都盛装打扮，因此，一袭简单衣着的海公主引来不少人的注目。她茶色的长发松松地挽起，垂下两缕微卷的发丝，肌肤洁白，眼波如海，在这个童话般的城堡里，她就像一个出逃的公主，虽然没有佩戴任何首饰，却越发显得纯洁清新。

大厅右侧紧挨着一座木质旋转楼梯，上面就是观影厅。

她的视线在场内望了一圈。那个人不在，应该是早就进场了吧？海公主想了想，步上楼梯。

"啪——"

一支刚刚拆开包装纸的冰激凌砸在她的肩头,她米白色的大衣外套被浓浓的巧克力染脏。

把头发染成火红色的贝依依冷冷地看着海公主,她的身后还有几个女孩挑衅地瞪着海公主。

海公主没想到竟然会在这里碰到贝依依,她无心与她们纠缠,只侧头看了看自己肩头的污渍,轻声说了句"幼稚"之后,转身朝卫生间走去。

贝依依冷冷一笑,俨然一副得胜的神情。

卫生间里。

海公主脱下自己的外套,认真地清洗着上面的污渍。忽然间,门外异样的声音引起了她的注意,她转过头。

那些家伙,该不会是……

她快步跑到门前,用力地去推门,却没有推开。门似乎被什么顶住了,顶得死死的,无论她怎么用力都无法推开。

"喂——"她气愤地喊出声。

"你这个不知天高地厚的死丫头,还敢来看Siyanie主演的《蜗牛的爱恋春天》,你有什么资格?"外面传进来冰冷的声音,"你不是说不喜欢新堂圣吗?哼,既然不喜欢,你跑来做什么?这样的下场是你应得的,活该!"

"我喜欢谁不关你的事,放我出去!"

"臭丫头,你以为你现在说这些还有用吗?你在这里好好地反省一夜吧!"

海公主拼命地拍着门,然而外面再也没有任何声音,显然那些人已经走了。

"砰砰砰——"

她更加用力地拍着门板,大声地喊着,可外面始终没有人回应。

不知过了多久。海公主忽然听到了外面有轻微的声音，她眼前一亮，冲到门边，门被打开了——

"哗啦啦！"

一盆盆冰冷的水冷不防地全部朝她泼了过来，她来不及闪躲，整个人在瞬间被浇透。她抬起头，看到贝依依有些狰狞的笑脸。

"很舒服吧？我免费给你洗个澡，让你夜晚在这里睡得更香甜一些！"

"如果不洗澡你就会发臭，要知道你已经够臭的了！"

"你！"水珠从海公主湿透的头发上滚落，她的脸上、身上全都是水，她伸出手，狠狠地擦去脸上的水珠。

海公主嫌恶地看着贝依依："贝依依，如果你喜欢把我当成你的假想情敌我无话可说，但是你闹够了吧？"

"哼，你装什么装！你那张脸上分明就写着有多么喜欢Siyanie，你还装！我就要好好地折腾你，看你以后还敢不敢勾引Siyanie！"

贝依依的话像一个重锤狠狠地击在了海公主的心上。

喜欢Siyanie？海公主心里一惊。不知道为什么，不管遇到什么事情都能保持平静的她，在贝依依说出那句话的那一刻，竟然慌乱起来。

从来没有想过有人会说她喜欢那个讨厌的家伙。

可是，她真的讨厌那个家伙吗？

为什么想到他的时候，脑海里却不断地闪现他喝醉酒脆弱地拥抱自己的样子，他倔强地把项链戴在自己脖子上说着喜欢自己的样子，他孩子气地要自己给他补偿的样子，他执拗地要自己来看他电影首映的样子……

为什么？为什么都是这些样子呢？

海公主越想越心惊，从什么时候开始，新堂圣在她的生活中留下了那么多的印记……

贝依依看到海公主无视她的样子，更加恼火，她微微提高音量，嘲弄地说了一句:"你自己好好享受吧!"

然后,她和几个跟班一起又要将门关死。

不能让她们再把门关死,海公主急切地向前走了几步,可是,她脚底一滑,"嘭"的一声,她重重地摔倒在了地上。

门也在这一刻被紧紧地关上了。

痛,好痛,尖锐的疼痛从她的背脊缓慢地向全身蔓延开来。她痛得脸色惨白,嘴唇轻轻地颤抖,在她倒下去的时候头部好像碰到了什么,她的头很痛,视线也开始变得模糊。

趴在地上的她觉得好累,好累,仿佛自她出生之日就一直那么累。她想,睡吧,还挣扎什么呢?

贝依依说她喜欢那个人……是吗?自己好像是不会喜欢人的呢,也不能喜欢……这就是她的命运。她不能喜欢人,也不能被喜欢,只要是跟她牵扯上关系的,不是对方倒霉就是她要受罪。

她蜷缩在地上,身下是肮脏的冰水。她的身子微微颤抖,就像在严冬的深夜里困极了却畏惧一旦睡去便会被冻死的流浪孩童。

*** *** ***

不知过去了多久,似乎有一个世纪那么漫长,门被打开了。

最后残存的一点意志告诉海公主应该马上走出去。可是,她痛得完全无法动弹。

"你还好吗?"

一个低哑紧张的声音传进痛楚的海公主耳中。

海公主努力地仰头,就像是迎着强烈的太阳光,在逆光中有一个金色的剪影,刺眼得令她睁不开眼睛。

"啊，你流血了！你哪里觉得疼？跟我说话呀！海公主，跟我说话！"

列泽华将她搂进温暖的胸膛，他的呼吸紧张而急促，似乎想将她紧紧地拥住，又小心翼翼地似乎怕弄痛她。

"这个感觉我记得。"列泽华忽然喃喃自语。他始终明白海公主对他而言应该是很重要的人，但为什么他们之间的感觉只有这么一点点，好像不只是失忆的缘故。列泽华顿时有些失神。

海公主听到列泽华的自语，茫然地朝列泽华望去。

略显冷漠的眼睛，略带倨傲的鼻梁，嘴唇微微苍白，他的神情充满了紧张和心痛。

她怔了怔，心里流淌过一阵如露水般的清凉，就像旧时庭院里樱花花瓣上凝结的夜露。

"海……"列泽华的声音低沉沙哑，看着她腿上的鲜血，他的心脏骤然抽痛起来，立马将外套脱下来披在她的身上，然后将她抱起来，大步向门外走去。

"我送你去医院。"他紧紧地抱着她，仿佛抱得她紧些，她就可以不那么痛。

海公主虚弱地被他抱在怀里，声音里有种温柔的感情："谢谢。"

列泽华一怔，低头看着怀里的她，她的眼睛里闪动着星芒般的泪光，嘴唇苍白如百合花。

他的心情无比沉重，就像他从医院里醒来之后第一次看见她，那时候，他很想用手指碰触她的面颊，轻轻地，就只是轻轻地碰触她，一如现在，为什么她总是可以那样轻易地让他心痛？

"可是……"她淡淡地对他微笑，"我不想去医院，我不喜欢医院那个地方，你是知道的。"

"不行！你必须去医院。"

列泽华面色一沉，抱着她向车子大步走去，她腿部的伤口处鲜血还在不断地涌出。

"我不想去医院。"她声音依然很轻，然而清晰坚定。

列泽华将她塞入车里，为她扣好安全带，接着他沉默地开动跑车，没有再回答她，已经决定直接将车开往最近的医院。

海公主侧头凝视他。

"你怎么会出现在那里？"

"打你的电话总是打不通，发短信也不回，我只有过来了。至于能找到你，全都是上天的安排。我赶到湖世家的时候，电影已经在播放了，我进不去，所以就在外面等，正好听到有几个女生从里面出来，边走边议论着你，我听到她们说把你关在了女厕……"

列泽华声音低沉地说着，双手在方向盘上握紧。

海公主安静地望着车窗外，静静地听他说，然后脑海里却冒出了新堂圣的影子。那个家伙现在在干什么呢？是在找她，还是在开心地看自己的电影呢？

呵，是自己想多了吧，他怎么会那么在乎她？

海公主自嘲地笑了笑，靠着椅背沉沉睡去。

而此时，新堂圣正在影院外焦急地等待。

难道她……出事了？

她怎么还没有来，就要开演了。她说过她会准时到的，难道……她临时改变主意了？还是……她出了什么事？是车祸，还是……

新堂圣吓得硬生生地打了个寒战，嘴唇一点儿血色也没有了。

上千种念头在他的心头挥之不去，他呆呆地站在前厅，此时的前厅已经空无一人，大家都已经到播放室看电影了。

唯独她没有来。

唯独自己最期待的那个人没有来……

窗外的夜空仿佛有飞机掠过云层的影子，并传来嗡嗡的声音。看到报纸上的一小块新闻，海公主怔住了。

良久，她徐徐叹了一口气，没想到新堂圣期待的新戏票房竟然奇惨，就算被报道也只能在最不起眼的版面出现零星的几行字。遭此打击，他的心情会跌到谷底吧？

这样想着，那个让她担忧的人不知何时已经走到她的身边，她下意识地将报纸推到旁边。

新堂圣见状，以为她看完了，便伸手去拿。他很想知道那部电影的影评还有相关的报道怎样。因为经纪人告诉他，影片的票房不佳，现在只有靠这些影评来挽回。

但海公主用比他更快的速度拿起报纸："我还没看完。"

新堂圣怔了怔："那你先看。"

说完，他的手机响了起来，他接起电话，只是对着听筒"哦"了一声，然后挂断电话。顿时，他整个人都有些僵硬，像是那通电话里有什么话刺痛了他的耳朵。

他的视线落在海公主手中那份报纸上，突然说："是因为你看到了，所以才不想让我看到吗？"

海公主握紧报纸，没有说是，也没有说不是，只是沉默着。

"给我！"新堂圣果决地说着。他不是在请求，而是带着命令的口气，麻木地从海公主手里将那些报纸拿过去，当他的目光落在那小小的、不起眼的夹缝中的一个标题上时，眼睛疼痛起来。

吃晚饭的时候，新堂圣没有出现。

海公主想他或许需要一点儿私人的空间去梳理自己内心所遭受的打击。直到深夜，一场突如其来的风雪将海公主从梦中惊醒，她竟不由自主地来到新堂圣的房门前。她只是想看看他睡下了没有，结果她发现新堂圣的房门是打开的，里面空无一人。

不知为什么，海公主内心从未有过地慌乱起来，似乎比得知列泽华出事还……

这种对比在海公主的脑中一闪，她吓了一跳，马上停住。从什么时候开始，她竟然会把新堂圣和列泽华拿来对比了？

她赶走脑中那些纷乱的想法，开始四处寻找新堂圣，她的动作甚至惊动了列泽华。列泽华若有深意地看了海公主一眼后，还是陪她一起寻找。

他们找遍房间都没找到新堂圣，当走到庭院准备再寻找时，一个低沉的声音响起：

"你们是在找我吗？"

庭院的树上，新堂圣忽然微微一动。他转过头来，雪水从他的面颊上滴落。他的目光穿过洁白的雪静静地落在一个人的身上。

那个人站在离他好远的地方，也许是一个可望而不可及的地方。他的唇角忽然勾起一抹淡漠的苦笑。他降生在这个世界上就是一个错误，无论他怎么努力……

他仰起头看着灰蒙蒙的天空，任由大雪落到自己身上，弄得自己浑身冰凉。

海公主呆呆地站着，全身僵硬。他怎么可以在这样的天气里爬到树上，这简直太危险了！

夜空因落雪的缘故变得更加阴暗。

新堂圣依旧坐在高高的大树上，安静得如同一个受伤的孩子。

海公主似乎看到新堂圣的眼中有眼泪流了出来……雪花飘落在海公主的面颊上。可她的视线中只有那个坐在树上的少年。

忽然，新堂圣站起来，站在高高的树枝上，似乎下一秒钟他就会毫不犹豫地跳下来。

海公主惊恐地抬头去看树上的新堂圣，而列泽华手指着那棵树，用命令的口吻吼道："新堂圣，你下来！"

"我这样就是要下来呀！"细细的雪声里，新堂圣的声音有些低哑，"坠落的方式不同，可能得到的结果就会不同……或残疾或从此失去生命……为何我每一次的努力都不被上苍眷顾，总是让我失望然后再失望……"

"你以为全天下只有你一个人倒霉？如果你要自怨自艾就回到自己的房间里！别让我和海公主因为担心你而站在这里陪着你发疯！"列泽华彻底恼怒了。

"列，不要再说了。"海公主忽然迈开脚步，走到那棵树下。

处于愤怒状态的列泽华目光一凛，正要上前，但仿佛知道他会阻止一般，海公主回过头，对他摇摇头，示意让她过去，只让她一个人过去就好。

也许是走得太急了，海公主不知被什么东西绊住，突然踉跄了一下，那只修长的、骨节分明的手立刻抓住了她的手臂。

"小心。"

海公主茫然地回头看了列泽华一眼，却好像听不懂他在说什么，只是推开他。

于是，列泽华没有再上前去，而是停留在原地，而他的心也变得空荡荡的，仿佛有什么东西丢失了……

海公主仰头看着仍旧站在树上的新堂圣，鹅毛般的雪花从天空中落下，在接触到温热的体温时迅速融化，打湿了她的脸。

新堂圣似乎没有注意到她的存在，他望着下大雪的天空，安静得像一个雕像。

"新堂圣，站在那里很危险。"

新堂圣的眼睛依旧怔怔地看着远方，仿佛完全沉浸在自己的世界中，感受不到外界的任何声音。

雪越下越大，冰寒刺骨，逐渐变成暴风雪。海公主忍不住发抖。

"新堂圣，下来好吗？"

她走近树边，手摸上落了层积雪的树干，接着，她的手攀上了头上的树枝。

列泽华震惊地看着海公主。

可他仍然没有移动脚步，只是愣愣地站着。他竟然不知道如何走上前去阻止她……失落的空虚感填满了他整颗心。这种失落的空虚感甚至超过了之前被海公主阻止、她执意一个人上前去找新堂圣时的疼痛感。疼痛至少说明他还可以抱着幻想和希望，而空虚则代表所有幻想与希望全体破灭，仿佛生命也被割裂了。

漆黑的夜色，没有星星，没有月亮，雪花直直地落在地上，落在他的身上。

"新堂圣……"列泽华眉头一皱，冷冷地念出这个名字。

雪已经浸湿了海公主的全身。她慢慢爬到了树的半腰，她脚下不停地打滑，随时都有失足滑下来的可能。但她并没有害怕，她的手紧紧地抓着冰寒刺骨的树枝，依旧费力地向上爬，一点点地接近了新堂圣。

海公主也不知道自己为什么会这样做，甚至不惜伤害列泽华也要这样做。这仿佛就像是一种本能的驱使，让她此刻只想到达新堂圣的身边，即使什么也不说，什么也不做，只要陪在那个讨厌的家伙身边就好。

新堂圣忽然转过头，一眨不眨地看着她，长长的睫毛上挂着雪水融化成的晶莹水珠。

"新堂圣，拉我一把……"

海公主抓着树枝，在新堂圣的下面，把手伸给他。她的眼睛闪烁着清澈的水光。

"我会一直陪你的，拉我一把好吗？让我到你的身边去，可以吗？"

洁白的雪花自她的手间飘落，她与他之间只有一朵雪花的距离。

雪夹杂着他所熟悉的香气扑面而来，尽管身体已经冻得麻木，可是他的嗅觉神经一次次地告诉他，他等的人已经到了。

她就是他要等的那个人哪！拥有最美好的香气，给他安慰和支持的香气。原来，即使全世界的人都遗弃了他，可他还可以有她。

有她，就够了……

海公主的手悬在半空中，她努力抓住打滑的枝干，费力地说出话来："新堂圣，只是一次失败就打倒你了？新堂圣，难道你是这种轻易被打倒的人吗？你是吗？"

"……"

"好，你被打倒了，可那又如何？你还可以站起来，重新站起来啊！"

"……"

"你不想站起来了，对不对？那我陪你一起倒下去！"

"……"

"我会陪着你，你知道吗？"

我会陪着你……

新堂圣无神的眼睛开始一点点地燃起亮光，他的手缓慢地伸出来，冰凉的指尖穿过雪花……

海公主在新堂圣伸出手的时候松了一口气。

然而，就在此时，新堂圣的身体猛地一颤，仿佛失去了更接近她的力气。而就在接触到新堂圣手的那一刻，海公主的身体像是失去了可以支撑的点，忽然朝下坠落……

那一刻，他的手与她的手交错而过。

他们没有握住对方的手。

如同宿命的无奈，她伸出的手一点点地从他的视线里远去。她长长的头发在风中飞扬，仿佛是在风雪中飞舞的蝴蝶，执著却又无奈……

唯有她唇角纯净得如天使一般的笑容凝固在新堂圣的脑海里，在刹那间永恒，像是之前做过的那个梦。

梦中她一直对他说，她会陪着他，直到永远……

新堂圣的眼眸忽然间一片清明，原本无神的瞳人中此刻清楚地印出晃动的人影。就在海公主落下的瞬间，他的身体也从高高的枝干上落了下来，仿佛是为了固执地追寻某种气息，他毫不犹豫地跳了下去。

*** *** ***

"海……"

看到海公主从树上掉落的那一瞬，列泽华毫不犹豫就冲上前去。海公主重重地砸进了他的怀里，他们一同倒了下去。

而新堂圣也重重摔在他们身边。

世界在那一刻似乎停滞了，一切似乎都将要终结。躺在雪地里的三个人一动不动，毫无声息。

寂静。死一般的寂静。

不知道过了多久，终于听到了一个喑哑的声音："海……幸好你没事。"

熟悉的声音灌入海公主的耳里，她抬起头，看着把自己紧紧搂在怀里的列泽华，内心抽痛，却不知道该给出什么回应。

忽然，他俩身边响起细细碎碎的声音。只听到新堂圣那惯有的带着自嘲的话语响起："这么高摔下来居然没事，看来我还不够倒霉呢。那么就好好地活着吧！"

说着，他爬了起来。用脚跺了跺地上厚厚的雪，笑着说："真是要感谢这一场大雪呢！"

他说着，停顿了一会儿，低头看了被列泽华紧紧拥在怀中安然无恙的海公主一眼，用几不可闻的声音说了句："更要谢谢你。"

说完，他转身往屋内走去，边走边大声地说："再不回去，这么冷的天该感冒了呢！"

"喂，新堂圣……"

海公主看着新堂圣远走的背影，想爬起来追过去，但是她的身体被列泽华紧紧地拥在怀中，无法动弹。

"列……"海公主有些着急地看着列泽华。

列泽华的脸上满是悲伤，就连他的声音都颤抖起来："为什么？为什么要关心他胜过关心你自己……为什么？"

像是不需要海公主的回答般，列泽华继续说着："你不是说讨厌他吗？那刚刚又是做什么呢？你答应过我的，不会喜欢他，不要喜欢他……"

列泽华深深地看着海公主平静的面容，他的眼里恍如有冷冽的寒冰，似乎想看透她究竟在想些什么。

"是。"海公主望了列泽华一眼，眼眸是平静如玻璃般的淡漠之色，她缓缓说着，或许说是在重复他的话更为准确，"我是说过讨厌他，我是答应过你不会喜欢他……可是，作为他的同学和房东，我觉得这份关心是可以有的。"

　　海藻般的茶色长发挡住了海公主的侧脸，她的神情看不清楚。列泽华忍不住伸出手指，将她的长发轻轻拨到她的耳后。

　　她的头发浓密蓬松，手感并不柔顺，却有种令人怜惜的心动。直到看到她白皙的面孔，列泽华这才有些安心，但他还是充满危机感地嘱咐道："既然这样，你可不可以不要这样关心他？"

　　列泽华的面容平静无波，黯然寂寞的眼眸充满着祈求的微光。

　　"可以。"

　　海公主连思考的时间都没有就立刻点头答应了他。列泽华怔住了，手指在她的发丝间僵住。他皱眉，没办法在此刻明白她的意思。

　　她抬头看向他，忽然，她脸上绽开一朵笑容，轻轻瞟着他，笑容中有种迥异于以往的妩媚："只是……这样你就安心了吗？"

　　她眼波流转，轻轻笑着。

　　列泽华彻底怔住了。他以为她是说真的，他以为她真的答应了，但是，此刻她慵懒嘲弄的笑容突然使他明白，她因为那个人而张开了伤害他的刺。

　　列泽华默默地望着海公主，眼神黯然，仿佛有漆黑的夜色将他的身影包围住，显得那么落寞孤独。良久，他冷冰冰地说："那么，现在就将租房的事解约，重新找房客，总之我不允许新堂圣住在这里。"

　　"现在？"海公主的笑容消失了，睫毛轻轻颤抖一下，"我觉得在这种状况下，要求解约不妥，他刚刚受了打击，心情才好一点点……"

　　列泽华的目光黯淡下来。他什么也没再说，因为，他没有了再说下去的理由。

　　他松开了海公主，从雪地里爬起来，顺带也将海公主拉了起来。不过，他没有再像往常那样拉着她的手不放，这一回，他迅速地放开了她的手。

　　因为，他觉得要是再紧握住她的手，会让他更失控地去嫉妒新堂圣。此刻的他不知道该怎样和海公主谈下去，他只想离开，于是，便对海公主说："妈妈那边有个合约需要我过去帮她谈一下，所以我明天会去湘城，你自己在家小心。"

他也转身回屋，只是，他期待中的那双手并没有挽留地拉住他。

原来失忆也是一种奢侈的幸福。此刻的列泽华多希望能再次失忆，忘记今晚那让他心痛的一幕。

★★★　★★★　★★★

第二天一大早，列泽华就去了湘城。

海公主站在窗口看着在雪中不断远去的列泽华落寞的背影，心中不停地默念："列，对不起……对不起。"

风从窗外灌进来，带着雪的寒气，海公主睫毛上染上了一层薄薄的雾气。

"喂，人都走远了，你还在看什么？"

新堂圣懒洋洋的声音在海公主没有关闭的房门口响起。

海公主收回视线，转身看着新堂圣。

新堂圣一脸不羁的神情，嘴角微微勾起，带着一抹摄人心魄的笑。一扫前几天精神颓靡的样子。

"你……你没事了？"海公主皱眉，有些迟疑地问着。

新堂圣一愣，眼中闪过一丝尴尬，但很快隐去，他装作无所谓地说："当然没事，我能有什么事？"

说完，新堂圣转身准备离开，不过刚走几步，他又回过头对海公主说了句："如果你不想感冒的话，就不要一直站在窗口那里吹冷风了。你哥哥不在家，要是你生病了，我可不会照顾你的！"

不知为什么，说完这段话新堂圣脸色微红，有些匆忙地往客厅走去。

新堂圣的话让海公主一愣，不过随即她缓缓地绽放出一个如樱花般美丽的笑容。她也不知道为什么，就因为新堂圣那样一句话，内心竟会如此欢喜。

还有……看样子，新堂圣应该已经没事了呢。

他没事就好！

这样想着，海公主关上了窗，整理了一下，去厨房准备早点。

海公主往厨房走去，经过客厅的时候，她蓦地看见大门开着，新堂圣站在门前的樱花树下，片片雪花沾染在他紫色的发丝上，色彩的强烈冲撞，让人能够在苍茫的世界中一眼就看见他。

一个中年男人站在他的对面，正在对他说着什么。

他们的声音不小，谈话声隐隐约约传到了海公主的耳中。

"怎么了？"

新堂圣出口问着，手指捏着飘落的雪花，淡漠地问他对面的中年男人。

"你们班是有个叫贝依依的女生吗？她表哥可是好莱坞赫赫有名的制片，你要找准机会好好关注一下，最好能和那个叫贝依依的弄出点儿绯闻之类的……"

站在新堂圣对面的男人满脸兴奋地对新堂圣说。

他的话让新堂圣的眉头蹙得更紧了，但眼里隐约闪烁着七彩的流光。虽然他并不喜欢靠这种方式上位，但这个消息无疑再次点燃了他的希望。

对面临绝境的他，这无疑是最好的方法。

"好！"

新堂圣的表情有些淡漠。

不愿意被人当做一个偷听别人谈话的人，正准备离开的海公主顿时停住了脚步，她望着接受中年男人建议的新堂圣，漂亮眼眸中的光顿时暗淡下来。

*** *** ***

就要到圣诞节了，班里的同学利用课间休息的空隙都在商议着怎样度过一个难忘的节日。

"去烤肉吧！"贝依依提议，"到我表哥的别墅去。"

"哇！"她的一个跟班尖叫起来，"就是你那个知名制片人哥哥的别墅？呀！我上次去过一次，简直就跟做梦一样，这次还可以去啊？实在是太开心了！"

"废话那么多做什么，谁让你到处嚷嚷我表哥是知名制片人的？万一那些爱慕他的拜金女知道了，跟着去骚扰怎么办？"贝依依边说边把鄙夷的目光落在海公主身上，她最不希望海公主也跟着去，而且看海公主淡然的表情，应该是不感兴趣也不会去的吧？

于是，她开口说："总之不去的就举手，现在立刻举手！"

可是，这话才一出口，她就后悔了，万一新堂圣也说不去那怎么办？她做这样的提议其实就是想跟新堂圣有更多的相处机会呀！

"那个……如果有一个人不去，就取消这次活动。"贝依依想了想，比起不希望海公主去，她更不希望新堂圣不去，于是，她只能这样说，希望能够让新堂圣难以拒绝。

新堂圣对这种活动根本就没有兴趣，他才不会因为贝依依的小心机而勉强自己去参加不喜欢的活动。他正想说不去，却忽然想起前两天经纪人跟他说的话——

"你们班是有个叫贝依依的女生吗？她表哥可是好莱坞赫赫有名的制片，你要找准机会好好关注一下，最好能和那个叫贝依依的弄出点儿绯闻之类的……"

新堂圣当时很不齿经纪人的手段，他不想为了重新上位而去故意和贝依依制造绯闻。

但是，如果能去贝依依表哥家，能够接近她的表哥，说不定会有一些机会让自己重新出道。

想到这一点，原本想拒绝的新堂圣没有吭声了。

贝依依看着没有提出反对意见的新堂圣得意地笑了。而新堂圣并没有看她，而是把目光落在前排的海公主身上。

在全班兴奋尖叫的声音中，他的眼里似乎只有她。

刚刚他有看见她想举手说不去，可是不知道为什么，她的手又放了下来。

海公主没有注意身后那抹关注的目光，而是专注地翻看着课本。

"喂！"贝依依的长腿出现在她的面前。

海公主抬起头来，满脸疑惑。

贝依依轻蔑地指使着："你去负责采办全班同学需要的烤肉用品！"

海公主瞥了贝依依一眼，然后垂下眼干脆地回答："不。"

贝依依一听，顿时就火了，声音里带着按捺不住的火气："海公主！你以为你是谁？你有什么权力拒绝为全班同学采办用品？"

海公主抬眼毫无感情地看着贝依依："那你又以为你是谁？有什么权利安排我去为全班同学采办用品？"

"你！"

空气凝固了，画面仿佛被定格了。

周围响起惊讶的吸气声，所有人的目光都落在了海公主和贝依依的身上，期待着事情接下来的发展。

良久，贝依依斜睨沉默不语的海公主，语气凉凉地说："难道你不想去？那我只有取消这次活动……"

闻言，海公主的视线从课本间抬起，她想起新堂圣因为事业失败而落寞的眼神，心里泛起一阵酸疼，她内心轻叹了一声，只好回答："不用取消，我去就是了。"

海公主起身朝教室外走去。

贝依依望着海公主离开的背影，鄙夷地嘲笑："装什么清高，还不是想跟着我去豪宅！"

可下一刻她就得意不起来了，因为她看到新堂圣也朝教室门口走去。

"Siyanie，你去哪儿？"贝依依追了过去。

"需要采办的东西估计会很多，海公主一个人可能拿不了，我过去帮忙。"

听新堂圣这么一说，贝依依立刻拉住他，要求一起去，新堂圣虽然很烦，却仍保持微笑告诉贝依依："冬天的寒风吹多了对美女的皮肤不好，你还是待在教室里吧！"

贝依依一听到新堂圣如此难得的关心话语，只好乖乖地坐回原位。

楼梯间里寂静无声。

海公主坐在冰冷的台阶上，拿着手机发呆，而屏幕上显示的号码是列泽华。

不知过了多久，楼梯间的门被推开了。

新堂圣走出来，一眼看到台阶上的海公主，低叫一声："喂！你怎么跑到这里来了，让我好找！"

海公主似乎没有听见。

她一动不动地坐在冰凉的台阶上，背脊轻微地颤抖着，逆光中，她恍若会随时消散的雾气一般。

新堂圣站在高一级的台阶上。清冷的阳光照在他的脸上，他沉默地望着她，缓缓道："如果想他，就打电话给他，拿着手机对着他的号码发什么呆，他又不会知道。"

像是美丽得不可思议的童话被打破，又像是美丽的七彩泡沫被打碎般，海公主收起手机，从台阶上站起来，朝楼梯间走去。

时间在这一刻凝固了。

就在她白皙的手指只隔一点便可以接触到门把的时候，她竟然收回了手，然后转过身，瞪着新堂圣，说："我没见过像你这么讨厌的人！我本不想去烤什么肉，只因为你有个跟制片人会面的机会所以才没有拒绝，现在看来，我真不该一片好心。"

海公主淡淡的声音飘荡在楼梯间。

新堂圣猛然觉得胸腔里的某种东西被抓住了般，他的脑海里浮现出海公主那天晚上一步一步往树上爬，想慢慢接近他的样子。

那时的她说："让我来陪你。"

新堂圣深深地凝视着海公主，忽然，他快步走到海公主的面前，在海公主还没有反应过来之前温柔地吻上了她的额头。

只是轻轻的一吻。

海公主错愕地看着面前的新堂圣，眼中闪过一丝隐约的亮光。犹如破晓时分的彩霞般，红晕悄悄染上她的面颊。

新堂圣的手指轻轻抚弄她的长发，笑容如罂粟般美丽："看来你喜欢我！"

新堂圣那肯定的语气让海公主心里一惊，她的呼吸仿佛都要停止了，空气一下子静得出奇。

"我不喜欢你。"良久，海公主才轻轻地说。

说完,她想了想,又低声补充:"我永远都不会喜欢你。"

接着,海公主不再看新堂圣,而是果断地转身离开了。一向从容的她此时离去的背影却有些慌乱。

新堂圣看着海公主的背影,扬起唇角笑了。他并没有因为海公主的话而不开心,而是对着海公主离去的背影缓缓说了一句:"你到底是不喜欢我,还是不敢喜欢我?"

★★★ ★★★ ★★★

天寒地冻的深夜,在山顶的豪华别墅却是灯火通明、笑语喧哗。漆黑的夜空中不时迸出零星烟火,点缀着夜色。

"圣诞快乐!"

"快乐!"

深夜11点多,大家却全无睡意,虽然已经玩了一天,可谁都不累,谁也不想回家,贝依依便提议开一个临时舞会。

舞曲、欢笑、叫声,交织沸腾。

海公主站在靠近阳台的落地窗前,喝了几口用汽水稀释过的苹果酒,她雪白精致的双颊上染上了一层薄薄的红晕。

新堂圣就站在距离她不太远的地方,想上前却犹豫不决。

"Siyanie,我们来跳一曲吧!"贝依依兴致勃勃地邀请。

新堂圣摇摇头:"可是我不太会跳舞。"

他以为过来就会遇到贝依依的制片人表哥,谁知道人家早在一周前就出国了。他再一次错过机会。

被拒绝的贝依依有些失望,一跺脚,对几个跟班使了下眼色。

突然,嘈杂的音乐声停止,班里的一位同学拿起了麦克风说:"各位同学们，一直跳舞也没意思，我们来玩一个游戏吧！"

台下响起了一片附和声。

"好啊！好啊！"

"什么游戏？快说！"

……

台上的同学看到大家的反应后很满意，继续说道："为了庆祝这美好的一夜，为了在今夜留下最珍贵的回忆，在今天的最后一分钟，请大家不要惊慌，因为我们将会熄灭所有灯光，让你们把握机会对爱恋的对象献上圣诞之吻，那么……现在时间到了，开始！"

刹那间，灯光全灭，黑暗中传出了几声模糊的尖叫。而贝依依的话也被黑暗淹没，她完全找不到新堂圣所在的位置。

"嗯？"正站在落地窗前的海公主发出了一声微不可闻的低叫，直觉地往阳台更里面躲去。

可刚转身，她就被一双强壮的手臂揽进了温暖宽厚的胸膛。

海公主的身子僵住。

这熟悉的气息……

是他？

她还在想，他却已经握住她的肩膀，右手托着她的后脑，低下头，吻上她的嘴唇。

黑暗中，他屏住呼吸，然后深深地吻了下去。

她惊骇地挣扎，脑中一片空白，心在胸口狂乱地跳动。

而他拥紧她，越吻越深，心中只剩下一个声音："吻住她，再也不要放开她。"

"三、二、一！"

灯光再度亮起，欢乐的惊叫、恭贺声此起彼落。

可下一刻，所有人的视线都落在同一个地方。

全场顿时鸦雀无声。

所有人都看到了这样一幅浪漫唯美的画面：美丽的少年和美丽的少女拥吻在一起，水晶一般的灯光照耀在两人的身上，金灿灿的，少年拥吻着少女，那个吻也恍若金灿灿的，有着光华万丈的魅力，美好得就仿佛是镶嵌着纯金画框的油画，甚至连空气里都弥漫着浪漫甜蜜的气息。

贝依依气得面色一阵红一阵白，没想到她辛苦的安排竟然是给他人做嫁衣。她对海公主的仇恨更深了。

微皱着眉头连喝下好几杯用汽水稀释过的香槟，贝依依气鼓鼓的双颊染上了一层红晕，她借着酒劲快步走到还在亲吻中的新堂圣和海公主的面前。

她的面部忍不住微微抽搐，冷冷地说："Siyanie，结束了。"

仿佛意识到了什么，海公主推开了新堂圣。但新堂圣的目光依然落在海公主的身上，深深地看着她，看着她眼瞳中映出他浅浅的影子。

贝依依则气得嘴唇发白。

时间在一瞬间停止，所有人都屏住了呼吸，全部的视线都紧紧锁住他们三个人。人群开始骚动了，大家纷纷议论起来——

"怎么可能？"

"这到底是怎么回事？"

"难道新堂圣喜欢海公主？"

海公主有一秒怔愣，凝视着新堂圣，眼中闪动着微凉的光，欲言又止。她沉默地凝视着他，像极了寂静夜空里的星。

贝依依挡在了她的身前，故意遮挡住她和新堂圣对望的视线，她一双美眸乞求地看向新堂圣，说："Siyanie，我表哥刚才有打电话回来哦！他说是临时改了行程，一会儿就会抵达这里，甚至有可能参加我们的聚会，你要不要跟我去等表哥呀？"

Chapter 6

夜色迷离。

彩色的灯光射到了新堂圣的眼睛里，让他眼中看到的一切都是迷茫的橙红。过了好一会儿，他才从贝依依的声音里反应过来。

而海公主早已离开。

看不到让他想热切注视的那个人，新堂圣蹙眉，然后对贝依依淡淡一笑，有些不自然地回答："好，我跟你去见你的表哥。"

可当贝依依介绍新堂圣给她的表哥认识时，没想到对方根本不想搭理他，只有灯光将他落寞的身影拉得斜长。

讨了无趣的新堂圣回到同学们身边，大家八卦地追问他是否决定接演贝依依表哥的新戏。

烦闷的他干脆利用游泳来躲避众人的追问，跳下泳池，却没想到溅湿了正坐在泳池旁画画的海公主。

他从水里出来，爬上泳池，海公主还在专注地画画，似乎那些水并不能影响她画画的热情。

新堂圣装作无意地看了一眼她的画，画中的主角竟然是列泽华！

新堂圣的薄唇嘲讽地向上扬起，本来想道歉的话，还有许许多多不知如何说出口的话都消散了。他静静地站在她的身后，不敢用力呼吸。心被揪得很紧、很紧，他咬着嘴唇，浓浓的悲伤在他的血液里不停地蔓延。

他愤愤地再次跳下水，并溅起更大的水花，结果……才跳下水的他就腿抽筋，动不了了。

"救……救……"

新堂圣在泳池里挣扎，企图逃出这个困境，可他一张开口，就有水涌上来，迅速淹没他的声音。而他的身子像陨落的星辰般急速下坠。

就在他所有的意识都将被这冰冷的池水吞没时，突然一双柔软的手抓住了他的胳膊,使劲将他往上拖……

一股熟悉的感觉朝他袭来,他安心地闭上了双眼。

"啊!新堂圣溺水了!"

一阵惊叫打断了别墅内众人的狂欢。贝依依一听到"新堂圣"三个字,赶紧从她表哥的身边站起来,箭一般地冲出别墅。

她飞快地跑到游泳池边,看到海公主正吃力地将新堂圣拉上岸,还没等海公主站稳,贝依依立马跑过去,一把推开海公主,抱着新堂圣大叫:"Siyanie,你醒醒!Siyanie,醒醒啊!"

贝依依叫喊着,有些失控地对身边的人说:"快点儿打电话叫救护车呀,快点儿呀!"

海公主浑身湿漉漉地站在一边,大家都围在新堂圣的身边,没有人在意她是否有事。她关切地看着新堂圣,想上前去,可是又被涌过来的人群推开了。

有这么多人照顾他,她只是多余的吧,海公主自嘲地想着。

就在这时,她扔在游泳池边的手机铃声急促地响起,她走过去拿起手机,"妈妈"两个字不停地闪烁,她心里忽然不安地一紧,按下了接通键。

还没等她说话,妈妈的声音就从电话那头急速传来:"海,列泽华病了……"

两只手靠近,手指接触到手指……他的手指冰凉……她的手指火热……

是梦里吗?为何却感觉如此真实?

不!那……不是梦!

新堂圣静静地躺在病床上沉沉地睡着,脸色比枕头还要苍白,他的紫发还有点儿湿漉漉的,嘴唇有点儿发紫,呼吸也很微弱,只有时而紧皱起的眉说明他还活着。

吊瓶挂在床边,液体滴答滴答顺着输液管流进他的血管。

贝依依终于忍不住扑到病床前,连声喊:"Siyanie!Siyanie!你不能丢下我呀!"

"小声点儿,他在睡。"

正好经过准备换药的医生轻声说:"病人需要休息,你放心,他并无大碍,再打两瓶点滴就可以出院了。"

医生说着,把焦急的贝依依从病床前拉远一些,然后才开始换药。

"哦。"

贝依依轻轻踮足走到离床边不远的地方。病房里顿时安静下来。空气里好像只剩下新堂圣睡梦中发出微弱呼吸声。

半晌,医生终于换好了药,端着托盘正要走出病房,贝依依又惊叫起来:"Siyanie!Siyanie!"

"喂!你这样真的会吵到病人休息的。"医生不满地回头,结果却发现躺在床上的病人正吃力地想坐起来,便立刻放下托盘,过去进行检查。

新堂圣看了看正在帮他进行检查、面露关切的医生，然后转头看到焦急的贝依依，他虚弱地轻声问："她呢？"

贝依依急了，冲过去，一把将虚弱的新堂圣按回病床上，喊："什么她？你得好好休息！"

医生做完了检查，说："没有事了，留院观察几天就可以办理出院手续。"

交代完毕，医生便离开了。

贝依依笑眯眯地坐到了新堂圣病床边："Siyanie，你醒过来就好了，你知不知道人家有多么担心你呀！你掉进游泳池里人家第一个跳下去救你，还拜托表哥派人将你送到最好的医院治疗检查，你没有醒过来，人家就一直守在你身边……"

贝依依自顾自地说着，新堂圣动动身子，没有看贝依依，好像也没有听她在说什么。他怔怔地望着天花板，一动不动，好像橱窗里没有生命的木偶。

难道不是她？难道是他感觉错了？

可是他冰凉的手指接触到她火热的手指，那种感觉是那样真实，不像是在做梦。

*** *** ***

夜更深了。

病房里开着一盏昏黄的灯，温柔的光线让整个病房沉浸在一片朦胧之中。窗外，漫天的星光如同从天而降的萤火虫，发出点点光芒。

寂静的病房里传来虚弱的呼吸声。

"很痛吗？"她把手覆上他的额头，带给他阵阵清凉的感觉。

"痛……"列泽华在梦里轻轻吸气，脸上出现不舒服的神情，"好痛……海……我好痛……好想你……"

"我……"海公主叹息，"有什么办法能减轻你的痛苦呢？"

一接到妈妈的电话，海公主就连夜赶到了湘城。

妈妈在电话中告诉海公主，说列泽华从到湘城的那天起就发高烧，始终不退，并一直叫着她的名字。

她一下车就直奔医院，送走疲惫的母亲，留下来陪着列泽华，可列泽华仿佛感觉不到她的存在，还一直在梦里叫着："海，你在哪里？海……"

她让他这么痛苦。

医生告诉海公主列泽华这样迟迟不肯醒来，其实并不是药物没有效果，而是列泽华好像已经失去了求生的意志，他仿佛想一直这样睡下去。

海公主心痛地看着躺在病床上的列泽华。

列泽华的睫毛忽然微微抖动着，但是并没有睁开眼睛，只是嘴唇轻轻地颤动着，如同梦中的呢喃："海……为什么你总给我一种很熟悉的感觉，却又让我感觉无法触及……是因为我失忆而忘记了太多事情吗？是吗……海，不要喜欢新堂圣……不要……不仅仅是新堂圣需要你的陪伴，我也需要呢……海，我……喜欢你……"

列泽华的声音有些干涩，他在昏迷中不停地说着有关海公主的事情。

海公主的手轻轻一颤。

她低头默默地看着列泽华，苦涩地笑着说："列泽华，我……我不敢喜欢你。自从我们认识以后，发生了太多让我措手不及的事情，我怕我的这份喜欢会伤害你……列，不要睡了，醒来好吗？"

一整晚，海公主在列泽华的耳边不停地呼唤，想喊醒他。然而，列泽华固执地沉睡着不肯醒来。

海公主不知道什么时候疲累地睡去。

清晨，病房的窗外传来阵阵清脆的鸟鸣声。列泽华感到自己的手好像被露水打湿了一般，他不舒服地动了动手，缓缓地睁开了眼睛。

"海……"

他一睁开眼，就看到海公主那张熟悉的脸，原来海公主枕着他的手睡着了，睡梦中，她不知道为什么流下了泪水，打湿了他的手背。

列泽华的动作和声音惊醒了海公主。

海公主一睁开眼，就对上列泽华深情注视她的眼神，嘴角不由自主地轻扬起来，声音里是抑制不住的兴奋："列，你终于醒了……"

*** *** ***

朝露让空气变得湿润而清新。

新堂圣从睁开眼的时候就盯着病房门口，他多希望下一个走进来的就是海公主，但是每一次都很失望。

她始终没来……

一天，两天，三天……直到他出院了，她都没来，她会去哪里呢？

新堂圣一出院就急忙跑回海家，结果她竟然不在家……这个家空荡荡的，只有他一个人。

忽然，新堂圣像是意识到了什么，他的睫毛颤了颤，眼中出现一片寂静的失望。

夜寂静无声。

住宅区的对面，小型喷泉池里的水花带着缤纷的色彩跳跃着。

新堂圣孤零零地坐在房间窗边的椅子上，他的目光寂寞得令人悲伤，眸中仿佛有着淡淡的水雾，蒙胧而妖娆。

他想起了那个雪夜，当他孤单地站在树上想一跃而下的时候，是她努力地靠近他，说会一直陪伴他。

当时她只是怜悯他，看他可怜，所以才说出那样的话吗？曾经有那么一瞬，他以为她真的喜欢上了自己。可是现在看来，只是他自作多情罢了。

奇怪，从什么时候开始，自己居然如此在意那个总是一副淡漠表情的女生了？

新堂圣自嘲地笑了笑，转身拿起放在墙边的吉他，轻轻弹奏起来——

这世上有太多的失望 太多的不快乐

每次绝望 我以为天空永远都会是这样暗沉沉的灰

却忘记了 再阴郁的天空也会有那乌云遮不到的湛蓝

……

再不快乐的心情 也总会有那片刻欢笑的瞬间

在最绝望的低谷深处 布满沉沉的阴霾

可希望往往就在下一刻的地平线

……

新堂圣不知不觉竟然随性作了一首歌曲。许久没有尝试写歌了，这种久违的感觉让他暂时忘记了被遗弃的悲伤。

他放下吉他，打开电脑，把刚刚写的曲子记录了下来，又重新拿起吉他弹奏起来。

这个静谧的夜里，新堂圣一个人在电脑前孤独地录制着歌曲。

直到天亮，新堂圣才把歌曲小样录好。他喝了一口水，看着阳光明媚的窗外，内心涌起了一个念头。

他拿起自己新歌的刻录盘，然后随手拿了件外套就出了门。

Chapter 7

星海音乐室外，新堂圣深呼吸了一口气，敲响了工作室的门。

整间工作室洋溢着新堂圣那迷人的低吟。

这首歌曲甜美的旋律跟以往新堂圣冷硬悲伤的曲风很不同，制作人看上去非常喜欢，他微闭着眼睛，满足地享受着。手指还不时地随着音乐的节奏打着拍子。直到音乐声停止了，他还久久地沉浸在美妙的余韵中，没有回过神来。

良久，制作人才睁开眼。他惊喜地看着新堂圣说："Siyanie，这首歌真是太完美了，你真是让我觉得惊喜！"

新堂圣见制作人如此满意他的这首歌，脸上露出如释重负的笑容："那么，这首歌能不能作为我的单曲推出呢？"

听到新堂圣这样问，制作人有些迟疑了，他讪笑着说："Siyanie，不是我不肯帮你，而是以你现在的声势去出这首歌，恐怕会毁了这么一首好歌。你不要怪我说话直，我只是不希望这么一首好歌的推出受到任何负面新闻的影响。Siyanie，你看这样好不好？你把这首歌卖给我，然后作为这首歌的词曲作者，你也一定会受到一定的关注的，也会让更多人看到你的才艺。这首歌换个当红的明星去唱，效果一定更好。"

说完，制作人有些尴尬地等待着新堂圣的回答。

新堂圣紧抿着唇，没有说话，他没有想到制作人竟然会提出这样的要求。不行！这是他如此用心创作的一首歌曲，绝不可以轻易出卖。

制作人似乎看出了新堂圣的犹豫，他清了清嗓子，继续说："Siyanie，如果你肯把这首歌卖给我，我一定会给你一个满意的价格的。"

"不！"新堂圣此时果断地拒绝了，"这首歌是我为一个人专门写的，如果我不能出片，那么，我只想唱给她一个人听。"

"Siyanie，你不要这么固执，好好想想吧！"

"不用了，谢谢！"

"Siyanie，你再好好考虑一下吧，价钱方面我是好商量的。Siyanie，哎，你别急着走啊……"

新堂圣对于制作人给出的金钱诱惑毫不在意，他不等制作人说完，就头也不回地离开了。

*** *** ***

新堂圣不记得自己已经有多少天没去上课了。

从制作人那里碰壁出来后，他不想回到空荡荡的住处，于是选择去学校。

他刚走进教室，贝依依就朝他飞奔过来，大喊着："Siyanie，你终于来上课了！完全好了吗？怎么不多休息几天呢？"

新堂圣完全无视贝依依关切的询问，只顾往海公主的位子看去。

空空的座位刺痛了新堂圣的眼睛。

而新堂圣的举动也刺痛了贝依依的心。她松开紧拉着新堂圣衣角的手，故意提高声音说："不要再看了！从你落水的那天起她就再也没有出现过了。想知道她去了哪里吗？"

新堂圣看向贝依依，眼里充满了疑惑。

"要知道我是帮老师记考勤的人哦！你不用再看她的座位了，她还不知道什么时候会来学校呢！"

"她怎么了？"新堂圣紧张地抓着贝依依问。

"你抓疼我了！"贝依依挣脱开新堂圣的钳制，冷笑着说，"她去湘城看她的哥哥列泽华了。不过……我听说，列泽华好像不是她的亲哥哥吧？为了列泽华，她丝毫都没有关心快被淹死的你。Siyanie，你为什么还要那么关注她？"

她去湘城看她哥哥列泽华了……

她去看列泽华了……

她丢下快要死掉的他去看列泽华了……

新堂圣自嘲地笑了起来，眼里充满了痛楚。他差点儿相信了她所说的陪伴，还专门写了一首歌给她听……

呵，他真是傻呢！

新堂圣不顾贝依依的呼唤，失神地走出了教室。

他朝刚刚来时的路走去，重新站在了星海音乐室的外面，再次敲响了工作室的门。

制作人打开门，看到新堂圣的时候露出意外和惊喜的神情："Siyanie，你想通了吗？是不是愿意把歌卖给我了？"

"你出多少钱？"新堂圣开门见山地说。

确定了新堂圣的来意，制作人更开心了："价钱方面好说，只要你愿意把这首歌卖给我。"

一整晚的心血、对那个人的满腔感情，就这样换成了一张薄薄的支票。

新堂圣从音乐室出来，轻瞥了一眼手中的支票，苦涩地笑了笑，然后随意地把支票往口袋里一塞，搭上了去湘城的大巴。

不知道为什么，此时的新堂圣就是迫切地想见到海公主，他不知道海公主具体在湘城的哪个地方，可是他就是想到离她最近的地方去。

*** *** ***

新堂圣到了湘城后，因为不知道海公主在哪儿，于是，他在湘城四处转悠。

直到他在广场上无意间看见了正在一起喂鸽子的海公主和列泽华。

广场的空气清新无比，阳光从翠绿的树叶中间洒落下来，树下是一群安静啄食的鸽子。

海公主从包里找出面包，仔细地捏碎，然后蹲下身坐在石阶上，小心翼翼地接近一只只白色的小鸽子，轻轻地把手伸到它们的面前。

列泽华蹲在一旁宠溺地看着海公主。

海公主一边喂鸽子，时不时还歪着头跟列泽华说笑几句，脸上是从未曾对新堂圣绽放过的温柔。

面前无比美好的一幕刺伤了新堂圣的眼睛，他终于明白，他是真的喜欢上海公主了。

如果不喜欢她，他不会因为听到她去看列泽华的消息而情绪失控。

如果不喜欢她，他不会因为失控而把歌卖掉。

如果不喜欢她，他不会来到湘城，只为了离她更近一点儿。

如果不喜欢她，他不会在看到她对列泽华的温柔后，心痛无比。

或者说，他从看到她的第一眼就已经喜欢上了她，那个雪地里落寞的身影……

只是，他看清了自己的内心，但海公主喜欢的人似乎是列泽华……

愣了很久，再回过神时，新堂圣已经看不到海公主和列泽华的身影。

他落寞地坐在广场中心的喷泉旁，微仰着头，看着水花四溅的喷泉。紫色的头发散落在他的额间，在星光的照耀下发出淡淡的光泽。

他这样安静地坐着，坐了很久，很久。

他想就这样一直坐下去。

一直……

突然间，喷泉的水花高高地喷起，在半空中洒开，纷纷扬扬的犹如一场缤纷细雨降落在四周。

随着水花的喷射，喷泉四周的灯也全部亮了。这灯光亮如白昼，将喷泉对面那个人缓步走来的身影照得无比清晰。

即使没有灯光的照射，她身上那股淡香也会让人轻易地察觉到。那香气就像是海洋的气息一般，淡漠而轻柔，沁人心脾。

她的茶色长发用发夹随意地挽起。

一缕微卷的发丝滑落在她的肩头，衬着她象牙般白皙的肌肤，她的睫毛又长又翘，眼眸带着疏离感，却又让人那么想接近。

新堂圣在抬头的一瞬间看到了她。

她如水般沉静美丽。

隔着水花灿烂飞溅的喷泉池，他的目光中迸射出一种难以置信的惊喜。但很快地，那种惊喜转化为他眼中透明的哀伤，好像在诉说着可望而不可及的爱恋。

淡淡的水汽笼罩着两个人，使两人对望的画面变得虚幻。

海公主也看着站在喷泉另一边的新堂圣，她轻轻吸气，心中泛起一点点的疼痛。

不知为何，空气中流淌着痛楚的气息。水光在她的眼中无声流转，瞬间，她竟有着一种即将窒息的痛苦感。

时间仿佛在这一刻永远地停住了。

"你不用陪他了？"

他走向她，如此近的距离，新堂圣深深地凝视着海公主，眼中有灼热而深沉的感情："这些天你都跟他在一起吗？"

新堂圣伸出手，轻触海公主的脸。

海公主微怔，她本能地想躲开，却仿佛早已被预料到，新堂圣手指快速地紧紧捏住她的下巴。

他抬起她的脸，在他的指间，她的脸恍若绽放光芒的宝石。

两人彼此凝视着。

一切仿佛全都凝固了。

他的手指微微捏紧她的下巴。

"你是不是一直都跟他在一起？"

海公主微微皱眉，冷冷地说："不关你的事，放开我！"

新堂圣似乎没有听到海公主的话般，依然我行我素，似是喃喃自语般说道："为什么丢下我？哦，我懂了，你一定是和你的'家人'在一起，对吧？"

他故意把'家人'那个词的音拖长，给人一种奇怪的感觉。

海公主略怔，她的嘴唇动了一下，却什么也没有说。

他终于满意地松开了她，似笑非笑地对她说："你跟你的'家人'关系还真好，形影不离，似乎分分秒秒都离不开彼此呀！"

"你！"

海公主低下头。

她调整呼吸，眼睛里有种如夜风般的沉默，再次冷冷地说："我和列泽华怎样不关你的事！"

就像从一个荒诞的梦境中醒来，空气仿佛被冻住了，没有任何声音，没有任何动作，沉默了许久之后，新堂圣大笑起来，笑得前仰后合。

"对，对！你说得对，不关我的事，我有什么资格过问你的事呢？"

海公主咬住嘴唇，没有说话。

新堂圣的笑声让她的心脏不由自主地紧缩，仿佛深冬的寒气自她的头顶灌入，冰冷的空气一直传到她的脚底。

她慢慢地抬头看向新堂圣。

他沉默地站在她的面前。如此近的距离，但她好像是在另一个遥远的世界里，她心底某个地方仿佛破了一个洞，仿佛有什么东西正渐渐流失。

窒息般的安静之后，新堂圣的唇角勾出一抹微笑的弧度，他好似漫不经心地望着海公主。

夜已经很深很深。

淡淡的夜雾。

淡淡的月光。

良久，新堂圣眼中闪过一抹奇异的光，他突然问道："那天我掉进游泳池，救我的人是你吗？"

月光似最纯洁的琉璃般照在互相凝视的新堂圣和海公主的身上。

他凝视着她，仿佛是在用他一生的时间在凝视她，他忍不住越来越靠近她。

当他的双唇可以感觉她的温度时，她避开了他专注的目光，突然闭上眼睛，躲开了他的吻，淡淡地说："你记错了。"

"哦……"

仿佛魔咒终于被解开了，他后退几步，笑了笑，平静地说："谢谢你告诉我。"

然后，他头也不回地大步转身离开。

*** *** ***

海公主在遇到新堂圣的三天后就和她的妈妈还有列泽华一起离开了湘城，回家了。

原来程兰在湘城的生意没有谈成功，公司瞬间垮了。

一进家门，一路上强忍着内心剧痛的程兰终于忍不住倒下了，住进了医院。她没办法再去处理公司的事情，只好由列泽华去接手。

列泽华一边忙着处理公司业务，一边试图找到可以使公司起死回生的办法，虽然他知道希望很渺茫，但他还是想用尽全力去争取。毕竟，他早已把程兰当成了他的亲生妈妈。

从他住进海公主家的第一天起，程兰就像他的亲生妈妈一样对他悉心照顾，现在是他为她做点儿事的时候了。

自从那天晚上在湘城和海公主说过话后，一直到海公主回来，新堂圣来不及再跟她说一句话，她家就出事了。

新堂圣看着海公主和列泽华忙碌的身影，越发觉得自己像个外人，原本想帮忙的心深深地藏了起来。

医院病房的窗户半开，蓝色的窗帘在风中轻扬，空气冰冷。

输液管里的透明液体一滴一滴地流淌进程兰的血管内。病床上，程兰穿着蓝白条纹的病号服，靠着雪白的枕头半倚而坐。她昏迷了整整三天，醒来的时候，人已经在离家比较近的一家知名医院里了。

还有一节课就到午休时间，她就可以去医院探望妈妈了。翻阅着课本，海公主静静地等待着老师说下课的那一瞬间。

班上很安静。

忽然，教室门"砰"地一下被人踹开。

那一声巨响就像一声闷雷，教室门如风中树叶般颤抖晃动。

所有人都吓了一跳。

老师不悦地瞪着门口的人。那是一群流里流气的小流氓，其中一个皮肤黝黑、略带邪气的年轻人似乎是领头的，他走向海公主，冷笑着说："你就是程兰的女儿吧？"

同学们窃窃私语。

海公主的视线从课本上刚移开，还没落在面前那个小流氓的身上，对方就一把抓住她的头发，用力拽着她，恶狠狠地说："母债女偿这个道理你懂不懂？"

其他小流氓立刻围过来，把弱小的海公主包围起来。

"放开她！"

新堂圣从座位上站起来，他抓起教室里值日时用的拖把使劲向那些人打去，一下子狠狠地打在领头的小流氓的后脑上。

"想死是不是？"

领头的小流氓恼火地放开海公主，捂着后脑，凶恶地瞪着新堂圣。

同学们全都目瞪口呆。

老师脸色铁青，大声喊道："你们这是做什么？这里是学校！你们再不走我就要报警了！"

说着，老师开始从衣服兜里掏手机。

海公主又惊又怒，对围着她的小流氓们皱眉道："我妈妈欠了你们什么？"

一看老师要报警，小流氓们眼中似乎闪过一些慌乱，互相看了看，最终领头的小流氓盯着海公主，凶神恶煞地说："你妈妈的工厂欠了我们很多钱，是把你们家的房子卖了都还不起的钱！今天就到此为止，我们走！不过你们要是还不还钱，我们就不是来学校闹这么简单了！"

说完，这群人便离开了教室。但经他们这样一闹，课是没办法再继续上了。

贝依依不屑地冷笑："扫把星真讨厌，影响大家上课！"

海公主对贝依依的讽刺充耳不闻，她随意地整理了一下被扯乱的头发，焦急地望着教室外。

"海……"

新堂圣担忧关切的呼唤将海公主从刚刚过去的噩梦中唤醒。

午后的阳光轻柔洒落，海公主呆呆地望着新堂圣。

海公主仰着头，怔怔地凝视着他，她全身的力气仿佛都被抽光了，就像不可碰触的气泡，仿佛轻轻一碰就会破灭。

★★★ ★★★ ★★★

走出那栋高楼，新堂圣步伐沉重得连迈出一步都变得困难。手中的信封沉甸甸的，就像他此刻的心情。只有这样了，只有这样他才能够帮上海公主。他实在不愿意看到她苍白的脸上露出忧伤的表情，那无疑就像一把钢针时时刻刻刺痛他的心。

新堂圣站在窗前，窗外天色阴沉，他黑曜石一般的眼睛似乎被这布满阴霾的天空染得更黑了。

突然，一个如雾般的身影出现在新堂圣的视野中，他的眼睛似乎瞬间被点亮了，散发出魅惑人心的光芒。

当海公主从他的房门口经过的时候，他叫住了她："喂！"

"嗯？"海公主停下脚步，疑惑地看向新堂圣。

当海公主看到新堂圣递上的钱后，不由得愣在了原地，本能地问道："你……这是怎么回事？"

"你拿着就好了，问那么多干吗？"新堂圣将钱往桌上一放，便转过身走向厨房，"不跟你说了，我口好渴！"

海公主没有理会新堂圣的问话，小跑几步拦住了他的去路，又问了一次："这钱你到底是怎么来的？"

新堂圣低头看着海公主认真的脸，沉默了一会儿道："是经纪公司给的，你那天不也看到了我们经纪人来找我吗？我接了部大片，然后先预支了酬劳。这样你放心了吧？"

"片酬？一个走下坡路、人气一直下降的过气偶像也会有片子接吗？"情急之下，海公主追问着，也顾不得是不是会伤害到新堂圣的自尊心了。

"如果你想安静地生活，就接受这笔钱。"新堂圣轻描淡写地说着，没有回答海公主的问题，说完就朝厨房走去了。

海公主看着新堂圣的背影，内心涌起一阵感动。

直到新堂圣的背影消失在她的视线中，她才将视线收回，转而看向那沓安安静静躺在桌上的钱。

放在钱旁边的一堆被风吹得凌乱的稿纸吸引了海公主的注意，她往房间里走去。

当海公主拿起那一堆稿纸后，整个人僵在了原地。稿纸上那些恶俗的台词仿佛一个个扭曲的丑恶身影挤入了海公主那清泉般的眼眸中。

这……这就是他所说的大片吗？

海公主这样想着，泪水便毫无预兆地掉落下来。

"海公主，你！"新堂圣有些恼怒的声音突然响起。

海公主眼圈微红地看着倒水回来、站在门口一脸惊怒的新堂圣。她拼命忍住泪水，哽咽地问："为什么？你为什么要对我这么好？"

"为什么对你这么好吗？"新堂圣轻笑，"难道你真的不知道吗？那……那我再告诉你一次，你听好了。"

新堂圣缓缓靠近海公主，然后伸手把海公主的头发拨到耳后，继而凑近她的耳边……新堂圣柔软的嘴唇从她的脸颊轻轻地滑过，就好像是一个轻柔的吻。

海公主只觉得有股战栗的感觉从她的脖颈传到大脑，麻麻的，又从大脑传进她的心底。

"怎么办呢？"新堂圣忽然抱住了她，吻着她耳后的肌肤，"我喜欢你，想时时刻刻都和你在一起。"

"新堂圣——"

自己声音里那种陌生的沙哑让海公主暗自吃了一惊，可是此刻她的大脑一片空白，无法思考。

他的亲吻似乎令她全身的每一个关节都酥麻了。

她仰起脸看着他，她不知道此刻的自己两颊早已晕红，眼睛更是如露珠般莹亮。

新堂圣不禁心动，忍不住又吻上她的面颊，声音低哑地说："喜欢我，好吗？我知道你也喜欢我，别再逃避，别再说不喜欢我的话了，好吗？"

新堂圣的呼吸滚烫灼热，海公主讶然地睁大眼睛，仿佛没有听懂。他却不给她思考的机会，又继续吻着她的面颊和耳朵。

她被他吻得无法思考，恍若陷入一个充满强烈罂粟香气的漩涡。她想推开他，推开这个吻，只要她的手轻轻地一推，她相信他的整个身体就可以朝旁边栽倒。她吃力地抓住头脑中最后一丝理智，怔怔地、缓慢地思考着。

但最终，她的理智还是沦陷了，任由新堂圣深吻住她的唇。

★★★ ★★★ ★★★

"砰"的一声巨响，门被愤怒地推开，撞击在了墙壁上。

空气中仿佛结了冰，彻骨的寒意从门口如风雪般席卷过来。

新堂圣和海公主同时向门口望去，只见列泽华愤怒僵硬地站在那里，紧抿的嘴唇透出深深的怒意。他嘴唇惨白，望着依偎在一起的两人，眼中似乎有痛苦的火焰在燃烧。他站在那里，就像一座孤独的冰雕，寒冷彻骨。

海公主惊怔，下意识地想推开新堂圣，但肩膀一痛，新堂圣的手紧紧抓着她，仿佛她是他沉溺前的最后一块浮木，哪怕会抓痛她也绝不松手。她忍着痛侧头看他，错愕地发现他的眼中充满了脆弱，除了脆弱，还有寂寞、紧张和害怕失去的恐惧。

等她再看向列泽华的时候，列泽华已经站在她的面前。他眼神冰冷，瞳孔里有着难以克制的愤怒。

"你骗我！"

列泽华的声音里透出冰冷的恨意。空气里更是充满了令人窒息的紧张气氛。

"海，你说过你不会喜欢他的！"

列泽华直直地站在海公主的身前，看着她唇上刚被吻过的嫣红痕迹，他痛苦地看着她，眼神变得暗沉愤怒。

列泽华仿佛置身于寒冬的深夜，散发着冰冷的气息。

海公主的脸色苍白。她的心中痛极了，不知望向何方，渐渐地，她的脑海里闪过无数纷杂纠缠的情绪，无措、怜惜、回忆、心痛、不忍……

突然，列泽华从新堂圣的怀里一把拉过海公主，然后把海公主推向一旁。接着，他迅速地朝新堂圣挥出了充满怒火的拳头。

"砰——"

列泽华突然的袭击使新堂圣狠狠地摔倒在木质地板上。新堂圣爬起来，满眼的愤怒，朝列泽华冲过去。

一次又一次。

新堂圣被列泽华打倒在地上，他浑身如同散架一般地疼痛，痛得他忍不住皱起眉头。

他费力地抬起头，看着高高在上的列泽华那冷漠而蔑视的神色，就仿佛自己是可怜又可悲的蚂蚁一般。

豆大的汗珠从新堂圣的面孔上缓缓地滑落，他几乎是拼尽了全身的力气再次从地板上爬起来，冲向列泽华。

列泽华轻而易举地挡住他打过来的拳头，冷漠地看着他："出拳毫无章法，更没有力度，你凭什么跟我斗！"

"我……"

新堂圣的头发已经被汗水濡湿，因为拼尽全力而急促地喘息着，那些汗水模糊了他的视线，但他还是可以清楚地看到列泽华带着高傲和不屑神情。

"我还没有倒下！"

说着，他突然发力，企图再出一拳来打倒列泽华，但是列泽华冷酷地一笑，轻而易举地抓着他的手腕，脚下随意地一转，就已经将新堂圣绊倒。

暗红色的木质地板上传来沉闷的声响！

"啊！"

在一旁想阻止却被列泽华霸道地拦住的海公主被吓得尖叫。

新堂圣仰天栽倒。浑身的疼痛犹如一只洪水猛兽般狠狠撕咬着他的身体，而他的手居然连握拢的力气都没有了。

他的双手无意识地颤抖着。

他输了……

很奇怪，即使是在这么狼狈的情况下，他唇角的微笑还是那么柔情似水，眼睛还是那么晶莹明亮，脸上的表情依然是那么温柔动人。

"还要打吗？"

列泽华冷漠的声音似乎是从遥远的地方传来，新堂圣躺在地板上，清晰地听着他优雅的脚步声在自己身边停止。

"新堂圣，你不会成为我的对手，你没有这样的资格。"

这句话让新堂圣在瞬间陷入绝望的低谷，他想站起来，不想就此倒下去，可是列泽华就像一个冷漠高贵的王子，说："你不配喜欢她。"

他不配……喜欢她。

他不再是光彩夺目的明星，他有什么资格喜欢她？

新堂圣的心中有泛起一阵灼热的疼痛感。他伸出一只手拼命地撑着地面，想站起来，但是他的手早已没有了一点儿力气，就像棉花一样软。

"砰"的一声，新堂圣再一次体力不支地倒地，不用列泽华出手，他自己已经没有反击的力气了。

列泽华的眼中浮现出一抹异样的神色，转过身，不再看新堂圣，低声说："你输了。"

说完，他一把拉住已经被吓呆的海公主准备离开。

"等……等一下，还没有完……"

虚弱却倔犟的声音忽然从列泽华的身后响起，新堂圣终于跌跌撞撞地站起来了，看着他，努力地笑出来。

"列泽华，你看，我还站得起来……"

"那又如何？"列泽华转身，冷漠地看着他，"我不会跟你这样的失败者浪费时间和精力。"

新堂圣摇摇晃晃地站起来，汗水完全模糊了他的视线，他的唇角依然有着淡淡的微笑。

"我……我对她是真心的……我真的喜欢她……"

"哦？"

列泽华的眼眸中瞬间迸射出冷光，他突然出拳，快速至极。

这一拳夹着凌厉的风声直袭向他的面门。

新堂圣淡笑着闭上眼睛，他知道自己躲不过，也没想过要躲。

他闭着眼睛，在列泽华的拳头即将到来的时候，居然静静地笑了。

忽然——

一双温暖的手，一阵熟悉的气息就在这一瞬间包围了他，笼罩了他……

新堂圣的头向旁边一歪，居然倒在了一个单薄的肩头上，有一个人抱住了他。

一个淡漠的声音传进他耳里。

"不要再打了……"

海公主挣脱了列泽华的钳制,从正面抱住了新堂圣,仿佛是要替他承受那一拳。

列泽华的拳头在海公主的脸颊边停住了,她耳边的长发在瞬间微微颤动。

"你走开!"列泽华瞪着她。

海公主抱着新堂圣,脸上有着气恼的神色。

"列泽华,不管是为了什么,你都不应该打人!"

列泽华的眉毛瞬间蹙紧,声音冰冷无比:"海公主,你知道你在做什么吗?"

她居然抱着新堂圣,而且眼眸中还有着浓浓的担忧与紧张。

一股火气顿时在列泽华的心中升起,他绝对不能忍受她居然用这种亲密的姿势保护别人!

"放开他!"列泽华竭力压制自己内心的愤怒。

海公主没有动,她用自己的身体承受着新堂圣的重量,只要她稍稍后退,几乎陷入昏迷的新堂圣就会因为失去支撑而倒下。

列泽华的眸中闪过一道锋芒,声音也在瞬间加重:"海公主,你没有听到我的话吗?"

他陡然提高音量,在空荡的房间里发出冰冷的回音,"海公主,放开他!"

"不要命令我。"海公主的眼中浮现出一抹倔犟的神色:"列泽华,我不想和你吵架。"

"海——"

列泽华的眼眸中瞬间闪过一丝冷光，低沉的声音中带着警告的意味，但是眼眸深处是浓浓的伤心和脆弱。

"海，你答应过我的，不会喜欢他……"

海公主没有说话，只是把新堂圣的一只手搭在自己的肩膀上，用尽全力把他扶到椅子边坐下。

寂静，让人窒息的寂静。

列泽华愤怒地看着海公主，而海公主毫不畏惧地迎上他的目光。

终于，列泽华沮丧地低下头，声音喑哑地问："海……我不应该动手，我向他道歉。只要你跟我走，好吗？"

等了很久，见海公主没有回答，列泽华像是下定决心般深呼吸一下，然后稍稍提高音量，眼睛晶亮地看着海公主："海……你选择谁？你喜欢谁？是我还是他？如果是他，只要你亲口对我说，我可以走，永永远远、彻彻底底地从你的面前消失！"

列泽华决绝的神情让海公主内心一颤，脑海里不断闪过她刚刚与列泽华相识时的片段，海公主低下头，眼中一片悲伤。

她……她实在是欠列泽华太多了。

她应该毫不犹疑地选择列泽华的，不是吗？可是……为什么列泽华让她选择的时候，她却不知所措了呢？

"这还用问吗？"

忽然，坐在海公主旁边的新堂圣说话了。他樱花般的唇瓣露出不屑的笑意，似笑非笑地露出嘲弄的神情："海公主喜欢的人是我，那个雪夜她已经做了选择。是不是，海公主？"

……

海公主的眼眸里渐渐升起淡淡的雾气。寂静的房间里，她怔怔地望着新堂圣，宛如迷了路的孩童，所有的伪装似乎都在这一刻消失了。

可是,她说出的名字是:"列泽华。"

她的声音很轻很轻,轻得像被风吹散了的轻雾:"我选择列泽华……我喜欢的人是……列泽华。"

她紧紧地闭上眼睛，细长乌黑的睫毛在她雪白的肌肤上轻颤。

她心痛如绞。

"海……你选择谁？你喜欢谁？是我还是他？"列泽华的声音一遍遍地在海公主耳边回响。

"列泽华。"当这三个字从她口中轻轻吐出之后，三个人都愣住了。

"我选择列泽华……我喜欢的人是……列泽华。"她再次重复了一遍，生怕自己下一秒会后悔一样，把每个字都咬得很紧。

感觉到新堂圣投射到自己身上的目光，海公主犹豫了一下，终于下定决心似的咬了一下嘴唇，深吸一口气努力让自己看起来平静一些。

她慢慢地开口，像往常一样语气淡漠地说："我已经选择了，而我能做的也只有这些了。我想过的不过是最平凡平静的生活，这些波澜让我太累了，真的太累了……"

没等海公主把话说完，新堂圣已经起身，正对着她。

海公主一愣，本能地向后退了半步。新堂圣就是这样的一个人，无论什么时候都给人一种莫名的压力，海公主不自觉地低下头，不去看他的脸，像个自欺欺人的小孩。

"你……"新堂圣张了张口，却不知道该怎么把要说的话说清楚。他苦笑了一下，索性一把拉过海公主的手，让海公主贴紧自己。

海公主稍微挣扎了一下，但最终还是放弃了。不知道为什么，她不讨厌新堂圣的碰触。被他牵着，所有的疲惫和焦虑都好像消失了一样。她在心中轻轻地问自己,这种感觉是不是叫做"安心"呢?

掌心细碎的摩擦感把她从自己的思绪中拉出来,她低下头,发现新堂圣正用自己修长白皙的手指在她掌心写着什么。他写得很认真,每一笔写完都会停顿一下,像是一个醉心于创作的艺术家一样,小心地雕琢着自己的作品。

横竖撇捺,每一笔都那么认真,那么小心。海公主不知不觉间被他的神情和动作吸引,她怔怔地看着新堂圣,只见新堂圣眉头微皱,薄唇轻抿,平时张扬飘逸的紫发此时随着主人细微的动作轻轻晃动着。

"看清了吗?"终于写好的新堂圣抬起头看着海公主的眼睛,并未放开她的手,而是把它轻轻按在心口。

看清了吗?她当然看清了。那两个字像是烙印一般印在她心上。

爱你。

他写的是"爱你"。

一股酸涩瞬间冲上海公主的眼睛,她想哭,可是她知道她不能哭。她不能哭,真的不能。

"你可以让列泽华走进你的生活,那我为什么不行呢?为什么要把我排除在外?"新堂圣的声音一如既往的好听,连质问都一样魅惑,让人无法拒绝。

"我……"海公主的声音卡在嗓子里,不知道怎么说,也不知道说什么,只是看着面前无比认真的新堂圣,她的心忍不住一下一下地疼痛。

"问问你的心,我真的不在那儿吗?"新堂圣眼里满是伤痛和脆弱。

"你听不懂海的话吗?她说了,她选的人是我!你听清楚没有?"一直沉默的列泽华突然打断新堂圣的话,他拉过海公主,挡在海公主的面前,狠狠地瞪着新堂圣。

新堂圣脸上又挂起了如樱花般魅惑的微笑,他的视线似乎穿过列泽华看向了海公主。他花瓣似的唇微微张开，问道："是这样吗？你心里的人是他吗？"

列泽华笑了笑，占有似的揽住海公主的肩，把她整个人搂在怀里，说："她喜欢的人是我！"

是这样吗？你心里的人是他吗？

新堂圣的声音像咒语一般在海公主的耳边回荡。

不，不是的。那，那是谁呢？她心里的人到底是谁？海公主微微闭上眼睛，她第一次感到这样无力。即使得知程兰重病的那一刻她都不曾这样无力过。这个问题耗费了她太多心血，她如虚脱一般倚在列泽华的怀里，希望借此找到站立的力量。

她不知道新堂圣是什么时候离开的。当她再次睁开眼睛的时候已经看不见他。他带走了一切与他有关的东西，像是从未在这里出现过一般，离开了。

*** *** ***

夜晚，月光如流水一般从窗口照射进来。

病床上，程兰担心地看着站在窗边的女儿。海公主已经站在那里很久了，她沉默地望着黑夜中的星星，洁白的脸庞被夜色笼罩着，眼眸深邃。

她已经望着窗外发呆了将近一个小时，她的眼神怔怔的，嘴唇亦紧紧地抿着，好像在思考一个永远也无法找出答案的问题。

列泽华调整好输液点滴的速度，帮程兰盖好被子，对她低头说了几句话，然后起身重新看向海公主，发现她仍旧在出神。

他忍不住走向她，正在这时，病房的门被轻轻推开。

列泽华转头看向门口，一瞬间，他的双唇抿紧，眼神冷漠。

那人，那人竟然是——

主治大夫身着雪白的医生制服站在门口，一贯柔和的微笑挂在唇边，手里拿着病例记录夹。而在他身边还有一个人，美如夜雾的少年，修长的身影站在门边，宁静的气质有种令人心安的感觉。

海公主还在看着窗外。

有这么一刻，列泽华多么希望她永远都不要回头去看，但他更希望是自己看错了，和医生同时走进病房的那个人竟然是他——

新堂圣。

程兰微微坐起来，慈爱地说："谢谢你来看我。"

新堂圣慢慢地把目光从海公主身上收回，望向程兰，低沉着声音说："您……您好些了吗？"

那么熟悉却绝不可能出现的声音！海公主震撼地转头看去，那张熟悉的脸映入自己的眼帘。她忍不住喃喃自语："新堂圣。"

医院附近的烧烤店，夜深人静，月光透过玻璃窗照进来。这里是24小时全天营业的店铺，此时，店里没剩下几个客人，店主已经开始核算一天的营业额，服务员把空出的座位都擦拭干净，方便明天直接迎接客人。

气氛很宁静。

靠窗而坐的一个男生和一个女生已经沉默了很久。男生面前诱人可口的烤串从未动过，女生面前原本温热的珍珠奶茶早已凉透了。

夜色深沉。海公主沉默地望着夜空，眼神黯然。自从那次别墅烤肉结束后，她的心里就充满了一种惶恐感，然而习惯了故作坚强的她无法在别人面前表露出来。

她无意识地捏紧手中的吸管，深深地吸了一口气。

"已经出来很长时间了，如果你再不说有什么事，我就要回去了。

说完，她站起身准备离开。

新堂圣一把抓住她，拉过她的手，将一件东西放入她的掌心。海公主低头，发现静静躺在她掌心的是一条蓝宝石项链。

海公主怔住："你这是……什么意思？"

新堂圣缓缓闭上眼睛。夜色寂寥地笼罩在他的身上，没有星光，地面的投影漆黑细长。

"送给你。"

"为什么要送给我？"海公主的声音柔和。

新堂圣的眼睛慢慢地睁开，仿佛陷在梦中一时间还无法醒来般望着她，神情里有种深谙寂寞的脆弱，静静地望着她，良久，他才对她说："因为你比我更需要它。"

海公主的睫毛颤了颤，仰起脸，目光淡定："我不要……这是你妈妈给你的，你不是说过对你很重要吗？为什么要给我呢？"

新堂圣不语，而是将她的手指握起，海水般蓝的宝石项链被握紧在她掌心，他苍白的唇边那抹笑容轻柔美丽。

新堂圣的手掌炽热滚烫，绝望窒息的气息将她重重包围住，她竟突然又心如刀绞起来！

她重重咬住嘴唇，用力试图挣脱开他的手，低声喊："放开……"

新堂圣紧握的手指渐渐无力地松开，整个人也仿佛随着空气一点儿一点儿被吹散。长长呼出一口气，新堂圣将一张纸条递给海公主。

她没有接。

他的手僵硬地停留在半空中。

"你照着这上面写的地址，去找一个叫谢晴的人，她看到这条项链就会帮助你。医药费还有你们家欠的账，只要她看到这条蓝宝石项链她就会帮你的。"

海公主愣住，眼中涌出一阵又酸又热的暖流："我不能……"

"你必须接受！"新堂圣将纸条放到了餐桌上，用奶茶杯压住，说道，"你不想你妈妈的病快点儿好起来吗？"

说完，他走出了烧烤店。

宁静的夜，世界那么明亮，夜幕中无数的星星，道路上有车辆飞驶而过，霓虹灯七彩变幻。

泪水慢慢地从海公主的脸颊滑落，慢慢地，泪水浸湿她苍白的嘴唇，又咸又凉，她终于忍不住趴在桌子上，无声地哭了……

昏黄的路灯光照亮街道，僻静漆黑的角落里，一个高高的少年孤独地站了很久，很久。

透过烧烤店的玻璃门，他可以看到里面趴在桌上肩膀微微颤抖的白衣女孩。

他望着她，嘴唇痛苦地抿紧。

他能看到她，而店里的人无法自光明中看到被夜色笼罩的他。

烧烤店的玻璃门在夜色里开开合合，列泽华僵硬地站在黑暗中看着那个自己爱恋的女生，心中泛起一阵疼痛。

★★★ ★★★ ★★★

在医院一次一次下发催款通知、工厂的债主们打来一个又一个催账电话之后，海公主犹豫再三，还是决定拿着新堂圣给的项链和地址去找那个叫做谢晴的人了。

然而当她拿着项链敲开豪华别墅的门后，她整个人都惊呆了。她没想到面前的别墅就是新堂圣的家，而他让她找的那个叫做谢晴的人，竟然是新堂圣的母亲。原来他是那么富有，或许她早就该有所察觉，他拥有那么高贵的气质，肯定是有钱人家的孩子。

他为了理想坚持了那么久，甘愿离开家。

但为了她，他向父母低了头。

当海公主见到谢晴的瞬间，她隐约觉得不安，一种奇怪的感觉油然而生。但是她也没多想，只以为是因为对方是新堂圣母亲的缘故。

"他还好吗？"谢晴接过海公主手上的项链之后，直直地问着。

海公主一愣，他……他还好吗？

她怎么知道呢？自从那次她做了选择之后，他除了给她送这条项链，就再也没在她身边出现过，就连课都几乎不去上了。

她根本不知道他过得好不好。

谢晴看着沉默不语的海公主，轻叹了一口气，说："我看新闻了，他最近事业受挫，应该不会很好吧？其实我很后悔当初我们夫妻没有支持他坚持自己的理想，结果弄得现在，儿子不回家，我先生也病了……自从他踏入演艺圈，被他爸爸赶出家门的那天起，他就再也没跟家里联系过。我想他落魄的时候，也一定缺过钱，但他都一一坚持过来了，从没有向家里求助。这次，他竟然会派你拿着这条项链过来，说吧，他遇到什么困难了？"

"他……"海公主有些尴尬，但是内心更多的是深深的感动，她没想到新堂圣竟然会为了她去做他最不愿意做的事。

"怎么了？"谢晴看出海公主的神色有些不对。

有那么一瞬，海公主想什么都不说，就这样回去了。但是，她一想到躺在病床上还在为工厂操心的妈妈，她迟疑了，缓缓地把她求助的来意向谢晴说了。

说完之后，海公主不敢抬头看谢晴，她害怕谢晴的眼里流露出有钱人那种惯有的鄙夷神情。

可是没想到谢晴并没有想多久，就果断地回答："你说的我都知道了，我会帮助你的。"

海公主惊讶地抬起头，谢晴一脸淡然地看着她，不带一丝鄙夷。

海公主的心里充满了感激，再三向谢晴道谢，在离开之前，海公主突然问谢晴："谢阿姨，您认识一个叫程兰的人吗？也就是我妈妈，您这条项链和我妈妈的一模一样呢！"

海公主的话音刚落，谢晴整个人都呆住了，神色变得很怪异。她没有回答海公主的问题，只是借故让用人送海公主离开了。

程兰公司的债务还清了，闹事的人也没再去学校，一切都和平落幕。

海公主心里一直都惦记着之前谢晴看到项链后的神情，但碍于对方是长辈，她只好把心里的话压下去。

"你找我？"

教学楼的天台，新堂圣背对着海公主，眺望着前方淡淡地问道。

"谢谢你帮了我这个大忙。我……"海公主踌躇了一下说道。

"没什么，你知道我为什么会帮你。"新堂圣转身望着海公主，明眸中清晰地映着她的身影，仿佛那是从心底刻印出来的。

海公主避开了他的眼神，生怕自己会控制不住沉迷其中。

两人就这样陷入了沉默。许久，新堂圣首先打破了沉默："你还有事情吗？"

他并不想赶她走，他只是怕这样的相处自己会做出不好的事情来。

"我……"海公主停顿了一下，抬头认真地看着新堂圣道，"阿姨希望你可以回去。她对之前阻止你实现梦想已经很后悔了。现在你爸爸身体不好，她非常希望你可以回去。"

新堂圣听完海公主的话，沉默了好一会儿，幽幽地说："这就是你要说的话？"

"是！"海公主这次没有避开他的视线，直视着他来证明自己的认真和坚定。她可以感觉到谢晴心里的苦涩，她也不想看到新堂圣那么辛苦下去，所以她必须为他们做些什么，哪怕是非常微小的一点儿事情。

新堂圣并没有回答，他只是静静地看着海公主。时间仿佛流逝了一个世纪之久，新堂圣站直了身子，大步绕过海公主，离去。

一抹苦涩在海公主的嘴角缓缓地晕开，她上前靠在刚刚新堂圣停靠过的地方，一滴水晶般的泪珠滑过脸颊，跌碎了一地……

*** *** ***

同一时间，新凯悦酒店的十楼大厅此刻成为了音乐电视《最爱我的那个人不是你》男一号的甄选现场。

这次选拔由行内最出名的音乐教父纳西尔亲自把关面试，从这些顺利通过初试的男生们当中挑选出适合这部音乐电视整体气质的演员。

之所以如此慎重又颇具规模地选拔男一号，都是因为这部音乐电视是从美国回来准备发行国语专辑的小天后——夏方晶晶的作品。

夏方晶晶可以说是娱乐圈的一个传奇，仿佛有上帝的光环紧紧笼罩着她一般，出道不过短短一年就先后获得了最佳人气奖、最佳新人奖、最佳作词、最佳作曲等众多奖项。

此时，大厅旁边的小会议室里，参与这部音乐电视拍摄的重要人员都已经在会议桌前坐下，而坐在会议桌上方的就是导演纳西尔。才三十多岁的他非常严厉，对于参与甄选的那些人，只要是不符合他要求的，他甚至连头都不会抬一下，就直接将其淘汰。

很快地，又一个人垂头丧气地从会议里跑了出去。

面试工作结束后，会议室的门被推开。

夏方晶晶率先大步走了出来，她带着中性魅力的面孔上写满极度不悦的神情，而一旁的助理导演亦步亦趋地跟着她，小心翼翼地问道："难道这些面试的人里面没有一个符合你的要求吗？会不会要求太高了……"

面色不悦的夏方晶晶瞪了助理导演一眼，什么话也没有说，径自朝电梯的方向走过去。助理导演郁闷地挠挠后脑勺，在一旁边走边听音乐的纳西尔见到这一幕，摘下耳机，难得地笑了。

他告诉助理导演："王导，你是第一次跟咱们晶晶合作，还不太清楚她的认真，套用一句她的话来说，我要的是演员，不是一个木头！"

"叮……"

电梯到了。

一行人走到电梯前，准备进入。

"夏方晶晶——"

一个不知道是从哪里冒出来的女生，站在了大家的面前，挡在电梯门口，一副不让大家进去的模样。她圆圆的脸上隐约有着泪痕，仿佛是刚刚哭过的样子。

夏方晶晶微微皱眉："这位小姐，你有什么事吗？"

"我……我叫朱佳蕊，我想……我想让夏方晶晶你给我一个机会……"

又是一个想成名的女生。这里的保全系统看来有待提高了，怎么可以让歌迷随便缠着她？夏方晶晶转过头不再看朱佳蕊，不悦地说："这位小姐，你找错人了，我只是一个歌手，我这里没有你想要的机会。"

"夏方晶晶……"朱佳蕊在急切中忍不住上前一步抓住夏方晶晶的衣角，祈求地说，"求求你了，我会唱歌，你不要看我长得不好看，但是我声音真的很好听，认识我的人都这么说。真的，拜托你听一下，好吗？"

夏方晶晶不耐烦地推开朱佳蕊，毫不留情地说："不必了。"

眼泪立刻盈满了朱佳蕊的眼眶，她看着夏方晶晶，鼓起最后的勇气说："不！你一定要听一听。"

说着，她从背包里掏出了好几个MP3（音乐播放器）。

"我一见人多就会紧张，所以我先录下来……我怕单单一首歌，你不能听出感觉，所以我放好几首给你听……"朱佳蕊边说边摁开所有MP3的播放按钮。

瞬间，各种曲调的音乐一起响了起来。

除了夏方晶晶，在场的其他人都忍不住笑了，但大家笑得都比较含蓄。哪里有人这样展示自己的？就算唱歌唱得好，但是一下子放五六首歌，现场变得十分嘈杂，想表现也不能这样表现哪！

夏方晶晶小麦色的面庞上带着薄薄的怒意。她不再理会朱佳蕊，准备踏入电梯离开。

朱佳蕊不知道自己这样的展示方式犯了多大的错，还在试着拿出更多的MP3来放她事先录好的歌曲，她觉得她唱的每一首歌都非常不错。

所有人都进入了电梯，朱佳蕊却仍然在专心找一首最能代表她的歌曲，而没有注意到在走廊闪亮的灯光下，银色的电梯门在静静地向中间合拢。

忽然，一首歌在那些嘈杂的歌曲中响起。因为这首歌是一个男声，所以听起来还是比较清晰的。

这世上有太多的失望 太多的不快乐

每次绝望 我以为天空永远都会是这样暗沉沉的灰

却忘记了 再阴郁的天空也会有那乌云遮不到的湛蓝

……

再不快乐的心情 也总会有那片刻欢笑的瞬间

在最绝望的低谷深处 布满沉沉的阴霾

可希望往往就在下一刻的地平线

……

歌声是那样安静，静得就像深夜里一声极轻的叹息，似有若无，仿佛那所有的泪都不愿被人听到，透出一种寂寞沧桑的调子。

"这首歌！"

电梯的门即将合拢，只有一条小小的缝隙，但是——

一只手忽然卡在了即将合拢的电梯门之间，顿时，厚重的电梯门在夹到那只手的时候迅速朝两边退去。

夏方晶晶的眼眸中出现了一抹闪耀的颜色，所有人都吃惊地看着她。

"这首歌是谁唱的？"

没有人回答她。

朱佳蕊愣愣地拿着一堆MP3站在电梯门外，看着电梯里那个让人羡慕的偶像明星。

夏方晶晶的面容带着激动的神情，乌黑的长睫毛轻轻地颤动着，黑白分明的眸子里有着清澈的光芒，直逼人心。

璀璨的灯光下，她耳边的十字架耳饰闪亮异常。

"嗯？那首不是我的……"

"我知道！这首歌是谁唱的？"

"我放错了，是之前就放在MP3里的，不好意思啊……"

"我是问你刚刚那首男生唱的歌是谁的？"

夏方晶晶已经失去耐心，就在此时，静静的电梯里，在她的身后，一个紧张的声音小心翼翼地响起：

"Siyanie……"

"这首歌应该是Siyanie新写的一首歌，只是还没有正式录制，她的MP3里怎么会有？"

朱佳蕊听到有人提到Siyanie的歌，有些被吓着了，她紧张地说："这首歌……是我在帮一个制作人整理一些样带时，偷录的……但是，我只是自己听听，绝对没有外传！真的没有！夏方晶晶，你听了我的歌觉得怎么样？可以给我机会吗？夏……"

夏方晶晶得到了自己想要的答案后，对朱佳蕊的解释毫无兴趣，她果断地再次关上电梯门。

"帮我去联系那个叫Siyanie的人。"在电梯里，夏方晶晶的声音清亮地响起。

当夏方晶晶看完助理递过来的一沓Siyanie的资料和专辑之后，没有一丝犹豫地对经纪人说："我要和这个叫Siyanie的人合作。"

"什么？晶晶，这个肯定不行，新堂圣已经过气了，你跟他合作可能会影响你的人气，绝对不可以！"

夏方晶晶的经纪人一听到夏方晶晶的这个要求，便立即焦急地拒绝了。

夏方晶晶摸了摸手上的尾戒，语气十分坚决："我很欣赏那个人，我觉得跟他合作对我的专辑会有很大的帮助，日后如果有什么影响，我自己负责，你只要让公司尽快把我跟新堂圣的合作案弄好就行了。"

见夏方晶晶态度坚决，经纪人叹了一口气，无奈地走了出去。

另一边，新堂圣所在的艺人经纪公司的会议室中，一群人围着新堂圣，激动地说着——

"Siyanie，这是个难得的机会，你一定要把握好了。"

"你不是一直都想东山再起吗？难得夏方晶晶这么主动地愿意与你合作，你不要错过这次机会了！"

"Siyanie，你要想清楚，这样的机会可是别人求之不得的，你一定不要放弃!"

……

公司的高官也好,经纪人也好,大家都在激动地劝说新堂圣。

然而,新堂圣淡漠地说了一句:"我不愿意和她合作。"

他竟然拒绝了这个绝佳的好机会。

所有人都震惊了。

*** *** ***

一年一度的校庆舞会如约而至。

优美的旋律响起,海公主的心情随着曲调的变化转变着。她海藻般的长发披散在身后,水蓝色的舞裙高雅而又华美,衬托得她的肤色更为白皙。

如同湛蓝大海上的浪花,海公主站在灯光璀璨的舞池中央,平静地望着台上自弹自唱、如妖精般耀眼的紫发少年。

新堂圣坐在椅子上,轻轻地弹奏着他为海公主创作的歌曲,脸上的表情很温柔。

舞池里,大家都在翩翩起舞,海公主的心如同那修长手指拨动着的琴弦,被轻轻地拨动着,温柔而又小心翼翼。

传说中,在舞会即将结束的三分钟里,只要两个人在乐曲中共舞至结束,就能永远在一起。

"砰"的一声,舞池里的灯光突然暗了下来。

所有人都惊疑着,海公主也惊愕地站在原地,眼前一片黑暗,只有黑色的人影在晃动着。

突然……

手上一阵冰凉,熟悉的温度传来,海公主觉得心都要跳出来了。

海公主的脚步紧紧地跟着那个人的步伐,她紧张而又快乐地跳着。

清新的空气扑鼻而来,光线再次明亮起来。

皎洁的月光下,海公主目光深情地望着站在身前挑唇浅笑的男生。

"海公主,我能邀请你跳支舞吗?"

新堂圣伸出手来,弯着腰朝海公主温柔地笑着,两眼如星光般璀璨。

如梦幻般的音乐响起,海公主慢慢地将自己的手伸了过去。

两个人靠得很近,过往的回忆如波涛般汹涌着,海公主仰着头望着满脸微笑的新堂圣,心跳快得完全失去了节奏。

直到音乐声停止,新堂圣依旧紧紧地握着海公主的手没有放开。

没有音乐的渲染,气氛突然变得有些暧昧而又尴尬。

最终,海公主还是低着头,收回了自己的手,只是心情再也无法平静。

"这些日子谢谢你的帮助,可我终究是属于那个世界的人。只是太久没有回去,我现在要走了,竟然有些害怕。海公主,你知道,这个时候我只想看到你,只有你才能给我所要的鼓励。"

海公主愣愣地凝视着紧紧望着自己的新堂圣,心跳得好快,许久,海公主笑了起来,像花一般明媚。

"新堂圣,祝你好运。"海公主认真地说着,笑容很灿烂。

新堂圣突然笑了,摇了摇头,眯着眼说:"我要的不是这个。"

下一秒,紫色的碎发贴在了海公主的脸上。一个轻轻的吻落了下来。

回到家里已是深夜。

海公主不由自主地来到那个空无一人的房间,她摸着红润的唇瓣,望着四周的一切,心情久久不能平静。

她纤细的手指轻柔地摸着平滑的枕头,那上面似乎还残留着他的味道。

信封的一角从枕头下露出,望着信封上的"致海"两字时,海公主僵住了手，心中泛起一阵讶异。

等到内心的疑惑和震惊渐渐平息，海公主轻轻地拆开信封，蓝色的信纸上只有简单的三个字——

我爱你。

那一刻，海公主连呼吸都忘记了，眼泪忍不住从她的眼角滑落，她终于意识到自己是多么喜欢新堂圣，一阵剧烈的疼痛朝她的心脏袭来……

与你相遇的瞬间，雪花漫天飞舞的纯白色世界里，所有美好的爱恋在最初的那个夜晚绽放出绝美的花朵。

　　恍若是被花团锦簇的彩云所承载，无数光芒在她面前流转，她感觉身子轻飘飘的，周围都是一种熟悉的气息，是一大片甜甜的香气，钻进了她的梦里，她沉醉了。

　　忽然，她听见有人唤她的名字："海公主……"

　　她一点点地睁开眼睛，莹亮的眼眸带着点儿难解的疑惑，然而，那一大簇淡粉如雪、散发着香气的海棠花就这样出其不意地出现在她面前。

　　抱着满满一怀海棠花的新堂圣对她微笑着，拥有绝美迷人微笑的他仿佛是花间的妖精，他透明的眼眸带着纯洁羞涩的光芒。

　　他把满捧海棠花撒在她的身旁，于是，那些美丽的花瓣便温柔地依附在她的手臂旁。

　　"是不是很香呢？"他微笑着说，眼眸里温暖的笑意柔和得如同灿烂的阳光。

　　海公主轻轻地点头。

　　成簇的海棠花前，少年笑靥如花，倾国倾城，明艳的笑容，雪白的牙齿，眼里绯红的海棠开得妖娆至极。

　　芳香的花汁在他白皙修长的手指间留下淡淡的香气。

　　他说："我带你去一个最美丽的地方……到了那里，你就不会痛了。"

　　"好……"她答应了，起身追着他的步伐，想跟上他。

可是他穿着白色的大衣，跑动的身影就像天边一抹浅白的云彩，转眼就再也找不到了。

她找不到他了！

她的心中泛起一阵阵撕裂般的疼痛，仿佛一颗心已经撕裂开来，有暗色的鲜血不断地涌出。

"你说过带我走的……我就不会痛了……可是为什么还是丢下我一个人……让我痛……"她脑中乱乱的，有些喘不过气来。

"圣——"

"新堂圣——"

她眼神空洞地望着四周。

忽然，她看见了他！

她拼了命地伸手去抓他，可是她只抓到了空气。

他消失了，在她的面前彻彻底底地消失了。

"新堂圣！"她闭上眼哭泣起来。冰凉的泪珠让她的眼睛好疼，她无助地揉着眼睛，越揉越红。她几乎是用要把眼睛揉瞎的力度，疼痛感越来越强烈，犹如几万只蚂蚁啃咬着她的四肢百脉，当她以为自己就要这样死去的时候，她睁开了眼睛——

疼痛感消失了，她其实置身于卧室，而那个抱着满满一怀海棠花的他根本就是她梦里的人。

终于，海公主哭出了声音。

这一刻，她希望让全世界都听见她在哭。如果全世界都能听见她的哭泣，那么他也可以听到对不对？

眼泪打湿了面颊，她放声哭着。

不知哭了多久，好像泪都干枯了。

她很疼，很疼。

"我爱你"这世上最简单的三个字,在她的手里越握越紧,好像稍一放松就会从指间溜走一样。

整个世界都安静得没有了声音,梦中是死亡般的寂静无声,而醒来依旧是满室让人窒息的寂静。

新堂圣的话在寂静中清晰地在她耳边响起,他说,他们不是一个世界的人。可是他不知道的是,不知从哪一刻开始他已经成了她的世界。她再也没有逃离的能力,她就像只风雨中的小舟,在茫茫大海中漂泊,希冀着他的港口他的岸。

然而,这些他也许永远都不会知道吧!眼泪不断滑过她的嘴角,很苦很涩。海公主想起那句话——我爱你,在你不知道的地方。

你知道吗?我爱你,在你不知道的地方,新堂圣。

海公主的声音像是仲夏夜的蝉鸣,很轻,却异常清晰。她像是说给自己听,又像是说给那个紫发飘逸的人听。

可是听见的人不是他。

房门不知什么时候开了,一个人愣愣地站在门口,一动不动。

★★★ ★★★ ★★★

夜风吹得深蓝色的窗帘飞扬起来。

她的目光恍若大海里轻柔的波浪,即使在哭泣,也有着可以穿透一切的魔法,一直深深望进他的心底。

列泽华沉默地望着她。

那只握住门把的手渐渐变得僵硬起来。

有那么一瞬间,他以为在她的眼中看到的是他一直渴求的东西,可是她念出的名字不是他,那么,她所流下的眼泪也不会是因为他。

这些都可以是他的怀疑、猜忌、妒恨，可最让他无法接受的是，地板上的照片。那是一张从专辑上取下来的宣传海报，是新堂圣的面容。

不知为何，他看着那张印刻在纸上毫无生命的面容，却能够感觉到新堂圣正凝视着海公主，仿佛他的眼中只有她的存在，那深邃浓烈的情感仿佛即使远离她，也永远不会改变。

梳妆台上的时钟滴滴答答地走着，列泽华如石雕般站了很久。

那种悲伤，

那种绝望，

那种仿佛世界完全被摧毁的痛苦，

让列泽华的世界变得完全黑暗，那里没有光，也没有希望。

海公主似乎意识到了什么，她猛地朝门口望去。

那边的阴影里，黑暗的阴影里……

列泽华静静地望着她！

他的眼神暗沉得好像寒冬的湖底，湖面结着一层冰，冰层仿佛那样厚，又仿佛只要她轻轻一敲就会碎裂。

如此熟悉的眼睛……

海公主抬起手背抹了一下眼睛，再抬头。夜很黑，但再黑的黑夜也无法遮掩列泽华那双灿若寒星的眸子。

看到她的目光望过来，那样空洞，然后是惊怔与惊慌。

列泽华的嘴唇紧紧地抿成沉默的线条。

他原本俊美如太阳神的脸，此时却带着一股浓重的哀伤。有那么一瞬间，他的忧伤像是划破黑暗的闪电，刺痛了她的双眼。然而，也仅仅是一瞬，他便又恢复了那种清冷的气质。海公主觉得那只是自己的错觉，但是真的让自己的心都痛成一团，如同窒息一般。

列泽华就那么孤零零地站在黑夜里，晶亮的眼睛注视着墙角那个单薄的身影。他听见她哭泣的声音。那种压抑的疼痛像针一样戳痛他的心。疼，好疼。列泽华的眉不自觉地皱了起来。这就是心痛吗？失去记忆之后，这是他第一次真切地感受到胸腔中怦怦跳动的心。它是活着的，可是这一刻他希望它是死的。因为死了便不会那么痛了吧！

如水般清冷的夜，月光破窗而入，照在两张美丽的脸上。

美丽的少女水目星眸，冷漠不再，唯余哀伤。

冷漠的少年眉目如画，孤独犹存，无限怅惘。

空气仿佛凝滞了一般，他和她像是两个固执对视的孩子。谁也不愿先开口。

钟表嗒嗒地走着，每一秒好像都是打在年轮上的烙印，清晰到令人疼痛。

不知道过了多久，海公主感觉列泽华笔挺的身影好像动了一下。在她还没反应过来的时候，他已经一步跨到她面前。

"既然你喜欢的是他，为什么，为什么要说喜欢我呢？"列泽华的声音很低沉。那些话语如同咒语般灌进海公主的心，带着深深的疼痛感觉，向着四肢蔓延着，渐渐占据了她整个身体。

她张了张口，想解释什么，可是手里新堂圣那只有三个字的信笺像长了触手的藤蔓一样，紧紧地纠缠着她。

"是因为我失去了记忆，你才编造了这样一个美丽的谎言，对吗？"列泽华顿了顿，似乎是想让自己的情绪平静下来，"你觉得愧疚，对不对？你在同情我，是不是？"

他一句句的逼问让海公主透不过气来。要怎么向他解释，要怎么告诉面前这个美丽骄傲得如同太阳神一般的男生，她爱的是另一个人？

"我……"

"你，你怎么？"列泽华宝石般明亮的眼睛注视着她，似乎此刻从她口中吐出的每一个字都贵如珍宝。他的脸在洁白的月光下带着柔软的期待。

海公主似乎下了很大的决心，轻轻咬了一下唇，接着说："我不能没有你……"

海公主看见在她说出这句话的瞬间，列泽华的眼中仿佛有星火闪过，明如皓月。

"我不能没有你们……你跟妈妈都是我的家人……无论谁也无法取代你在我心中的地位。"她停了一会儿，再抬眼已是万般坚定，"因为，你是我的家人，永远的家人。"

"家人？"列泽华仿佛是在反复咀嚼这两个字，声音很轻却在深夜异常清晰，"对，家人的意义对你很重要，我一直都知道，只是，原来我只是家人，我不过是家人，真的只是家人。"

他不知不觉笑了出来，然而那笑是那样苦涩，好像失去心爱玩具的孩子，安静而委屈。

"如果是这样，那我的记忆不用你来担负。我不需要！"

列泽华的话音未落，人却已经夺门而出。高大的身影一下子被淹没在黑暗里，好像瞬间把世界掏了一个洞，而她就站在那个洞里。

顾不得细想，海公主追了出去。

凌乱的脚步声，焦急的心跳声，一阵阵地在海公主的耳边响起。虽然不是爱情，但列泽华于她是重要的人，甚至是独一无二的人。她记得有人说过，有些人注定是无关风月的，列泽华就是这样的一个人。就像她说的那样，他是她的家人，不能失去的家人。

十字路口，气喘吁吁的海公主终于赶上了那个孤傲的身影。

他站在斑马线上，倔犟得不肯回头。红绿灯静静地变换着，有汽车从旁边经过，可是这一切似乎都与他们无关。天上有零星的几颗星星闪烁着，像是一个个远古的梦。

他的世界一无所有。

"为什么每次先开口的都是我？好像我永远都是输给你的。"他自嘲似的说。

列泽华慢慢地回过头，直视着海公主的眼睛。海公主在他的眼睛里看见自己的影子，一副苍白无力的模样。

他英俊的轮廓在昏黄的路灯下显得有些落寞。他轻轻地叹息："假如我没有失去记忆，你还会追上来吗？"

她没有回答他的问题，一切就像一场梦。

他眼中仅剩的光芒被寒冷的冰霜一寸一寸地冻结，无声地，心仿佛被人挖了一个洞，漆黑、死寂，恍如在这人间再无一点儿温暖。

他再也没有什么可以留恋的，朝前走去，地面上斜斜长长的投影染着寂寞的夜色。

还没有走出几步，刺耳的车喇叭声就在他身后猛烈地响起。

犹如白花花的阳光照亮这片夜，列泽华看见一辆卡车如狰狞猛兽般向自己扑来……

*** *** ***

这或许是无法醒来的噩梦吧？就如他竭尽全力去拿那些想要的东西，终究只是一场永远无法醒来的噩梦啊！

他的眼眸空洞洞的，怔怔地站着，然后闭上眼睛，疼痛感将他最后一丝力气也带走了。

犹如噩梦一般的黑暗深渊里，他再也无法睁开眼睛，痛苦和疲倦如海浪般向他阵阵袭来。仿佛被卷进一个黑洞，一个深不见底的黑洞，他身不由己地旋转着,却毫无力气逃离,黑洞狰狞地狂笑着将他吞噬,眼前一片漆黑。

突然——

他的腰被一双胳膊紧紧箍住。

有一双温热的手臂紧紧抱着他,恍若是最后一丝光明的力量。

有人正用全身将他护住,紧紧地保护着他,那个人试图推开他,用自己的身体去挡着那辆车,可她的身体是那么单薄。

前方响起的车喇叭声就仿佛轰然而至的巨浪,他那原本寒冷黑暗的心因为那双突然而至的手而感觉到一丝温暖。但那一丝温暖竟然刺得他的心尖都痛了,痛苦的黑雾在他的面前渐渐散开。

猛地,列泽华将原本想推开他却推不开、从而选择挡在他身前的海公主紧紧地拥入怀里。

海公主只感觉她的脑袋被紧紧塞进一个温暖的怀里,无法呼吸,然后,他们一起重重地摔了出去。

他失神地望着她,眼中有些什么东西正一点儿一点儿散去,他的呼吸变得很轻,仿佛随时会消散在空气里。

气氛寂静,时间仿佛被黑夜凝固了。

卡车过去了,两人还拥在一起。

虽然正望着她,可他看起来仿佛没有呼吸,仿佛已经死去,握着她的那只手冰冷无比。

"列……"

海公主紧张地反握住他的手。

如被电击般,列泽华颤抖了一下,紧紧咬着嘴唇,眼瞳深处有种无以名状的茫然与伤痛。

"你没事吧?"

他望着她，眼中带着深深的疼痛，恍若穿越了时空，他冷漠地躲开她的手。

海公主微怔，视线低垂，落在他被擦破的左边衣袖上。

"我没事，你呢？衣服都擦破了，有没有受伤，还好吗？"她克制不住心中的关切，"手会不会很痛？"

列泽华双唇抿紧，眉心紧紧地皱着，目光在海公主的面容上流淌，仿佛只要看完这一眼，他将永世都不能再见到她一般。

他深深地凝视着她，那凝视的神情如此悲伤，就像用来支撑全身重量的最后一点儿力气也被抽走了，慢慢地，他回答道："我没有事，只是擦破了衣服。"

海公主深深地吸了一口气。

她睫毛乌黑，面容苍白，眼神空洞，她望着列泽华轻柔地说："为什么要这样对待自己？有没有失忆你自己才最清楚，为什么选择这种伤害自己的方法，而且是最愚蠢的方法？"

他想对她说些什么，可是喉咙如此嘶哑，痛苦中的他无法发出丝毫声音，嘴唇习惯性地抿成了倔犟的线条，而他的背脊早已经僵硬。

漆黑的夜色，橘色的路灯光照在他苍白俊美的脸上，闪着幽幽的冷光。缓缓地，他眼中的光暗淡下来，受伤的左手传来一阵尖锐的疼痛，他终于平静地说："愚蠢吗？有时候用一些愚蠢的方法未尝不好……因为，我早已分不清哪部分是真实的记忆，哪部分是我幻想出来的。"

海公主的睫毛轻轻颤抖，眼中落满星光："失去记忆并不可怕，只要你不放弃治疗，总有一天会变好的，就算真的没有以前的回忆，你还可以拥有未来美好的新生活。"

"是吗？未来还会美好吗？"列泽华苦笑了一下，转身往家的方向走去。

Chapter 9

在他转身的瞬间，似是自言自语般说出的一句话，随风飘进海公主的耳朵里："没有了你的未来，还会美好吗？心都没有了，还怎么美好？海……"

清晨，天空淡得如水般透明，不时飘过一朵白云，风吹得餐厅的窗帘飞扬起来。

餐桌上摆满了各式各样的美味早点，而其中一只最醒目的水晶汤碗下压着的信被风吹得动了动，仿佛是晨风在读着信的内容。

温暖的晨光，流淌一室的饭菜清香。

海公主仿佛意识到了什么，怔怔地走上前，打开那封浅蓝色的信。

海：

当你打开这封信的时候，我已经踏上了飞往澳大利亚的飞机，这是我最后一次为你准备早餐。

昨晚看到你的哭泣还有你奋不顾身地为我挡车，让我终于明白，你对我和他的感情终究是不同的。

你会为了他哭得肝肠寸断，那才是对恋人的感觉。而我，对于你来说只是"家人"，你会保护我，却不会爱上我。我不想给你的生活带来困扰，我也不想因为你对他的爱而心痛，所以，我想到一个全新的地方去寻找你所说的美好新生活。

我希望我能找到。

列

风很大，从窗外猛烈地吹进来。

海公主的手微微一松，浅蓝色的信笺便如脆弱的落叶般轻坠到地板上。

再次逆转所有告别

✳✳✳ ✳✳✳ ✳✳✳

天空蔚蓝,空气中混合着湿润的气息。

快到学校的路上有几个孩童在路旁玩耍,他们笑闹着吹出肥皂泡泡,无数泡泡在空中飘浮着,轻盈地向天空飞去。阳光在泡泡上折射出七彩光芒,晶莹剔透,绚烂夺目。

或许愈美的东西愈是脆弱,飞着飞着,有的泡泡"啪"地一下碎掉了,剩下的泡泡依旧向着蔚蓝的天空飞去。或许这些泡泡也终将破碎,然而不断地有新的泡泡轻轻地飘起来,执拗地飞向美丽的天空。

海公主怔怔地望着空中飞舞的肥皂泡泡。

妈妈一直在住院,列泽华走了,整个家就只剩下她一个人了。

海公主闭上眼睛。她胸口起伏了一下,咬着嘴唇,几乎不能呼吸。

"哟,这是谁呀?"一个刺耳的声音突然响起。

接着是另一个刺耳的声音:"还有谁,海公主呗!"

"海公主!你怎么还在这里呢?你不是总是缠着Siyanie吗?现在Siyanie又红了,你还不像块狗皮膏药似的黏过去,还来学校上什么课呀!"贝依依声音尖锐地说。

她的跟班们在她的身旁,也一脸鄙夷地瞪着海公主。

"大姐头,你可别开玩笑了,Siyanie才不稀罕她这个倒霉鬼呢!Siyanie现在的女友可是小天后夏方晶晶。"

"就是说呀,虽然夏方晶晶不如大姐头长得好看,可也还不错啦!总比某些倒霉鬼强,只会给别人添麻烦。"

……

议论还在继续,这些人就仿佛她不存在似的,当着她的面说着嘲讽她的话。海公主睁开眼看着她们，眼神出奇平静。然后，她没有理睬贝依依和她的跟班们，径直朝教学楼的方向走去。

她不想听到这些有关新堂圣的话题，一个字一句话都不想听，可是，她发现无论她走到哪里都躲不掉。

课间休息的时候，同学们热烈地探讨着哪个女星与新堂圣最般配。

"安诺西。"

"才怪！她可是Siyanie最讨厌的人，Siyanie曾经打过她呢！她一定很讨人厌，要不Siyanie怎么会扇她巴掌？"

"我也不喜欢安诺西，看她的样子太做作，尤其说话的时候真是让人浑身都起鸡皮疙瘩。"

"那么，夏方晶晶是和Siyanie最般配的咯？"

"还可以吧！不过夏方晶晶不是很漂亮！虽然Siyanie再次蹿红多少有她的功劳，可是她太中性化了！要配Siyanie还是温柔的淑女才可以。"

"不用议论了！"贝依依嗤笑，"你们这些人知道什么！跟Siyanie最般配的当然是我！"

……

全班同学几乎都只热衷这个话题。

海公主机械地翻动着课本，视线却落在了窗外很远的地方，轻声说着："新堂圣，为什么我总是逃脱不了你的影响呢？"

她的声音比枯叶落地还轻。

窗外，湛蓝的天空中飘浮着一团团如柔软棉絮的洁白云朵。阳光透过白云，分成千丝万缕的金线。

冰雪开始融化，教学大楼不为人知的墙角里，杜鹃花正开出淡淡的小花。

经历了整个冬天的沉寂，一切都在复苏。

★★★ ★★★ ★★★

浪花一波又一波地赶来,碰撞着卧在海面的礁石,溅起了水花又落了下来,冲湿了她赤着的脚丫。

今天是礼拜天,学校没有课,海公主不想回到那个冷冷清清、只有她一个人的家,于是,她提着鞋子沿着海岸走了好久。

轻轻地,静静地,慢慢地走着……好像一切都静止了,云不再飘,心也不再动。

不知又过了多久,原本冷清的海边游人渐渐多起来。

一阵冷风拂过,海公主终于停下脚步,她的脚丫早已经泛出浅浅的紫色,看来她不能再光着脚踩在沙滩上了,毕竟这个季节天气有点凉。她蹲下身子开始穿鞋。这时,刚好有一对情侣从她的身旁经过。

她听到他们在说——

"Siyanie在前面不远处拍摄外景呢!"

"你确定吗?"

"当然,我朋友刚刚打电话说的,咱们也过去凑凑热闹吧?"

"好呀!"

声音渐渐远去。

已经穿好鞋子、站起身来的海公主嘴唇惨白,眼中一片死寂。

他就在那里!

他就在前方!

她很想去见他,哪怕只是远远地看一眼。

那个有他存在的地方,在阳光的照耀下,仿佛每一粒细沙都会闪着光。这对她而言是最致命的诱惑,她想也没想就迈开步子朝那个地方走去。

终于来到人群聚集地，终于看到那个让她日思夜念的身影，她的呼吸忽然变得很轻。

海公主放缓呼吸，好像只要稍微呼吸重了，他就会从她面前消失似的，她的一双眼睛只盯着他。

金色的阳光洒照在蔚蓝的海面上，粼粼闪烁的波光，明亮得晃眼。蔚蓝的天空，浩瀚的海面，新堂圣正在海中畅游，他紫色的发美丽得恍若清新的海风，恍若海面上金色的阳光。

阳光洒满海面，他的笑容幸福而美丽。

"好！"

导演满意地对着喇叭喊，一挥手，各组灯光和摄像师都停止了工作。海里的新堂圣也慢慢地向岸边游回来，他一上岸，等候在一旁的助理就立刻把大大的加厚浴巾披在他身上。

迎面吹来清冷的海风，虽然有加厚浴巾，浑身湿淋淋的新堂圣依然重重地打了一个寒战。

远处的海公主看到了，但她只能远远地站在围观的人群里，在心里关心他。

下面的场景将会是在沙滩上进行拍摄。化妆师将新堂圣的头发吹干。他已经换掉了之前的湿衣服，穿着古典怀旧风格的礼服，胸前和袖口有重重叠叠华丽的蓝色蕾丝，整个人俊美无比。

阳光在他的脸上闪烁，如碎水晶般美丽耀眼。

这时，沙滩上一阵骚动，众人纷纷向声音的来源望去，化妆师愣愣地拿着吹风机，忘记继续为新堂圣吹头发。

海公主也望了过去。

清新的海风中，一个具有中性美的女孩走了过来。她走到新堂圣的身边，旁若无人般细心地从随身带来的保温壶中倒出一盅汤，递给他："累吗？为了赶这张专辑的进度，你已经连续两天都没有休息了。"夏方晶晶关切地继续说着，"今天就先拍到这儿吧！你若是累得倒下了，让我上哪里找像你这么完美的男主角。"

海公主一怔。

众人惊叫。

而新堂圣只是静静地接过汤，将汤喝下，才说："没事，我不累。"

"好甜蜜呀！"

"他们是情侣吧？"

"有这么体贴的女友探班，难怪Siyanie会说不累，要是我也不会觉得累！"

"那汤一定很好喝，应该是世间上最美味的食物！"

"那是当然，每一滴都代表着爱呀，能不美吗？"

……

围观的人群中终于引爆了一连串的议论，每一个人都兴奋地说着八卦，只有海公主的脸上闪过迷茫、失落、忧伤的表情。

她远远地望着新堂圣。

她想，他是看不见她的吧？

可是，就在她这样认为的时候，新堂圣的目光突然朝她所在的位置看了过来。

那一刻，他的眼神犹如一抹光芒，让海公主的心忽然急促地跳动，呼吸也有些紊乱起来。

悄无声息地，他的嘴角轻轻弯起来，隔着远远的距离，如琉璃般的阳光下，他的笑容竟如此清晰地映进了她的眼中。

但下一秒，他的视线便静静地移开了，最后仍然落在他身旁的夏方晶晶身上。

Chapter 9

再次逆转所有告别

海公主的心被那个眼神刺痛,她咬着嘴唇,轻轻地垂下睫毛。她的嘴唇微微苍白,手指也不由自主地僵硬握紧。

原来,他的目光已经无法再聚焦在她的身上了。

由于夏方晶晶的缘故,剧组决定提前结束拍摄。当得知不再进行拍摄时,围观的人群开始散开,海公主随着渐渐散开的人潮安静地离开。

"海?"

就在她转身走出不远的距离时,突然,一声熟悉的呼唤让她惊讶地回过头去。

没想到已经随着剧组人员坐进车内的新堂圣突然大喊停车。

他发现了她。

这不是她期待的吗?她的心情忽然变得平静。

海公主望着新堂圣,而在他身旁担忧的夏方晶晶正亲昵地拍着他的肩,像是在询问他怎么了。看到这一幕,海公主的眼睛里立刻闪出星芒般的泪光,嘴唇也渐渐苍白。

下一刻,她想也不想转身就跑,仿佛要逃开什么似的。

新堂圣已经走下车,刚想追上去,却被还没有离开的围观群众包围住,要求签名合影。毫无组织和纪律的疯狂粉丝们,每一个都想零距离地贴近偶像,场面顿时一片混乱。

新堂圣一边努力平息混乱一边焦急地眺望前方已经越跑越远的身影。好不容易,他摆脱了人群,追了上去。

★★★ ★★★ ★★★

呜……

汽笛鸣响,码头边停泊着一艘豪华游轮,雪白的船身停在蔚蓝的海面上，犹如一只优雅的天鹅。

海公主跑到海边，没想到新堂圣也追了过来，她无处可藏，只有等待着被他抓到。

他恼火地逼近她，高挺的身材透出令人窒息的压迫感："为什么要躲要逃？"

她静静地看着他："这一次我真的很累了……"

"你……"他直直地凝视她。

海藻般的茶色长发、白皙的面庞、淡色的嘴唇，她只是安静地站着，却让他想一直一直这样看下去。

"你真的……"

他嗓咙沙哑。话还没有说完，不远处传来阵阵惊叫：

"在那里！"

"在那里！Siyanie！"

"Siyanie！Siyanie！"

远处有粉丝追了过来，其中好像还有几个记者，新堂圣低咒一声："该死，怎么这么快就追来了？"

然后，他用不容拒绝的口吻跟海公主说："跟我走，我们必须谈谈。"

说完，他牵起她的右手。海公主的指尖轻轻颤了一下。

他掌心传递过来的温度是那么熟悉。

渐渐地，有一种酸涩而甜蜜的味道充盈在她的胸腔，并且不断地膨胀起来。那种味道就像一树桂花所散发的清香，青涩、甜蜜而温暖。

她心中也恍若被轻轻的海风吹过，一圈涟漪慢慢地荡漾开。

淡淡的阳光轻薄透明，周围的空气都仿佛变成了浅浅的金色。

新堂圣就这样拉着海公主往一旁刚好驶来的游轮跑去。可当两人上了游轮，才发现这艘游轮竟然全是度蜜月的新婚夫妻，所有人都牵着手，无比亲密地聊天或是欣赏风景，只有他们尴尬地保持着一段距离。

他有几缕头发凌乱地散在前额，调皮而柔顺，她真想伸出手去摸一摸。可她还没有伸出手——

"Siyanie！"

船上有人认出了新堂圣，惊叫："竟然是Siyanie！"

瞬间，所有人都围了过来，要求他签名。

海公主被挤在人群外，与新堂圣的距离越来越远。像是周围有清寒的冰块破碎开来，她的视线变得模糊起来，她慢慢握紧拳头，手指掐进肉里。

终于，在船靠近一个小码头停下来的时候，她最后望了一眼还被粉丝们紧紧包围着的新堂圣，然后将谢晴让她留着的、饱含着他们浓郁的爱的蓝宝石项链挂在船的扶手上，独自一个人走下船。

"还是不可能，"望着海平线，海公主的神情有种属于黑夜的落寞，"已经回不去了。"

回不去了……

回不去了……

她在心中反复念着这几个字，仿佛有一阵剧痛在她的体内炸开。

他和她，是两个世界的人了吧！

所以，再也回不去了。

Chapter10

在折痕的地方等待

阳光很柔和，风中吹来微凉的湿意，也带来些许清爽。然而，此时的盛世影视公司办公大厅里却弥漫着低气压。

新堂圣如石雕般沉默地坐着。

真皮的欧式沙发上，他的身影逆着光，淡淡的光线里，他就像深夜里的白色雾气。

李克紧皱眉心，随意地翻看着桌上各类今早最新出版的影视刊物。厚厚一摞，几乎每一本里都有关于新堂圣的爆炸性消息，除了充满攻击性的字字句句以外，标题更是触目惊心。他越看脸色就越阴沉。看完全部的杂志后，他把身子重重地靠在椅背上，一副几欲喷火的模样："过多的负面绯闻是艺人的大忌！你差点儿被毁掉过一次，难道还不知道学会收敛吗？"

"收敛？"

逆光的剪影里，新堂圣漫不经心地抬起头，然后，他懒洋洋地满不在乎地望向李克，似乎一点儿也没有开玩笑的意思，但他的眼睛里有着一闪而过的嘲讽："克，你是让我处理这个绯闻吗？我又不是记者，可能没办法满足你的需求。"

"现在你还有心情说这些无关紧要的话！"李克勃然大怒，吼道，"你看看这些杂志！"

说着，他将几本杂志摊开给新堂圣看。

《Siyanie新欢旧爱一拥而现，哪一个才是最爱？》《Siyanie换女人的速度堪比换衣服》《Siyanie忘恩负义，辜负昔日女友苦心》《Siyanie是现代版陈世美——背后的隐恋大揭秘》等等显目的标题。

新堂圣目光淡淡地扫过那些杂志，脸上看不出任何表情。

然后，他的唇角有抹奇异的笑意，他的声音在偌大的办公室里显得出奇的响亮："只是这些？难道就不能写得更精彩些？我跟夏方晶晶在一起就不会被诋毁，甚至是像安诺西那样的人也可以，但就是跟我所喜欢的人在一起，就要面临这么多肮脏的流言。"

"你……"

李克皱眉，用手指着新堂圣，气得浑身发抖："你懂不懂现实，你既然选择踏入这个行业，就要准备为了这个行业付出，在这里你是没有资格谈爱情的，你的粉丝们支持你喜欢谁，你就得喜欢谁！"

"哦？如果粉丝是喜欢木偶这样的东西，倒不如找几个没思想的植物人当他们的偶像，操作起来会更简单。"新堂圣迎着他的目光，笑容里有种冷漠的妖娆。

"你！"李克气得还想说些什么，他的手机却忽然响了起来，他只好先接起电话，"喂，你好……"

"怎么可以这样说？事情不是这样子的！"

"这能说是滥情吗？Siyanie出道以来就没有公开过任何一位女友，不管是安诺西还是夏方晶晶……"

"行！如果你们认为这是我们在用下作的手段炒作，那么我什么都无可奉告！"

电话里传来的似乎是不客气的逼问，李克的眼神一冷，声音越来越大，到后来竟然怒吼起来："我说过一切无可奉告！"

他"啪"地合上手机。

李克的情绪还处于激动中，恼火地走来走去。

新堂圣的眼神静静的，然后，眼中闪过一丝隐约的亮光。

"你是在担心我吗？"他似笑非笑，手指轻轻地抚弄了一下紫色的头发，看不出他是认真地，还是在打趣地询问。

李克怔了怔。

他低声又问了一次："是吗？你在担心我？"

李克想了想，说："我是你的经纪人。"

"哦。"新堂圣仰靠在了沙发上，笑容慵懒："原来是这样啊！"

风从窗口吹进来，白纱窗帘随风而舞。放在窗台上的盆栽，小小的白色花瓣悠然飘落，在半空中划出了一道弧度，缓缓地落在了冰凉的地面上。新堂圣闭上眼睛，他的面容苍白得近乎透明，睫毛漆黑浓密，仿佛他最后的一丝渴望也被风轻轻吹散了，安静得几乎听不到呼吸。

不知道过了多久，李克揉了揉眉心，直视新堂圣，他沉默半晌才开口说："开个新闻发布会吧！"

"新闻发布会？"新堂圣重新睁开眼睛，他眼眸幽深，神情也是极其冷漠，随后嘲弄地勾起唇角，说，"难道你是想让我告诉记者那些其实是捕风捉影的事，我爱的人只有夏方晶晶吗？"

李克无奈地摇摇手："只是希望你不要说一些对自己没利可图的话。"

新堂圣起身，微挑眉毛，脸上露出似笑非笑的神情："那我先走了，后续的事交给你。你应该很善于处理这些遗留问题。"

说着，他拉过搭在椅背上的一件大号卫衣套上，把帽子拉起，遮住大半张脸，轻笑一声："至于新闻发布会，我会准时出席。"

说完，他便走出了办公室。

*** *** ***

Siyanie将于今日上午9点召开新闻发布会，夏方晶晶也会到场，两人会共同澄清各种传闻。

消息一经传出，公众轰动了！几乎所有的媒体都派出记者赶往新闻发布会现场，各大电视台的娱乐频道也放弃了原本的节目安排，改为插播此次新闻发布会的现场情况。而新闻发布会现场更是人声鼎沸，无数记者将过道挤得水泄不通。几十个身穿蓝色制服的保安维持着秩序，将记者们拦到黄线之外。

此时的发言席上空荡荡的，新堂圣和夏方晶晶还没有到，但桌子上已经摆满了标有各家媒体标志的话筒，摄像机也已经架好机位，对准发言席。各大媒体的记者边好奇地猜测这次新闻发布会的目的，边焦急地等待着。

终于，8点55分时，新闻发布会大厅的侧门打开了，在保安的护送下，新堂圣和夏方晶晶以及双方公司的相关负责人进入会场。

瞬间，无数闪光灯"咔嚓""咔嚓"地闪个不停！

无数话筒、无数摄像机、无数闪光灯对准了发布会的主角，即使有保安们把守，记者们还是如洪水般蜂拥上前。闪光灯如星海般闪烁，场面一度失控。

夏方晶晶略带疲倦，像是刚录完影，她对身旁的新堂圣点点头，然后从口袋里掏出手机，讲着电话："我……不行。你快去，不要迟到了。我这边暂时还不能过去……"

急于采访到最新头条的记者们挤成一团。混乱中，夏方晶晶的声音渐渐被淹没。就在这时，被推搡之中的一个记者身子不稳，向后倒去，为了保持平衡，他本能地一撒手，高举着的摄像机跌落下来。

摄像机跌落的方向正好冲着夏方晶晶。

眼看摄像机就要砸在她的头上。

所有人都震惊了。

电光火石间，新堂圣一把抱住夏方晶晶，将她的头护在自己胸前，然后拥着她迅速地闪到了一旁。

摄影机重重地砸在地上。

"圣！你……还好吗？"

夏方晶晶着急地看新堂圣伤到没有，手机掉到地上也没顾上。

顿时，大厅里立刻又恢复热闹喧杂的场面，记者们兴奋地问各种问题，其中隐约可以听到有些记者在说："还澄清什么？遇到危险首先想保护的就是自己最重要的人。这不是很明显吗，Siyanie最重要的人就是夏方晶晶。"

空气里弥漫着春天的气息，风虽然清冷，阳光却灿烂无比。

客厅的电视里，各个频道都晃动着他那充满贵族气质、神态优雅迷人的身影。

海公主的手指僵了一下，目不转睛地盯着电视里的新堂圣，她的眼瞳里有种近乎透明的浅光。

新闻发布会正式开始。

大厅里一下子变得安静无声，所有记者都看向前面的发言席，新堂圣和夏方晶晶进入发言席坐下，闪光灯疯狂地对着两人拍照。

新闻发布会的主持人先是按照惯例感谢各媒体记者在百忙之中出席发布会，然后介绍了出席本次新闻发布会的人员，最后将后面的时间交给了李克。

"最近流传着一些关于鄙公司艺人Siyanie的不实传言，今天召开新闻发布会就是为了做出澄清。"李克面对众媒体记者，冷冷地说，"因为工作关系，Siyanie认识了夏方晶晶小姐，他们之间的交往只是建立在工作的基础上，除此之外没有任何私人感情。"

此话一出，所有记者都半信半疑地沉默了，但是很快，几乎每一个人都拼命提高音量，争先恐后地提出质疑：

"远的不说，就拿眼前这件事，夏方晶晶一定是Siyanie很重要的人吧？那么重的摄像机砸下去，他还依然奋不顾身地冲上去保护夏方晶晶，这样还说没感情？"

"现在的新闻发布会多了，每个明星对于自己的绯闻都有一套解释。谁知道这里面究竟有多少真感情，多少假感情？"

大厅里顿时喧闹起来。主持人不得不站出来维持秩序，对着记者们喊道："请大家一个一个地提问，第一个问题先请《时代影志》的记者发问，其他记者请安静！"

"Siyanie，你之前处于事业的低谷时期，夏方晶晶曾多方面帮助过你，现在你此次出席新闻发布会是为了澄清你跟夏方晶晶不是情侣关系吗？"《时代影志》的记者单刀直入地问。

"是的。"新堂圣回答，"我跟夏方晶晶不是情侣。"

所有的人都屏住了呼吸。

灯光打在新堂圣的脸上，摄像机拉近距离。仿佛世间万物都在这一刻淡化成阴影，明亮耀眼的只有他。

"我从来都没有喜欢过夏方晶晶，我虽然很感激夏方晶晶帮我重振演艺事业，但我只当她是事业上合作的伙伴，一个妹妹而已。我所爱的女孩只有一个。那就是——"

说这句话的时候，摄像师将镜头直接推近拍摄新堂圣的面容，他美丽如夜雾的眼睛无比幽深，有着放弃一切也无法丢弃的深情。

夜风般温柔的微笑在他的唇角荡漾开来。

海公主的呼吸忽然停止了。

空气一下子静得出奇，她的心里也是一片寂静。她凝视着电视里的他，渐渐地，她的眼中有潮湿的雾气涌上来。

全场屏息。

记者会的现场静得让人吃惊，大家仿佛受到了某种吸引，新堂圣眼中的光芒仿佛是会流动的香气。

他的声音轻柔无比："海公主。我喜欢的人只有海公主。"

当这个名字被说出来的瞬间，闪光灯疯狂地闪动起来。

"是真的吗？"

"夏方晶晶……"

记者们纷纷把目标转向一旁沉默着的夏方晶晶。

"Siyanie说当你是他的妹妹……"

"是的。"夏方晶晶展开一贯的帅气笑容，"我来只是帮Siyanie澄清一些误会，如果非要给我和他的关系做个定义，让我们扯上点儿关系之类的，那就是兄妹吧！"

她的声音清脆，语调里充满了热情的活力。

她坦白："我跟Siyanie之间不来电的，所以拜托大家不要总是把我跟Siyanie写成一对。我很欣赏他，但这不代表我就应该爱他。"

穿着黑色外套、深蓝色破洞牛仔裤的夏方晶晶看起来帅气极了，她的手腕上还有脖子都戴着闪亮的饰品，更加凸现出一种中性美。她跟新堂圣坐在一起，怎么看都不像是一对情侣。

尤其当她郑重地说："不管是身为同事的我，还是身为朋友的我，或是身为妹妹的我，都发自肺腑地祝福他们。我希望Siyanie能跟他喜欢的女孩子在一起。"

"谢谢你，晶晶。"新堂圣唇角扬起性感慵懒的微笑，闪亮又迷离的眼神就像一道炫目的白光，他轻声说——

"海公主，如果你也喜欢我，就来山顶游乐场，我会在那里等你。"

"我会在那里等你。"

海公主的心突然仿佛被什么东西用力撞击了一下！

她全身都被阳光照着，长长的睫毛上闪耀着金色的光芒，她一动不动地坐着，仿佛在听着什么，又仿佛什么都听不到。

望着那个绝美如清晨白雾的他，她最终放弃了伪装自己，任由眼神将自己内心最温暖柔软的感情释放出来。

与此同时，现场的记者们渐渐分出一条窄窄的道路来。虽然依旧手拿着话筒、扛着摄像机，但大家已经停止了激烈的争论。

新堂圣如同王子一般，微笑着朝先问发布会大厅外走去。在他走出去的同时，松了一口气的李克也站了起来，他的眼中有着祝福和笑意。

*** *** ***

阳光是橙色的。

山顶游乐场的中央有一道由水晶玻璃制作的美丽彩虹。在阳光照耀下，它那优美的弧度呈现出晶莹透明的绚丽光泽，梦幻得令人惊叹。

即使是从山脚向上望去，巨大的彩虹依然耀眼夺目。

一手拿着玫瑰花束，一手拿着一张纸，新堂圣满怀期待地看着上山的那条蜿蜒的道路，终于，他看到了从山路缓缓而上的她。

身后的记者群也看到了，有几个甚至已经冲到了她的身旁，抢先拍下现身的女主角。

今天，海公主穿着深蓝色的裙子，气质温婉，在星海般闪烁的闪光灯下，她的眼睛依然澄静，好似温温的白水。

粉丝们开始议论起来——

"原来这就是Siyanie喜欢的那个女孩啊！"

"看起来不怎么好看嘛！"

"Siyanie怎么会喜欢她？真是让我嫉妒啊！"

……

面对各式各样的讽刺，她身上竟然还是有种令人无法轻视也不敢亵渎的纯洁气质。她的眼睛仿佛是清晨的露珠，又美丽得犹如深海的宝石般。

原本挡在路中间的粉丝和媒体记者们不自觉地分开站在路两旁，留出一条长长的通道来。

新堂圣的目光紧紧地盯着海公主。风吹了过来，不知怎么的，他的手指轻轻动了一下，手中的纸片便飞走了，像受了伤的蝴蝶般在空中飘了几下，落在了地上。

他俯身去捡，结果又一阵风吹来，纸片再次飞了起来，而且离他越来越远。

他对海公主微微一笑，如樱花般魅惑。在他微笑的这一刻，他已转身去追那张随风飘远的纸。

莫名地，看着他转身的刹那，有一种绝望和恐惧慢慢地从海公主的骨髓里蔓延开来。

纸片仍在轻快地向前飞着，他追上去伸手去抓它。

终于，他在纸张差点儿飞下山崖的那一瞬抓住了它。然而，新堂圣在抓住那张纸的同时，脚下一滑，整个人往山下栽去。

"啊！"

"新堂圣！"

几乎所有的人都惊得尖叫起来。

在这片惊天动地的尖叫声中，海公主怔住了，她脸色惨白，怔怔地看着新堂圣不受控制地摔下山……

新堂圣一头栽了下去，如断了线的风筝般从半空中跌落，白色的身影映衬着蓝天，轻轻飞扬的衣角，就像蔚蓝晴空下的一抹淡淡云丝，接着，他重重地落到了半山伸出来的一块大岩石上。

从他身体里流淌下来的血滴滴答答敲坠在岩石上，慢慢地扩散。

海公主僵硬地站着，身体不停地颤抖，世界一片混沌，她的嘴唇颤抖着，心中却是一片白色的死寂。

她机械般地一步步走到山崖边，由上而下俯视着岩石上的新堂圣，她恍若也死了，面前的世界渐渐由鲜红变成白茫茫的。直到，最后一抹血色也从她的唇上消失。

她的心仿佛在瞬间坠入无边无际的冰冷黑暗里，没有尽头地下坠，然后突然间坠入了一场异常冗长的梦里。

梦中的少年有着细致如瓷器般的肌肤，他安静地攥着一张纸，仿佛是在深夜才绽放开来的昙花，美得让人不忍触碰这一刹那极致的美丽。然而在一大片暗红的血泊中，他的脖颈似乎已无法扭动，他的眼睛吃力地转动着，想看向某个方向。

他的声音在凝固的空气里微颤。

"喜欢……你……"

喧闹的世界。

各种上山下山的汽车喇叭疯狂地鸣叫，人们的尖叫几乎要将耳膜刺穿，对着手机和电话狂喊，黑压压的人群慌乱地拥挤着。

白衣的他宛如折翼的天使般静静地躺在那孤零零的被鲜血染红的岩石上。

他的声音很轻很轻，一遍一遍地说着："喜——欢——你——"

新堂圣的声音温柔美好得如夜露一般，仿佛有着震慑人心的魔力，如此好听，让时空在刹那间凝固如同水晶般璀璨透明。

她在离他很远的山顶，可他温柔的声音似乎就在她的耳边轻轻响起。

终于，山顶游乐场专业的搜救人员赶到了现场，他们借着专业救生工具的帮助很快就将新堂圣救了上来，然后将他轻轻地抬到路边等待的救护车上。

黑压压的人群闪开一条窄窄的道。

她怔怔地走了过去。她好像忘记了怎么走路，走得很慢很慢，当她终于走到他的身边时，她只是怔怔地望着血泊中的他，开始发呆。

世界安静得从此没有了声音。

清冷的阳光透过厚厚的云层，冰冷地照耀着大地，淡淡的光芒照在新堂圣已经被染红的纯白色衣服上，他唇边的笑容美如樱花。

他的手还紧紧抓着那张纸，纸上被鲜血浸得模糊的字迹映入海公主的眼帘。

喜欢照亮你的脸庞

把悲伤的痕迹悄悄隐藏

不管眼泪就快流出

在明天来临之前

我还是会说那句我爱你

永远不变的我爱你

Chapter 10

......

海公主怔怔地看着,面容异常苍白,黑色的瞳孔里空荡荡的,缓缓地,她跪在地上,跪在他的身边。

天空忽然下起了雨。

雨滴透过两旁的树叶缝隙轻轻滴落。她木然地跪着,身体渐渐被淋得湿透,雨越下越大,雨水狂乱地浸湿她茶色的卷发,浸湿她的面容。

✳✳✳ ✳✳✳ ✳✳✳

市人民医院门口,急救车呼啸着开进来,警示灯急速刺眼地闪动着,医生和护士们从大门口冲过来,救护车后门打开,担架被小心翼翼地送了出来。

"快!"

担架床的轮子在地面飞快地滚动,医生们边查看病人毫无血色的苍白面容边焦急地推着床跑,护士高高地举着吊瓶。

高贵俊美如王子一般的人,此时却如失掉灵魂的木偶般死气沉沉地躺着。他双眼紧闭,脸色苍白,嘴唇发紫,一只苍白发紫的右手从床边跌落。

医生们紧张地边跑边喊:"再快点儿!"

"加快速度!快来不及了!"

走廊上的人们仿佛感觉到事态有多么紧迫,纷纷让开通道。而急救室的大门早已敞开,医生、护士推着担架床冲了进去。

"砰——"

门被重重地关上。

海公主呆立在急救室外。

急救室门口上方的红灯亮着，幽暗的红光照在她苍白的脸上。刚刚，在救护车开往医院的路上，负责急救的医生已经给他注射了针剂，并努力地对他进行心脏按压，甚至为他做了人工呼吸，可，他就是静静地躺着，像是死掉了一般。

雪白的病床。
新堂圣的胳膊虚弱无力地搭在床边。
雪白的纱布将他头部上的伤口紧紧缠着。一层一层，厚厚的纱布，不知道那道伤口究竟有多么可怕，竟需要这么多的纱布，几乎已经完全掩盖住他迷人的紫发。而他苍白的面容上干裂的嘴唇更是没有一丝一毫的血色，漆黑的睫毛覆盖着紧闭的眼睛，留下浓重的阴影。

在这间安静的病房里，她就像置身于茫茫的白雾之中，耳边依旧是轰轰的巨响。她已经麻木得没有了任何感觉，就连胸口原本一阵阵翻绞着要将她撕裂的痛苦也仿佛察觉不到了。

就像不受自己控制了一般，她僵硬地向前走着，然后停下来。

她脸色苍白，就像被寒雨淋湿的无家可归的小鸽子，终于，浓浓的白雾渐渐散去，那苍白得如同已经死去的人影渐渐浮现在她面前。

他静静地躺着，脸上罩着氧气罩，手腕上插着输液的管子，液体一滴一滴地流淌进他的身体。他的胸口似乎没有起伏，只有旁边心跳记录仪上的微微曲线证明他还活着。

他安静得就像刚出生的孩子，他不知道她来了，不知道她就站在他的身边，不知道她的战栗和恐惧，不知道她的心痛只有他睁开眼才可以复原。

穿着白大褂的医生正在调试适量的药剂好为病人输液。

那药瓶好小好小，她甚至怀疑这么小小的一瓶药能起多大作用，能让他醒过来吗？他了无生气的样子仿佛会随时停止呼吸。

"啪——"

有护士把灯打开。尽管是白天，但因为阴雨天气的关系，室内还是稍显昏暗。灯光将海公主的身影拉得斜长，她的影子轻轻覆盖着新堂圣，他像一个睡王子，静静地闭着眼睛，漆黑纤长的睫毛也静静地一动都不动。

即使心跳记录仪还在呈现微微的曲线，可莫名地，有一种恐惧袭上心头，使海公主颤抖着伸出手，轻轻搭在他手腕的脉搏上。

轻微的脉搏跳动使得海公主终于从漆黑窒息的空间里坠落下来，只是这种急速的转变，仿佛失重的感觉，一下子将她身上所有的力气带走了。

旁边的人扶住了突然晕倒的海公主。慢慢从眩晕中恢复过来，海公主看到一个护士关切的面容，同时听到了护士在问她身体是否不舒服。

"这位小姐，你还好吧？"从这个意外摔下山而重伤的患者被推进急救室的那一刻，这个女孩似乎就一直跟着，而她的衣服全部湿透。早春的天气还很冷，身为护士的她忍不住关心一下。

"谢谢，我没事。"

海公主机械地回答她，缓慢地坐到病床边的椅子上，望着沉睡中的新堂圣发怔。良久，她如石雕般一动不动。

她海藻般的长发散落在脸颊两侧，只露出苍白消瘦的侧脸。她的眼睛微微红肿，睫毛又长又密。

看样子她是哭过了。护士正想劝劝她，这时，心跳记录仪"嘀"地尖叫一声，曲线变成了一条直直的线——表明病人没有任何心跳的一条直线。

海公主的呼吸也随之凝滞了。

"快！"主治大夫立刻进行抢救。

"砰！"

新堂圣的身体高高弹起。

"加大电流！"医生急喊。

"砰！"

新堂圣的身体再次高高弹起，又无力地落下。

"电流再加大！"

"砰！"

像松软的布偶，他单薄的身子高高地弹起，然后，重重地、无力地跌回去。

经过一番紧张的抢救，医生无奈地摇摇头，似乎跟护士们说了些什么，然后告诉在一旁似乎已经没有了灵魂的海公主："很抱歉，我们已经尽力了……"

"什么？"海公主缓缓地侧过头，仿佛想听清楚医生在说些什么，她的眼睛呆滞而空茫，然后，从她的喉咙里发出一丝尖厉的声音，"骗人！不会这样。他不会……"

医生和护士都准备离开病房了。

见状，海公主想去抓住那个医生的衣服，可是她一点儿挪动身体的力气都没有，只能祈求："别走……"

她的声音很小很小，小到没有人听见，但她还在不停地说："请你们别走……不要走……"

她的低语渐渐被众人听清楚了。

她站在病床边，轻轻俯下身体，用手指轻柔地碰触着新堂圣苍白的面容。

"你们听……"海公主温柔的低语飘荡在静悄悄的病房中。

"嘀！"

"嘀！"

突然，一阵尖锐的声音从心跳记录仪发出来，长长的直线竟突然有了起伏的曲折！几个护士惊得目瞪口呆，主治医生又连忙冲了过来。

★★★　★★★　★★★

滴答，滴答。

窗外，天空静静飘着雨丝。

春日的雨即使滂沱，也带着种宁静的味道。滴答，滴答……雨滴顺着屋檐打落在绿油油的树叶上……

医生和护士在一阵忙碌之后，新堂圣终于又奇迹般地活了过来。

医生边在病例卡上写下记录，边对海公主说："病人除了腕部骨折外，身体其他部位也有些损伤……不过这些经过治疗都会好的，不要太担心。只是……"

"只是什么？"海公主缓缓地站起来，她的动作很慢，仿佛有什么力量在压迫着她，身子竟微微摇晃了一下。

医生看着她，声音断断续续地飘进她的耳中："他身体上的外伤并无大碍，也已经处理好，只是头部的伤害，他有可能永远都醒不过来。你是他的家人吧？请做好心理准备。"

病房里顿时变得一片死寂。

"心理准备，怎样的心理准备呢？"

如同五雷轰顶，她死死地捂住嘴巴，梦境中的一切让她失去了理智，胸口又是一阵剧痛，口内翻涌出一股鲜血的腥气。

她缓缓地转头望着新堂圣，她的眼里是茫茫的漆黑，脸色惨白，恍若她忽然失明了，什么都看不见。

泪水无声地在海公主的脸颊上流淌。

她仿佛是在绝望的梦中，泪水不断地流淌下来，一朵朵的泪水溅落在地上。她紧紧地闭着眼睛，肩膀无声地颤抖着。

所有人的眼光都投向她。

可是她仿佛毫无所觉，只是在不停地流泪。忽然，她失控地朝新堂圣喊着："你听见没有？醒来啊！为什么躺在那里一动不动，难道你没有听见？你不觉得你这样躺着很傻吗？"

"你在胡说什么？"医生皱眉，"我知道你很伤心难过，可你不能这样对病人说话，尽管他现在昏迷了，可是他在自己的潜意识里还是能够听见外界的声音，你最好不要说这种嘲讽的话！"

说完，医生咬牙大步地离开病房。

"嘲讽？我就是想嘲讽他。他为什么不醒来，难道他没有勇气醒来？"

"这位小姐，"刚才伸手扶她的那个小护士赶忙紧张地走过去，低声说，"你别这样，你这样真的会影响到病人的。而且张医生很不喜欢病人的家属这样。你要是想让他醒来，就要多说一些激励他的话，鼓励他，让他有睁开眼的欲望。"

然后，护士也离开了。

病房里又安静了下来。

激励他的话？

海公主的眼里一片茫然。

雨水打在玻璃窗上，清脆而清晰，好像心碎的声音。

幽暗的灯光下，她如石雕般一动不动地坐在病床旁，呆呆地望着地上自己的黑影，脑中一片空白，只觉得那个黑影将要扑过来，把她一口一口地吞掉。

不知道过了多久，她的手指轻轻地动了动，然后，她轻轻地笑了："你一定不知道，刚刚那些医生护士竟然没有人认出你就是Siyanie，不过别说是他们，就连我也快要认不出你来了，因为你现在的样子真的很丑。"

海公主呆呆地望着病床上那个苍白得仿佛随时会消散在空气中的人，声音呆滞而沙哑，如同是从遥远的地方飘来的，而不是从她体内发出的。

她颤抖着闭上眼睛，泪水在她苍白的面容上蔓延。

"你怎么可以把自己变得这么丑呢？新堂圣，你不是一直都很帅的吗？你究竟……究竟有多爱我？"海公主颤抖着说，身体开始无法克制地发抖，她俯身靠近他，愣愣地盯着他，说，"难道你的爱就是躺在这里？你知不知道你这样很残忍。"

病床上，新堂圣面容苍白，有种骇人的视觉冲击力。昏迷中的他开始无意识地低喃呻吟，似乎是挣扎着想要醒过来，可是仿佛有一只冰冷的手扼紧他的咽喉，他不安而痛苦地在病床上颤抖。

他无法醒过来，似乎听不到任何外界的声音。

海公主轻轻握住他的手。她握得很轻，像是怕吵醒他，像是怕握痛他。

"可是，我还是那么喜欢你，"她轻轻地伸出手，似乎想碰一下他的紫发，然而，手指却僵在那里，"你……你会死吗？"

病房里很安静。

海公主眼神古怪地望着昏迷的新堂圣，说："其实，你只是在吓我，对不对？那我，那我认输了，好不好？不要吓我了！你知道吗？我，我很害怕……"

她的泪似乎已经流到干竭，她只是怔怔地望着他。

"或者，我不该喜欢你。因为我的喜欢，你才会变成这样……从小到大都是这样。甚至我的父亲也是因为我的出生而离开的，所以我不能喜欢你。"

"我不喜欢你了！你可以醒过来了！真的，我没有骗你，我毫不在意你，你就算死了，对我也没有什么伤害……"海公主手指颤抖着，她忽然笑了笑，如同新堂圣不是昏迷着，而是醒着的。她很轻很轻地对他说，"我都说不喜欢你了，你为什么还不醒来？难道你不相信？我说到就一定能做到的，我不喜欢你！如果还喜欢，那么也让我摔下山，然后永远都醒不过来。"

病房里四壁雪白，静静的，空调吹着暖风，但是空气似乎依旧冰冷。

海公主身上的衣服已经渐渐变得干硬，她很冷很冷，轻轻地颤抖着，渐渐地她觉得越来越冷，冷得好像肋骨都一根一根地往里缩。

他安静地躺着，仿佛根本听不到她在说些什么，他那黝黑的睫毛虚弱地覆盖在苍白的肌肤上，甚至连最轻微的颤动都没有。

就好像，他早已死了。

海公主缓慢地转过身，向病房门口走去。

新堂圣，

我不喜欢你了，不爱你了！

她呆呆地打开病房的门，然后，她缓慢地走在被白茫茫的雾气包围的走廊里，走向漫天细雨的世界。

没有了我的喜欢，你可以醒过来了。

★★★ ★★★ ★★★

眼前是蒙蒙的雨雾，海公主漫无目的地走着。

海公主濡湿的发被夹杂着雨丝的冷风吹得轻轻摇晃着，不时有汽车的刹车声传来，有人从车窗中探出头来骂她，还有路人扶住她担心地问着什么。

假如你不在了，那么，你在哪里消失的，我也会在哪里消失。

在纷纷斜飞的雨丝中，

在茫茫的人海里。

她慢慢地走着，仿佛她的一生就是在这样冰冷的雨中行走，永远都不会有太阳出来，也不会有彩虹闪现，只是一直在下雨。

四周是蒙蒙的雨雾，雨水很凉，可是她已经习惯了，无论遇到什么她都不怕。

是的，她是妈妈最坚强的女儿，她什么都不怕。

海公主浑浑噩噩地走着，不知道走了多久，不知道走了多远，似乎白天变成了夜晚，雨渐渐停了，又渐渐开始下，她的身子湿了又干，干了又湿。

她湿润的眼眸中是一片迷茫，鲜血似乎已从干裂的嘴唇中流尽，面容苍白。

医生说他有可能这辈子都不会醒过来了。

"他不会醒过来了……"

海公主的眼眸紧闭，长长的睫毛如同风雨中的蝶翼无力地垂下。她的身体轻轻地颤抖着，漆黑如夜的眼眸中再没有一点儿神采，只有绝望的泪水缓缓地溢出眼眶。

泪水从半空中缓缓滴落下来。

"海公主？"

一个声音突然在雨夜里响起。

是他？

是他吗？

海公主愣住，一颗心开始慌乱地拼命狂跳。只要他还可以叫她的名字，让她做什么她都愿意，无怨无悔。

海公主的眼睛再次湿润，她屏住呼吸，转身望向那声音的来源。

寒冷的雨夜里，一个陌生人正撑着一把伞向她走来，而那个人的身后还跟着不少人。

原来，得知新堂圣意外摔下山后，很多支持他的粉丝忍不住组成团队想到医院门口去静静守候，为偶像默默祈祷。

他们刚好路过这里，当确认面前这个人是海公主的时候，一声尖叫划破天空。

"海公主!"

"她就是海公主!"

粉丝团中一个胖胖的女孩子尖叫着,伸手直直地指向海公主。

如漫画定格般,四周所有Siyanie的粉丝齐刷刷地转过头来。

下一刻,他们犹如洪水般迅速涌向海公主,转眼间,他们已经将海公主团团包围住。

瞬间,漫天的辱骂攻击声此起彼伏。

"你就是倒霉鬼海公主?"

"你要不要脸?你知不知道什么是廉耻?你知不知道倒霉鬼是应该下地狱的?"

"晶晶那样完美的人才配得上Siyanie!"

"你算个什么东西?害得Siyanie重伤住院!他就是为了去见你才会出事的!"

"呸,我们不会原谅你的!"

"倒霉鬼,我们唾弃你!鄙视你!"

……

Siyanie的粉丝们越聚越多,他们愤怒地推搡着海公主,有人狠狠地踩她的脚,有人拉扯她的头发。

海公主被她们推来搡去,茶色的长卷发凌乱地在肩上散开,可她没有一丝挣扎和反抗,任由他们的拳头落在她的身上,她只是紧紧地咬着嘴唇,面容苍白。

雨越下越大。

整个世界好像都被雨水包围了,而在这漫天大雨中,她找不到他。

海公主的眼泪不停地滴落,不是因为身上被拉扯、被推搡的种种疼痛,也不是因为被这么多人攻击，这一切都只因为他。

只因为那个人——新堂圣。

医生说他有可能这辈子都不会醒过来了。

天色暗沉，阴雨绵绵。一辆豪华的黑色轿车在墓园边停了下来，一个贵妇人在身旁管家的搀扶之下走下车。

开门的司机在一旁为她打伞。

"行了，我自己过去吧！"贵妇人交代完，从司机的手中接过雨伞，朝墓园深处走去。

不一会儿，她已经走到一座墓碑前，半蹲下身子，用手把墓碑上的雨水擦去。但是雨水还是无情地下着，刚擦过的墓碑很快又被雨水打湿。

今天是爸爸的祭日，也是她的生日。妈妈从医院转入疗养院休养，列也走了，没有人记得她的生日。

她不由自主地走到了这里——爸爸安睡的地方。

忽然，海公主怔怔地停下脚步。

雨中，不远处父亲的墓碑旁有一个女人正站在那里。优美的身材，黑色的套裙，颈上一串珍珠项链衬得她肌肤白皙。

海公主怔住，以为是自己看错了，以为是整夜无眠使自己产生了幻觉。

这时，谢晴也看到了她。

隔着十几米的距离，两人相视无言。

海公主走到墓碑旁，她的面容洁白如玉，海藻般的茶色长发随风轻扬，望着爸爸的墓碑，她的眼睛里蕴满了深深的思念和温柔的感情。

她半跪着，将一捧白色的雏菊放在父亲的墓碑前。

白色的雏菊在雨中幸福地倾吐清香。

海公主转头看着一旁的谢晴:"阿姨,你怎么在这里?"

她知道这样问很没有礼貌,可是太多的疑问充斥她的脑海,新堂圣的妈妈怎么会来拜祭自己的爸爸。

"我……"谢晴轻吸一口气,掩藏住眼中泛起的泪光,"你爸爸是我的一位故人。"

"故人?"

雨丝静静地飘落。

面对海公主的疑问谢晴没有回答,过了很久才静静地说:"你不想去看他吗?"

海公主没有回答,咬住嘴唇,手心渐渐冰冷,心里就像被无数根针用力刺痛着。

"他一直处于昏迷状态,医生都束手无策,我希望你能去看看,说不定可以带来点儿希望。"

"我……"海公主的手指僵硬地收紧在掌心,她望着谢晴,眼中有一丝痛苦,"不是我不想去,是因为……因为……"

望着谢晴,海公主的眼里弥漫起一层薄薄的雾,似乎已经失去了焦距。

"对不起,"一滴泪水从她的眼角滑落,海公主有些沉痛地说,"我是一个倒霉的人,会给身边的人带来霉运,我的爸爸从我出生那一天开始就遇到了车祸,去世了。"

海公主的睫毛被泪水染得湿润黑亮,她颤抖着嘴唇说:"我是一个不祥的人,任何一个我在乎的人都会因为我而沾上厄运,所以,我不可以,我不可以去见他。"

谢晴看着海公主,似乎被触动了,她的眼睛也有些湿润,她想伸手为海公主拭去泪水,可是,手指停在半空,良久,她又怔怔地收了回来。

然后，她弯曲双膝跪了下去。

她跪在海公主的身前。

"阿姨，你？"海公主怔怔地望着她。

"我……"谢晴脸色惨白，美丽的面容有着淡淡的悲伤。雨静悄悄地落下。

她缓缓地说着什么，像是在诉说一个古老的故事。

原来海公主的父亲在海公主出生的那天，急着赶回家，正好被刚刚学会驾驶没多久的谢晴撞了。当时谢晴谈成了一笔大生意，很高兴就和客户多喝了一点儿酒，没想到闯下这么大的祸。尤其当她看到海公主的父亲似乎快不行了，她竟然因为害怕坐牢而逃离现场，还慌张地把项链掉在了那里。

事后，谢晴为了不被发现，又请珠宝商为她打造了一条一模一样的项链。而这件事尘封了十几年，谢晴觉得有罪的人是她，她不要再为这件事备受折磨地生活下去，她会去自首，接受法律的制裁，并希望海公主能从此打开心结，去看新堂圣。

听完后，海公主的身体已经僵硬得不能动弹，她脸色苍白地望着谢晴，脑中一片空白，胸口被慌乱堵得满满的。

原来自己并不是一个不祥的人。

*** *** ***

又来到熟悉的地方，寂静的病房里似乎只有她一个人，他永远都是沉睡着。

低下头，叹气，海公主伸手打算去开门，可手刚放在门把上，门却"哗啦"一声打开了。

那个纤瘦的身影微惊地看向对方的眼睛，光和影将她的身体勾勒得如梦

尾声

似幻,他颤抖着身体看着她,一时不知道她是真实的还是自己的幻觉。

"我还在梦里吗?"他的唇角缓缓露出温柔的笑容,在寂静的病房中,那笑容仿佛也有着金色的光芒。

太阳已经完全升起。阳光淡淡地照进病房,雪白的墙,雪白的天花板,淡淡的人影在地面上拉长。

世界寂静得恍如天堂。

海公主的心跳忽然漏了一拍,心底涌出一股暖流瞬间传遍全身,她握着橘子的手紧了紧,鼻腔里溢满了橘子的清香。

他正看着她,柔和的阳光里,还穿着医院病号服的他依然美丽得不染半点尘埃,看到她,他如海洋般的眼睛里充满了感情,就好像他一直都在等她。

"这不是梦!你真的醒过来了!"

她激动地说着,下一秒,她已经朝新堂圣冲了过去,她紧紧地抱着新堂圣,用尽所有的力气抱紧他,似乎要将他融进她的血肉里一般。

海公主眼角的泪水无声地落下,在半空中被阳光折射出晶莹七彩的光,静静滴落在地上。

他的身体还很虚弱,一阵寒冷一阵滚热。他的笑容恍若是透明的,他像孩子般轻轻地蹭着她的肩头,声音颤抖着轻唤:"海公主……"

雪白的天花板,消毒水的气息,似乎有无数的白影来来去去,耳边的声音断断续续,有人一直紧紧拥抱着他,那种心痛和恐惧的情感仿佛从她的身体一点点传入新堂圣的心底。

就仿佛做了一个好长好长的梦,在这个梦里有白天的光芒与夜晚的漆黑在慢慢地交替。

他以为他会在那个漫长的噩梦里死去。

可是,他终于又可以看到真真实实的她了!

永不消逝的爱恋歌

★★★ ★★★ ★★★

　　经过一段时间的休养，新堂圣带着新歌与大家见面。而他此次演唱会的门票居然才开始出售不到一天就销售一空。

　　演唱会现场。

　　新堂圣在演唱会的舞台上当着众人的面说出了自己的选择："这场演唱会是为了献给我最爱的人——海公主。"

　　摄像机镜头下，无数的闪光灯闪烁，海公主凝视着新堂圣，对他微笑。

　　新堂圣窒息，眼睛顿时明亮起来。

　　然后，他也笑了，走向她——

　　黑压压的歌迷群不由自主地为他让出道路。

　　新堂圣走到她的面前，含笑凝望着她。他宠溺地伸手揉了揉她的头发，然后将她紧紧地拥入自己的怀抱。

　　当着摄像机镜头，

　　当着所有的人，

　　新堂圣深深地凝视着被自己紧拥着的海公主，动情地对她说："不要再离开我。如果你再离开我，我会死掉的！"

　　海公主的心中又酸又涩，隐约知道他想做什么，满怀感动中，脑海中却渐渐闪过那场车祸的画面。不可以，不能够！

　　"喂……"她匆匆抓住他的手，试图打断他。

　　"我们正在恋爱中。"新堂圣坚决地反握住她的手，面对星海般闪烁的闪光灯，如宣告般微笑着说，"就算没有祝福，我们也会永远在一起。"

　　歌迷们几乎都目瞪口呆。

　　新堂圣温柔地拥着海公主的肩膀，两人亲密地站在一起，像童话里俊美的王子和纯洁的公主一般，无数闪光灯的光芒点缀在两人周身，画面美丽得不可思议。

以往，当明星们的恋情曝光时，往往会引发粉丝们的抗议，使得明星的人气降低。然而，这一次，新堂圣的选择几乎得到了所有人的祝福！

夜晚。

星星闪耀。

街头站满了仰头凝望的路人们，在那高高竖立的巨大屏幕里，新堂圣眼中闪动着柔和的情感，他含笑低下头，轻吻着海公主的双唇，恍惚间，就像婚礼上那最圣洁的亲吻……

那一刻，幸福微甜。

《妮时代》来了！

华语文坛天后小妮子主笔，专为女生打造的爱情白皮书——

全新定义"纸上偶像剧"
《妮时代》2012完美变装

妮时代，专注爱，唯一不变的，是我们的坚持

新封面！　**新**栏目！　**新**内容！　**新**定价！

每月1日，与你不见不散！

▶ **更感人的故事**：签约作者齐上阵，让你感受不一样的青春！

▶ **更华丽的封面**：开本更新为大16开，封面品质再一次升级

▶ **更精美的赠品**：精心准备的神秘赠品，让你更值得拥有

▶ **更优惠的价格**：以上所有的一切，只要6元心动价就能获得！

更多魅丽优品信息，咨询请登录www.merry520.com，或者关注我们的新浪微博@魅丽优品

买到魅丽优品的书，其实很简单！

1. 你可以通过书店买到我们的书！
2. 你可以通过我们的网店买到我们的书。
魅丽优品官网商城：http://www.merry520.com/shop
魅丽优品官方淘宝店铺：http://shop63095189.taobao.com/
注：我们的官方活动，作者签名版图书都可以在这里找到哦！
3. 没办法网上支付的你，可以登录当当网 http://www.dangdang.com/搜索"魅丽优品"，搜索你要的书名，就能享受货到付款的购书体验了！
4. 你还可以通过邮购方式购买到我们的书！
邮购地址：湖南省长沙市开福区黄兴北路89号上城金都南栋21楼2128湖南魅丽优品文化发展有限公司
金丹（收）邮编：410005

联系我们，也很简单！

读者服务咨询热线：0731－84887200－666
魅丽官方QQ：980103911
邮购1群：71072176　邮购2群：6331234　邮购3群：22763892
魅丽优品读者俱乐部1群：87401930　魅丽优品读者俱乐部2群：203461132
你还可以通过新浪微博关注@魅丽优品　@妮时代杂志

《妮时代》 全新起航　华丽重生

如果你记得我们的约定，请陪我们继续走下去

你不知道吗？"女王"限量版海报已经全国发行很久了，YY版和LC版全国限量5万份，赶快去你熟悉的书店询问吧！如果老板没有以上两款海报，就拜托他一定要拿到下一款——ML版！

当然，登录我们的网站www.merry520.com，或者关注"@merry小妮子"和"@魅丽优品"都能帮助你了解"女王"，获得限量版海报。

更多魅丽优品信息，咨询请登录：www.merry520.com
或者关注我们的新浪微博@魅丽优品

买到魅丽优品的书，其实很简单！

1. 你可以通过书店买到我们的书！
2. 你可以通过我们的网店买到我们的书。
   魅丽优品官网商城： http://www.merry520.com/shop/
   魅丽优品官方淘宝店铺： http://shop63095189.taobao.com/
   注：我们的官方活动、作者签名版图书都可以在这里找到哦！
3. 没办法网上支付的你，
   可以登录当当网http://www.dangdang.com/搜索"魅丽优品"，搜索你要的书名，就能享受货到付款的购书体验了！
4. 你还可以通过邮购方式购买到我们的书！
   邮购地址：
   湖南省长沙市开福区黄兴北路89号上城金都南栋21楼2128湖南魅丽优品文化发展有限公司　金丹（收）
   邮编：410005

联系我们，也很简单！

读者服务咨询热线：0731—84887200-666
魅丽官方QQ：980103911
邮购1群：71072176
邮购2群：6331234
邮购3群：22763892

魅丽优品读者俱乐部1群：87401930
魅丽优品读者俱乐部2群：203461132

你还可以通过新浪微博关注@魅丽优品

@妮时代杂志

GOODBYE, BLACK SWAN

TWENTYONE NIGHTS ROSE

XIAONIZI 小妮子 著

纪念那些最美丽的瞬间——《二十一夜·蔷薇》和我

最美的瞬间,对我而言当然是陈薇羽和曹睿洁为蔷薇做的那个视频。虽然简单,虽然稚嫩,但在收到的瞬间,所有创作中的酸甜苦辣一一涌上心头。

唐果是如何深爱着唐霜,唐霜又是如何深爱着唐果?明明两个人都爱着对方,却苦于不愿意开口,而让对方一次次误解,让爱阻隔在沉重的墙壁之后。

二十一夜开放的蔷薇,就是不达目的死不罢休,一定要让爱传达到对方心里,也是我要传达给所有读者的执著。

而在这一瞬间,看到那个视频,我知道我做到了。

——@merry小妮子

《二十一夜·蔷薇之双生花篇》

两年前,少女唐果为了自己,和引魂师达成协议,用没有血缘关系的妹妹唐霜的生命换取了引魂师的身份,因此使唐霜得了绝症。

两年后,为了弥补自己的过失,挽救妹妹唐霜的生命,唐果找到了神秘少年紫堡藏月,并在他的帮助下进入了一个由引魂师、玩偶师还有玩偶组成的奇异世界。

而此时她才知道,原来,已经有玩偶进入了她和妹妹的世界,当埋藏在记忆里的那些秘密一个一个被揭发,在爱与亲情的抉择中,迷途的少女将何去何从?

《二十一夜·蔷薇之狼篇》

唐果终于挽回了妹妹唐霜的生命,但付出的代价是让唐霜失去了她最爱的男人——重楼。

原来重楼竟是玩偶,原来那个神秘的世界早已深入唐果和唐霜的生活。为了弥补自己一手犯下的错误,唐果和藏月开始了终极冒险旅程,前往那个只有引魂师的世界,偷窃重楼被燃烧后的遗骸。

本以为这没什么,不过是一场交易,那个叫藏月的家伙帮助自己只是交易的一部分。却没想到,原来唐果想的都错了,完错了。

所有行动的背后,支持着大家的只有爱。

《二十一夜·蔷薇之花田篇》

发现真爱的时刻,藏月永远地从唐果的生命里消失了。紧接着,消失的是馏音。在前往那个神奇国度的路上,唐霜无奈地看着她爱的人一个一个消失。最后当唐果也选择离去,唐霜面对的是拥有一切也失去一切的世界,这个时候,那个最初的男人终于出现。

他给了唐霜两个选择,唐霜选择了其中之一。

男人得到了他想要得到的一切——在付出了巨大的代价、耗费了两年的等待后。

可是这是他想要的吗?他想要的到底是什么?

结局到底是什么?

被八十五万四千三百八十一个忠实读者日夜期待着,
那个夏天,那一年,深埋在三亿读者灵魂里的渴望。

3年之后再一次的蔷薇浪潮!
华语文坛纯爱天后,创造奇迹的小妮子

《二十一夜·蔷薇》系列
80元超值礼品赠送,你绝对不能错过,因为……
这是只属于你的梦想之书。

更多魅丽优品信息，咨询请登录：www.merry520.com
或者关注我们的新浪微博@魅丽优品

图片来源：《二十一夜·蔷薇之花田篇》 丹青show ▲

TWENTY ONE

买到魅丽优品的书，其实很简单！

1. 你可以通过书店买到我们的书！
2. 你可以通过我们的网店买到我们的书！
   魅丽优品官网商城： http://www.merry520.com/shop
   魅丽优品官方淘宝店铺： http://shop63095189.taobao.com/
   注：我们的官方活动、作者签名版图书都可以在这里买到哦！
3. 没办法网上支付的你，可以登录当当网 http://www.dangdang.com/
   搜索"魅丽优品"，搜索你要的书的书名，就能享受货到付款的购书体验了！
4. 你还可以通过邮购方式购买到我们的书！
   邮购地址：湖南省长沙市开福区黄兴北路89号上城金都南栋21楼2128
   湖南魅丽优品文化发展有限公司 金丹（收） 邮编：410005

联系我们，也很简单！

读者服务咨询热线：0731—84887200-666
魅丽官方QQ： 980103911
邮购1群： 71072176
邮购2群： 6331234
邮购3群： 22763892
魅丽优品读者俱乐部1群： 87401930
魅丽优品读者俱乐部2群： 203461132
你还可以通过新浪微博关注@魅丽优品 @妮时代杂志

米米拉
校园爱情女王

大消息！

近日，本报记者从魅丽优品八卦站得知米米拉工作用的电脑遭遇不明"黑客"攻击，新作《花样明星恋人》情节严重"泄密"！

记者采访当事人米米拉后知晓，她的新作《花漾明星恋人》今年3月底已完稿，正在进行修稿事宜，然而天有不测风云！她在打开一封署名"韩国偶像金阳旭"的邮件后，电脑突然中病毒黑屏。

之后，米米拉新书计划以及米米拉新作《花漾明星恋人》中部分精心构思的情节被不良"黑客"传播到网络各大论坛，米米拉新书出版遭遇惊天大危机！经当事人米米拉委托，小编特将被泄密文件总结如下：

女主追爱三招鲜：不用精湛的厨艺，只练习适合他胃口的一道菜就可以；不必美貌无双吓退无数情敌，钢琴四手联弹气质无敌；不在乎天南海北距离遥远，苦练外语跨国追随感天动地！

男主身份藏秘密：还记得米米拉和小妮子的第一次合作吗？《214度恶龙王子》里超帅气超迷人的金阳旭跟米米拉新作《花漾明星恋人》里的男主角金阳旭似乎有着什么联系，他和他其实是……

新书百万大计划：米米拉2012新书有五个百万计划，《变装小姐真心殿》《哥特王子桃心殿》《花漾明星恋人》《绝对甜心》《第七次初恋》五部作品中，只要有一部销量破百万，她就会进行全国签售！如果全部破百万，她就会……

大家记住这些被泄密的要点了吗？

那么，现在赶快打开你的电脑，登录网站，在百度搜索中输入词条"米米拉《花漾明星恋人》"，当百度搜索该词条达到10万条时，就是《花样明星恋人》与大家见面的时候！

《愚人报》4月1日消息

买到魅丽优品的书，其实很简单！

1. 你可以通过书店买到我们的书！
2. 你可以通过我们的网店买到我们的书
魅丽优品官网商城： http://www.merry520.com/shop/
魅丽优品官方淘宝店铺： http://shop63095189.taobao.com/
注：我们的官方活动、作者签名版图书都可以在这里找到哦！
3. 没办法网上支付的你，
可以登录当当网http://www.dangdang.com搜索"魅丽优品"，搜索你要的书名，就能享受货到付款的购书体验了！
4. 你还可以通过邮购方式购买到我们的书！
邮购地址：湖南省长沙市开福区黄兴北路89号上城金都南栋21楼2128湖南魅丽优品文化发展有限公司　金丹（收）
邮编：410005

联系我们，也很简单！

读者服务咨询热线：0731—84887200-666
魅丽官方QQ： 980103911
邮购1群： 71072176
邮购2群： 6331234
邮购3群： 22763892
魅丽优品读者俱乐部1群： 87401930
魅丽优品读者俱乐部2群： 203461132

你还可以通过新浪微博关注@魅丽优品 @妮时代杂志

女声蜜乐团
超丰厚礼品大赠送——

NO.1 "女声蜜乐团星秀作品大赛"——

"魅丽星家族"叶冰伦、猫小白、希雅、猪小萌齐齐入选,同样的角色,撰写不同风格的"女声"微小说!

你来当评委,赶快吐槽吧!

NO.2 女声PASS卡·心愿你签到——

考试PASS、求职PASS、工作PASS、友情PASS、爱情PASS、健康PASS……

购买《女声蜜乐团》,六张PASS卡等你拿——
让FAN小妖帮你实现愿望吧!

NO.3 女声星名片·写真你最红——

我们已经出版了12本写真集,你还希望看到谁呢?赶快交换名片,写出你喜欢的艺人名字吧!说不定,下一本写真的主角就是你喜欢的偶像哦!

NO.4 女声新闻站·网罗畅销书——

拥有一张海报,就可以让你把魅丽优品掌握在手中,喜欢FAN小妖、喜欢魅丽优品其他作者的你怎能错过?

买到魅丽优品的书,其实很简单!
1. 你可以通过书店买到我们的书。
2. 你可以通过我们的网店买到我们的书。
魅丽优品官方网商城:http://www.merry520.com/shop/
魅丽优品官方淘宝店铺:http://shop63095189.taobao.com
注:我们的官方活动、作者签名版图书都可以在这里找到哦!
3. 没办法网上支付的,可以登录当当网 http://www.dangdang.com/ 搜索"魅丽优品",搜索您要的书名,就能享受发货到付款的购书体验了~
4. 你还可以通过邮购方式购买到我们的书!
邮购地址:湖南省长沙市开福区黄兴北路89号上城金都都南栋21楼2128湖南魅丽优品文化发展有限公司 金丹(收)
邮编:410005

联系我们,也很简单!
读者服务咨询热线:0731—84887200-666
魅丽优品官方QQ:980103911
邮购1群:71072176
邮购2群:6331234
邮购3群:22763892
魅丽优品读者俱乐部1群:87401930
魅丽优品读者俱乐部2群:203461172
你还可以通过新浪微博关注@魅丽优品 @妮时代杂志

FAN小妖
FAN XIAO YAO

魅丽教你快速购书

首先，你可以通过书店买到我们的书！如果他们没有我们的书，你就一次次去问他买，最迟三个月内你就会发现你的愿望达成了，魅丽优品来到了你的身边。

其次：你可以通过网购的方式买到我们的书：

方法一：

魅丽优品官网商城：http://www.merry520.com/shop/
魅丽优品官方淘宝店铺：http://shop63095189.taobao.com/

每月更新优惠购书活动，超值赠品独家供应，最新最全的购书信息同步更新！而且如果你在这里买书，还会获赠小礼品。说不定你买的书就是签名版！

方法二：

当当网：http://www.dangdang.com/

2012年魅丽优品与当当网全面合作，更多超低折扣书籍持续更新中！你只要登录当当网，搜索你要的书就行了！而且当当网支持货到付款，没办法网上支付的同学们，就上当当吧！

你还可以通过邮购方式购买到我们的书：

邮购地址：湖南省长沙市开福区黄兴北路89号上城金都南栋21楼2128湖南魅丽优品文化发展有限公司　　金丹（收）
邮编：410005
读者服务咨询热线：0731—84887200-666
通过这种方式购书的同学，你们同样可以获得小礼品以及有机会获得作者签名版哦！

如有疑问，你可以咨询我们：

魅丽官方QQ：980103911
邮购1群：71072176
邮购2群：6331234
邮购3群：22763892
魅丽优品读者俱乐部1群：87401930
魅丽优品读者俱乐部2群：203461132

填写此页并寄回魅丽优品，有机会得到指定作者亲笔回信！

读者调查表

姓名：　　　　　年龄：　　　　　性别：
QQ：　　　　　　电话：　　　　　地址：

① 你买的这本书，书名是什么？

② 买这本书的原因是什么？（可多选）
A.喜欢的作者　B.封面和插图　C.装帧设计　D.故事简介吸引　E.被人推荐　F.赠品　G.价格

③ 对这本书满意吗？最满意哪几点？
A.语言风格　B.故事情节　C.人物角色　D.封面和插图　E.装帧设计　F.价格　G.不满意

④ 有没有在魅丽优品的淘宝店铺或魅丽商城购买过公司的书？
A.有　B.没有　C.知道这两种渠道，但没有买过　D.不知道这两种渠道

⑤ 最喜欢看哪种类型的小说？（可多选）
A.青春校园　B.魔幻科幻　C.都市言情　D.穿越　E.悬疑恐怖　F.热门电视剧改编　G.其他

⑥ 平时最常通过哪种途径阅读？
A.报纸　B.杂志　C.图书　D.其他

⑦ 你最喜欢本书中的哪个人物，为什么？

⑧ 你最喜欢哪本书的封面，哪个画手的作品？

⑨ 你最喜欢本书的哪个情节？为什么？

⑩ 除了本书，魅丽优品的书里，你最喜欢的一本的书名是？为什么？

⑪ 你最想要魅丽优品哪个作者的书？哪一本？

⑫ 促使你想要这本书的原因是？
A.喜欢该作者　B.其他书的书后广告　C.小海报　D.其他书的赠品宣传　E.网络上的广告　F.同学推荐　G.试读

⑬ 你喜欢参加我们的网络活动吗？为什么？
A.不喜欢，因为不能上网　B.喜欢，经常参加　C.还好，更希望有地面活动

⑭ 你会被什么样的图书促销活动吸引？
A.打折　B.签售　C.买一赠一等赠送方式　D.互动活动获奖　E.其他

⑮ 你想得到哪位作者的亲笔回信？

填写此页并寄回魅丽优品，有机会得到指定作者亲笔回信！

被八十五万四千三百八十一个忠实读者日夜期待着，那个夏天，那一年，深埋在三亿读者灵魂里的渴望。三年之后再一次的蔷薇浪潮！

华语文坛纯爱天后，创造奇迹的小妮子——
2011——2012：《二十一夜·蔷薇》系列
这是只属于你的梦想之书。
小妮子用蔷薇点亮你最美的容颜

《二十一夜·蔷薇之双生花篇》
双生花怒放在爱与恨，铭记与遗忘上，在光影转换间，开出最璀璨的花。

《二十一夜·蔷薇之狼篇》
狼啸贯穿在血与火、奇迹与泪水中，血红的蔷薇之梦，成就一个致命的蛊惑。

《二十一夜·蔷薇之花田篇》
光明与黑暗，美好与残酷，即将迎来最辉煌绚烂的落幕……

让"蔷薇"璀璨盛放之神秘法则

  浇灌"蔷薇"璀璨法则：
购买《二十一夜·蔷薇之双生花篇》、《二十一夜·蔷薇之狼篇》、《二十一夜·蔷薇之花田篇》一套三本，将包装礼盒寄回魅丽优品。即可100%兑换小妮子赠送重磅大礼包一套。

  浇灌"蔷薇"惊艳法则！
登录魅丽优品网上商城或淘宝店购买《二十一夜·蔷薇之花田篇》除返现5元，再同时购买《二十一夜·蔷薇之双生花篇》或《二十一夜·蔷薇之狼篇》，每本书均可返现5元。（全套可获直降15元优惠）

购买地址：http://www.merry520.com/shop
http://shop63095189.taobao.com/

掌握以上两种法则中任意一种，就可打造出属于你独有的"蔷薇"气质，怎么样？心动了吗？
集齐蔷薇3套，还有更多超值惊喜，请登录www.merry520.com查阅详情！

半粒糖，甜到伤 ②

HALF GRAIN OF SUGAR SWEET TO INJURY

慕夏 著

MU XIA ZHU

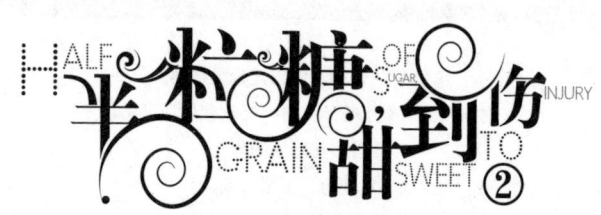

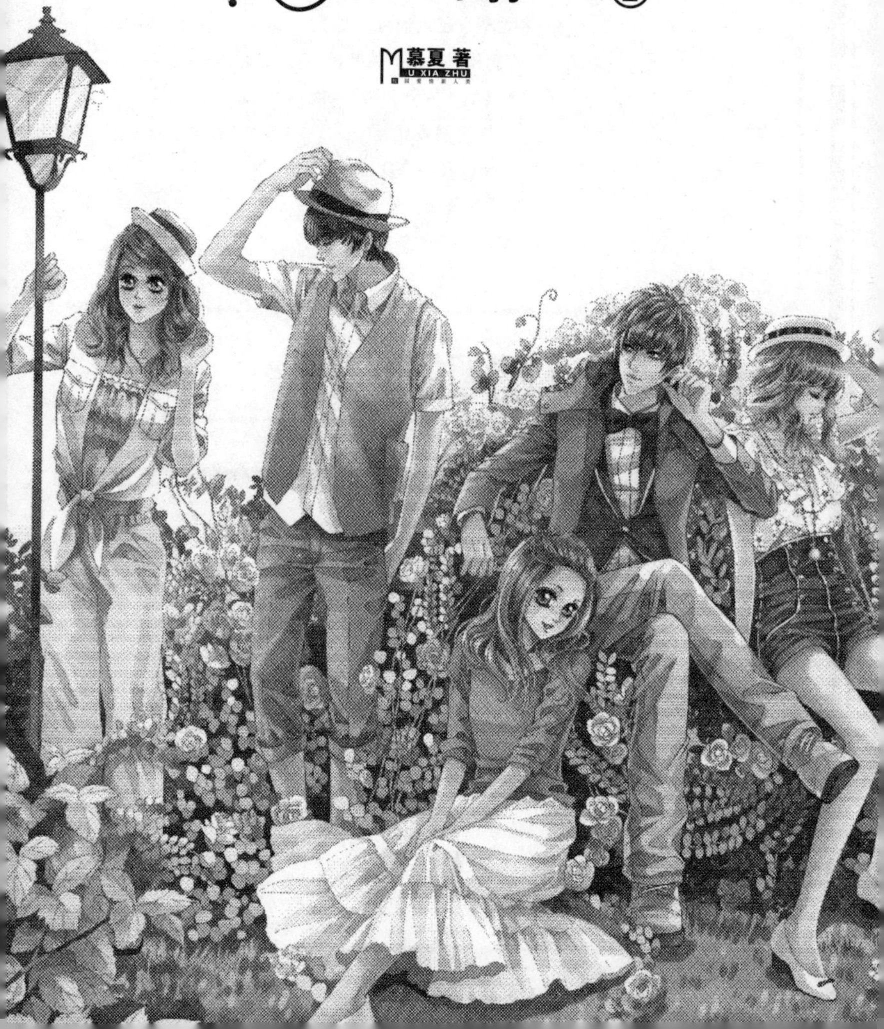

慕夏

作者简介

我,有些怪癖。爱阳光也爱树荫。
喜欢在篮球架下吃冰淇淋,喜欢在午后发呆,
等着突然而至的雨。
不看挂历,不记日期,
一心希望自己永远留在夏季。
直到秋风啃光了树叶,
才恨恨地脱下凉鞋和短袖T恤。
因为溺爱夏天,
所以我叫慕夏——
一个任性的慕夏、爱笑的慕夏、
会写故事的慕夏……

《半粒糖,甜到伤②》

内容简介

"偷菜"风波刚过,又掀起一阵"微博"热潮。
有点迷糊又有点"小白"的女生田菜菜顺应潮流成了一个不折不扣的"微博控"。机缘巧合下,田菜菜和神秘"富二代"尹浩擦出了火花,她本无心,却莫名地卷入一场复杂的三角关系。
面对难以捉摸又腹黑的学生会会长纪严,田菜菜频频惹出一连串的笑料,感慨于"大神"的强大后,却不知道大神也有温情的时候。
明明很搞笑,看过以后却会让人笑中带泪。
一个是胆小如鼠的"小白"女主角,一个是腹黑狡猾的学生会会长,看"小白"女生如何俘获"大神"的芳心。

虽然已经过了九月,但闷热的天气依旧没有远去,夏天持续着最后的余温。我抱着薯片坐在电脑前,敲击了几下键盘登录了自己的QQ,手机铃声突然响彻整个房间。

我一接通电话就听到了罗雳丽噼里啪啦的吼声:"田菜菜,你那是什么垃圾彩铃呀,我的耳膜都快被震破了。"

因为嘴里塞满了薯片,我支支吾吾地说:"哦,你说'爱情买卖'呀,这首歌是我为你设置的专属彩铃。"

"什么品位,别说我跟你很熟。"罗雳丽吼了一句。

我说:"亲爱的雳丽,这你就不懂了,这可是现在最红的'神曲',一直高居彩铃下载排行榜榜首。"

"算了,当我什么都没说。"罗雳丽放弃了跟我斗嘴,无力地叹了口气。

我满意地点点头问:"你找我有事?"

罗雳丽突然想起什么似的赶紧说:"你现在在上网吗?"

我一边嚼着薯片一边说:"嗯,刚打开电脑,有什么好事呀?"

罗雳丽深吸一口气,然后大喊一声:"你家纪严上新闻了!"

"噗。"罗雳丽的话太突然,我被吓得把薯片喷得到处都是。

我连忙问:"什么意思呀?你说清楚,在哪里?有没有图片?我要看!"

从纪严出国开始他为期三个月的交换留学生活后,这是我第一次听见他的消息,心里的激动与思念纠缠在了一起。

罗雳丽轻笑一声,说:"急什么,我也是刚在学校微博上看到的,你自己去看看吧。"

"什么微博呀?"我有些茫然地问。

罗雳丽气急败坏地说:"不要告诉我,你到现在还没注册微博账号?前几天我不是刚给你发了一个新开的甜品店的网址,还要你注册一个账号顺便转发吗?你不会没看到吧?"

我愣了一下才反应过来,要是我说真的忘了,罗雳丽肯定会马上冲到

我家来宰了我。想到罗雳丽发飙的样子,我干笑着说:"没……没有,哪能忘呀,我现在就去看微博。"

挂断电话后,我点开罗雳丽之前发给我的网址,马上注册了一个账号,在微博上看了一圈后才明白为什么现在这么多人都玩微博。

很多大明星都开了微博,没事八卦八卦别人。最方便的是,微博有手机版的,随时随地都能用手机将自己的所见所闻发到微博上。就连学校附近新开的甜品店也开了微博,凡是关注了这家店的用户,在新店开张期间只要报出自己的微博账号就能免费试吃。

第一次接触微博,我觉得非常有趣,正研究着微博的其他功能时,罗雳丽发了个微博地址过来:"这是我们学校官网的微博地址,你家纪严这次真是大出风头呀,快去看看吧。"

一看到"纪严"两个字,我就不由得脸红心跳,急忙点开微博地址。

映入眼帘的是一张大大的照片,纪严拿着巨大的奖杯,对着镜头露出礼貌的微笑,英俊帅气,比起以前更有了一种掌控一切的气势,那些有着英俊脸庞的外国人站在他的身边都有些黯然失色。

照片上方的备注更是让我倍感骄傲——本校交换留学生在国外取得了科技竞赛的胜利,为校争光。

纪严果然是走到哪里都不会失去他的光芒啊。

"纪严就是帅!"我脱口而出,准备直接点击"转发",但在微微犹豫了一下后又在后面加上了"我家大神"四个字。我点击"转发"的时候,心跳加快了半拍,脸也微微泛红,还傻傻地笑了起来。

微博发出去没多久,罗雳丽的QQ头像跳动起来。

她发了一条信息过来:"你疯了吧?"

"怎么了?"我问她。

"你不知道纪严在微博上的粉丝群有多庞大,还'我家大神',你这么高调是想被围攻吗?"

"有什么关系啊。"我毫不在意地关掉了聊天窗口,继续开开心心地欣赏纪严的靓照。

不过,很快我就高兴不下去了,因为我注意到纪严的身边站着一个笑容甜美的女生,两个人站在一起怎么看都是一幅郎才女貌的画面。我的笑容僵住了,虽然知道这只是一张普通的照片,但心里还是有隐隐约约的失落感。

我截了张图发给罗雳丽,问:"你知道她是谁吗?"

"你是白痴啊,我怎么可能知道!"罗雳丽骂道。

"哦,我只是发泄一下。"

沉默了一会后,罗雳丽发来了一句话:"不过,纪严出国这么久,什么事都没告诉过你吗?"

看着这句话,我的心仿佛一下子跌到了谷底。

我关掉QQ聊天窗口,走向窗外,不知道身处遥远彼岸的他,此刻在做些什么。整整一个月,我没有一点他的消息,他的QQ头像永远是灰暗的,我和他就连一次简单的对话也没有过。

天气很晴朗,和我送纪严离开的那天一样。

那天在机场,纪严紧紧握着我的手,在通知航班起飞的广播响起时,突然弯下腰,嘴角浮起一丝笑意,然后低下头凑到我的耳边,对我说:"等我一个月,一个月的交换留学生活结束以后,你再也别想从我身边离开。"

那一幕场景是真实存在过的,可是为什么每次想起来,我都有种非常不真实的感觉呢?

"纪严……"我趴在窗边,看向远方,心里一遍遍地默念着他的名字,无边的思念无休无止地牵扯着我的心。

第二天在去公交车站的路上,我闲得无聊便拿出手机登录了微博。页面才打开,铺天盖地的回复提醒就跳了出来。

"啊!"我惊叫一声,想起昨天转发了那条关于纪严的微博后,罗雳丽给我的提醒。

果然,我点开一看,全是纪严的崇拜者们的言语攻击,回复内容都充满打击和怀疑——

"也不拿镜子照照自己,哪里配得上纪严。"

"说谎话也不打草稿;不自量力,自取其辱;你是得了幻想症吧,谁是你家大神啊!"

我顿时恼了,却又不知道要怎么反驳她们。毕竟纪严现在在国外根本看不到这些留言,即使看到了也未必会在意。满腔的委屈无处发泄,我习惯性地点开纪严的QQ,发现他的头像依旧一如既往的灰暗,心中更是一阵失落。自从纪严出国后,他没有给我打过一个电话,如果他回来,是否还会记得他离开前对我说的那些话?

每次想到纪严，那些记忆便会如潮水一般汹涌而来。

半年前的夏天，我做梦都想不到，纪严会成为我的临时家教老师。

纪严是个严格的人。经过他一整个夏天的魔鬼式训练，再加上我拼尽全力，我才勉强挤进学校的重点班。本来以为我们再也不会有任何交集，没想到我参加学生会的面试时又碰到了他。直到那一刻，我才知道爸爸妈妈找来的家教老师居然是学校的学生会会长。

当我震惊万分的时候，边上传来其他女生的窃窃私语声。

"那是谁呀？好帅，好有型！"

"你连他都不认识呀，他是学生会会长纪严。人家可是拿过全国数学奥赛冠军的人，听说还是直接被保送到重点班的。"

当时我听到这样的话，心里也暗自赞叹。

他是学生会会长，是被保送进来的高才生，是大家仰头注视的人。

而我只是勉强考进重点班的普通人，放到人群里都不一定能被找出来。即便我和纪严认识，但是差距悬殊的我们，应该不会有什么过多的交集吧。毕竟，我和他是处在两个世界的人。

只是，命运似乎就在我成为学生会干事那天起悄悄改变了。谁也想不到，高高在上的纪严居然会指定我当他的助理协助处理学生会事务。

一开始，我只是战战兢兢地看着纪严，生怕一不小心就惹恼他。

可偏偏就是这么优秀的纪严对我说："我就是喜欢你这样笨笨的样子。"

在我还无法完全理解纪严这句话的意思时，他却去了另一个国度，开始为期一个月的交换留学生活。

"等我一个月，一个月的交换留学生活结束以后，你再也别想从我身边离开。"这是他出国前说的最后一句话。

这样暧昧不明的话真的能算是告白吗？在纪严离开之后的日子里，我总是能听到一些流言飞语，学校里那些人根本不相信纪严会和我在一起，每天总有人对我指指点点，而且现在似乎越来越过分了。我只是发了一条微博，却引来了这么多人的围攻。

纪严，你快点回来吧。总觉得你还是离我那么远，总觉得自己的心无法安定下来。为什么你那么优秀呢，让所有人都觉得我配不上你？

我郁闷地发布了一条新微博：为什么人和人的差距会这么大，而我总是这么笨。

点击发送键后,我便继续朝公交车站走去。才一眨眼工夫,手机就提示有新消息,没想到我刚发出微博就有人回复了。我打开手机,看到微博上有人回复:"你的评价很中肯。"

"有完没完啊!"我愤怒地删除了这条留言,"一定又是那些无聊的花痴崇拜者!"

就在我低头按手机键盘的时候,突然听到一阵汽车的鸣笛声,我赶紧转头一看,只见一辆银色的奔驰轿车急速往我这边开过来。

"啊!"我惨叫一声,快速地往旁边一闪,脚下不知道被什么东西绊到,整个人摔倒在了地上,汽车与我擦身而过。

车子从我的身边疾驰而过,带起的风吹起我的长发,轻舞飞扬。因为惊吓过度,我整个人瘫软在了地上。好在自己反应快,只是被轻轻擦了一下,手机却不幸地摔散架了。

我愣了一下,随即愤怒地指着轿车破口大骂:"你以为你是谁啊!"

轿车突然停了下来,我心中一颤——不会是要杀我灭口吧?这时奔驰车后门被轻轻打开,我脑海里立刻跳出一个一脸凶相的胖子形象。只是当我抬头再望的时候,我意识到自己想错了,而且是大错特错。

只见一个男生快速从车里出来,逆光而行,一步步朝我靠近。

一瞬间,我看到在交错的光影中,男生柔软的头发反射着栗色的光泽,他头上扣着一项白色的棒球帽,却无碍那张轮廓分明的脸散发出逼人的英气。

附近原本匆匆行走的女生停下了脚步,刚刚还讨论着什么问题的女生在看到他的一瞬间变得无比安静,蝉依旧在鸣叫,天上有飞鸟飞过。

阳光倾泻而下,照在男生的身上,为他镀上一层淡淡的金边,白衬衫的衣领微微敞开,透着随性,让人想起童话故事里描写的王子,干净温柔,却又带着一丝恶魔的气质。

我不由得想起了纪严,同样是吸引人眼球的男生,但是相比而言,纪严多了几分气势,脸上的线条也更加硬朗一些。

男生嘴角挂着一丝暧昧不明的笑意,他走到我面前时停下脚步,一只手插在裤兜里,突然弯腰蹲下来,左耳闪着炫目光芒的钻石耳钉给他的阳光帅气加入了一丝不羁。

帅气的脸突然在我眼前放大,他嘴角一扬,轻佻地对我说:"美女,没事吧?"

只是与他对视了一眼，我就忍不住移开了视线，那样的眼神似乎多看一眼就会让人陷进去。

看我一直不出声，男生又补充道："对不起，我今天刚转学过来，因为怕迟到，所以叫司机开快了点。"

怕迟到？以为找个这样的借口就能糊弄我吗？我看着被摔散架的手机，心中的怒气可不会因为对方是个帅哥就轻易散去。

我瞪着他，冷哼一声，说："说对不起有用的话，还要警察干什么。"

男生微微扬起眉，嘴角噙着一抹不羁的笑意，开口说："喂，我刚刚可是看到你一边走路一边玩手机，说起来，也不完全是我家司机的责任吧。"

我愣了一下，虽然被他说中了，但嘴上还是强硬地说："就算我没看路，但你不会让司机减速吗？"

就在我们俩对峙的时候，奔驰车上的司机也下了车，急切地跑到男生面前说："少爷，我刚刚看得很清楚，根本没有撞到这个女生，她也是在我们的车子开过去后才摔倒的。"司机说完转头十分轻蔑地看了我一眼，说了句，"怎么小小年纪就想着碰瓷敲诈。"

虽然司机说话的声音不是很大，但这么刺耳的一句话还是被我听到了。士可杀不可辱，我气得跳了起来，指着司机说："喂，你说谁碰瓷敲诈！"

男生也站起来，对司机耸耸肩说："算了，李叔，我今天第一天去学校可不想迟到。"

他转头又看着我笑了笑，掏出钱包，拿出两张百元大钞，说："看你还能跳，还有力气吵架，应该没什么大问题，这两百块钱就当给你的精神损失费吧。"

精……精神损失费？我顿时愣在了那里，但随即内心深处就升起一股愤怒，果然是被金钱侵蚀的"富二代"，枉费长了这么一张还过得去的脸！我冲上去夺过那两百块钱，然后对着那个男生甜甜地笑了一下。

男生愣在那里还没弄清楚状况，我脸上的表情忽然一变，瞬间怒不可遏，我将那两百块钱甩在他脸上，冲他骂道："有钱就了不起呀！你这个腐朽、腐败、自以为是的'富二代'！碰到你，算我倒了八辈子霉！"

过往的人惊讶地看着这一幕，纷纷停下了脚步，有几个从男生出现时

就一脸花痴地看着他的女生更是兴奋不已。名车、帅哥再加上那一身潮流的打扮，估计这就是她们日思夜想的梦中情人吧。那几个女生拿出手机，对着这边兴高采烈地拍起照来。

两张纸钞被甩在男生的脸上后缓缓飘落。男生惊讶地看着我，像是完全没有预料到我会做出这样的回应。

"我家少爷一片好心……"司机冲我吼道。

男生却拍了拍他的肩，阻止他继续说下去。

"少爷……"司机低声喊道。

男生却没有理他，将他轻轻推开，再次看向我，刚才的震惊神情已经消失，露出耐人寻味的微笑。

"对不起，刚才是我冒昧了。看你身上的校服，你应该跟我是同一所学校的吧。反正顺路，我就好人做到底，送你去学校吧。"男生的语气不同于之前，变得极为友善，但我本能地抗拒着。

我又想到了纪严，虽然都属于那种好看的男生，但是纪严的人品、修养无疑都比这个纨绔子弟好得多。我不屑地一笑，趾高气扬地说："不用了，我自己有脚，能跑能跳，谢谢你的假好心。"看他的样子，我才不相信他有那么好心呢。

男生也不恼，笑道："难道你真的不担心迟到吗？"

"迟到也好过和你这种轻浮男待在一起！"我干脆地打断了他。

站在一边的司机瞪了我一眼，提醒男生道："少爷，再不走就迟到了。"

男生微微眯起眼睛，终于收起微笑，点点头，转身朝奔驰车走去。我朝他的背影做了个鬼脸。他打开车门的时候，转头正好看到我做鬼脸的样子，又露出了玩世不恭的微笑，对我挥手说："喂，下次走路小心看车。还有，我觉得你很有趣，希望有缘再见。"

还没等我回答，他就关上车门，扬长而去。

我大喊一声："再见你个大头鬼。"真是个让人讨厌的家伙。

我拍了拍衣服上的灰尘，低头看到地上摔散架的手机，弯腰捡起来，忍不住发出一声哀号。我把手机组装好，拼命按着键盘，却连一点反应都没有，两分钟后，我无奈地承认了一个事实——我的手机不能用了。

我不好意思地拉住一个路人问了时间后，发现自己要迟到了，犹豫了一下决定坐出租车。我下意识地摸了一下口袋，居然连钱包也忘记带了，

人走霉运的时候，真是倒霉到底啊！

跑吧！但是作为800米长跑永远倒数第一的人，我这种速度简直就是蜗牛爬。

当我气喘吁吁地跑到学校时，果然还是迟到了。我到学校的时候，早读课早就开始了，刚奔进教室，发现今天早读课大家意外地没在念书，一个个正眉飞色舞地讨论什么，而班主任老师也不在教室里。

"难道我搞错时间了？"我坐在位子上喃喃自语。

一本书朝我砸过来，我习惯性地侧头，轻松躲过。罗雳丽的声音随即传来："笨蛋，是你自己睡过头了吧。"

"睡过头？"想到那些烦心事，我的脑子就像要炸开一样，"这次可真是冤枉啊。我刚刚差点被车撞死。"

坐得近的同学听到我的话都停止了讨论，惊讶地望着我。

罗雳丽仔细地将我上下打量了一番，看到我安然无恙的样子，疑惑地问道："我看你挺好的啊，谁会撞你呀？"

"我是说，我差点被一个'富二代'家的车撞死！"我推开她，不满地说，"开了辆奔驰车就了不起啊，差点害我没命。"

罗雳丽急忙将我拉过去，问："菜菜，你没事吧？"

"没事。"我指了指自己的腿，"就擦破了点皮。"

"要去医务室吗？"罗雳丽问我。

我摇摇头："没事，只是摔倒在地上的时候不小心蹭了一下。"

"真是的。"罗雳丽皱皱眉头说，"那个'富二代'长什么样，要是我见到，帮你教训他一顿！"

我想起刚刚那个男生还想用钱打发我的样子，恶狠狠地回答："想起来就让我恶心，别提了。"

"好吧。"罗雳丽拍了拍我的肩，"看在你这么倒霉的份上，我说个好消息让你开心开心。"

我狐疑地看看罗雳丽，问："我这么倒霉，能有什么好消息呀？"

罗雳丽笑嘻嘻地问我："你知道我们班同学刚刚在兴奋地讨论什么吗？"

我摇了摇头。

"刚才我们班来了一个转学生，好帅好帅，把班上的那些女生都迷得神魂颠倒。"罗雳丽不停地对我挑眉毛，"下星期就正式来上课了哦。"

果然是这种不靠谱的消息,我不屑地说:"对不起,看过了纪严,其他帅哥在本小姐眼里都不算什么。"

"就知道你会拿你家纪严大神出来显摆。"罗雱丽撇撇嘴说,"好消息还没说完呢。转学生不仅人帅,似乎家里也很有钱,他说周末请全班同学一起去吃自助餐。你说,这是不是好消息?"

自助餐?还是免费的?我顿时心花怒放,对罗雱丽点头道:"怎么会有这么好的事呀!"

"那你去还是不去啊?"

我满脸堆笑地回答:"去!去!"天上突然掉下一顿大餐,一扫我之前的坏心情。

周末很快到了,我准备大吃一顿,所以早上出门前果断地穿上了宽松T恤和运动裤。

我兴冲冲地跑到之前通知集合的地方,可是看到那家餐厅门口写着"白银之河自助餐厅"几个字时,顿时傻眼了。

如果上面不是写着"餐厅"两个字,我一定会以为自己来到了宫殿。豪华的大门敞开着,两名英俊的侍者站在门的两边,从外面就能看到里面光可鉴人的大理石地板,一盏盏巨大的水晶吊灯隐约可见,同时,还有悠扬的钢琴声从里面飘出来。进这样的餐厅吃饭,可是我从来没有想过的。

正当我瞪大双眼看着眼前的餐厅时,班上的女生们也陆续来了,大家不约而同地穿着优雅的连衣裙,有几个女生甚至在外套里面穿上了小礼服,不少人还精心化了妆。

我的嘴角抽了抽,心想她们真的是来吃饭的吗?

"田菜菜同学,你以为你是来吃大排档的吗?"班花凌蕾走过我的身边,幽幽地说了一句,她身后的女生们顿时发出一阵哄笑声。

我看了看身上印着卡通图案的T恤,再看了一眼豪华优雅的餐厅,窘迫地想转身就走。

"不就是吃个饭,有必要搞得这么隆重吗?"一双有力的手拍了拍我的肩,随之响起的是罗雱丽的声音。

罗雱丽直来直往惯了,人缘又很好,班花也没说什么,拨了拨刘海走开了。

我指了指班上其他女生问罗雱丽:"她们这是怎么回事?"

"你连这都看不出来?"罗雱丽叹了一口气,说,"她们啊,可不是

为了吃饭才来的。"

"那是为了什么?"我问。

罗雳丽白了我一眼,说:"真笨,当然是为了那个转学生帅哥呀。"

"那个转学生到底帅到什么地步啊,让她们这么来劲?"我一开始以为只是罗雳丽形容得比较夸张而已,现在看到班上那些平时很傲气的女生都这么精心打扮,顿时来了兴趣。

"我记得开学那天,有同学在路上正好拿手机拍到了他,还发到微博上了。"罗雳丽拿出手机登录微博后扔给我,"看,班上的同学都转发了。"

我拿着手机一看,顿时傻眼了,照片上的男生穿着白色衬衫,拥有修长的双腿,精致的五官,还有玩世不恭的微笑……

这……这不是那个"富二代"吗?

帅哥、有钱、转学生!天哪,这么多相似的关键词,我怎么就没想到是他!

仔细一看照片,我更是觉得两眼发花。照片上,男生身边站一个穿校服的女生,因为光线不是很好,女生的脸看不太清楚,但是我一眼就认出来了,那不就是我吗?

我偷偷抬头看向罗雳丽,她似乎并没觉得有什么不对劲,诧异地看着我说:"就算人家真的很帅,你的眼睛也不用瞪那么大吧?"

我干笑着,暗自庆幸罗雳丽没有认出那个女生就是我。可是,如果那个转校生就是撞倒我的"富二代",那他不是一眼就能认出我?我想起自己把钱甩到他脸上的事,背上不禁升起一股凉意。我下意识地往罗雳丽身后躲,连吃大餐的心情也没有了,只想着怎么逃跑比较快。

就在我转身时,一个身材高挑的男生走了过来。

"对不起,让各位久等了。"带着微微笑意的声音传来,让我顿时僵住了。

真的是他!

毫不知情的罗雳丽拉着我就往餐厅里面走:"菜菜,别站在那发愣了,我们进去吧。"

我被罗雳丽拉着,逃跑已经不是明智之举了,只得在心里祈祷着:不要认出我!不要认出我!

"田菜菜,嘴里念叨什么咒语呢?"罗雳丽转头看着我。

我还没来得及回应,一个声音就插了进来:"是你啊。"

顿时血液似乎凝固了,我只得尴尬地转过头,对那个家伙"嘿嘿"地傻笑。

站在面前的果然是那个恶魔,他今天穿了一件浅米色的衬衣,外面套了一件类似日式制服的藏蓝色小西装,像极了《求婚大作战》里那个迷死人的山下智久。

恶魔微笑地看着我说:"没想到这么快我们又见面了,你说我们是不是很有缘,竟然在同一个班。"

但怎么看,我都觉得那样的微笑是不怀好意的。

"是啊,真是人生何处不相逢啊。"我尴尬地笑着说。

那个家伙也微微一笑:"进去再说吧。"他很自然地站在我的身边,将我领进去。

这算什么,鸿门宴吗?我心中暗叫"不好"。

他将我们带到最里面的位子。很明显这个餐厅今天已经被他整个包了下来,他招呼大家坐好后竟然一屁股坐在了我身边,满脸笑容地看着我和罗霈丽。

而其他人都诧异于那个家伙对我的特别照顾,齐刷刷地把目光投了过来。

"怎么,你们认识?"罗霈丽果然不放过任何一个八卦的机会。

"是啊。"恶魔眯起眼睛看看我,"说起来,那天差点撞到你真是对不起,不知道现在怒气消了没有,能接受我的道歉了吗?"

罗霈丽眼里闪过一丝惊愕,大呼出声:"啊!他就是被你甩了两百块钱的那个'富二代'呀?"意识到自己太大声,罗霈丽说完立刻捂住了嘴。

即便是修养再好的人听到这样的评价都笑不出来了吧,果然恶魔的嘴角抽了抽,笑容变得无比尴尬。

刚刚罗霈丽的喊声太大,使得整个餐厅顿时安静下来,所有人都往我们这边看过来。

恶魔并不在意那些目光,眉毛向上一挑,突然凑近我,邪气地笑了笑说:"我想那只是个误会,你说呢?"

因为他这个暧昧的动作,我明显感受到了一道道因为嫉妒而恨不得将我射穿的目光。

"你不是说撞你的那个人很恶心吗？"罗雳丽凑到我耳边，又冷不丁地加了一句。

我在桌底下用力踢了罗雳丽一脚，为了自己不被那些目光射穿，我急忙摆出一个大度的微笑说："哈哈，当然只是误会，我当时在气头上，是我脾气太冲了。"嘴上这么说，心里想的却是：对付你这种轻浮的"富二代"，把钱往你脸上甩算什么，我应该直接给你两脚才解气。

"哈哈，误会解开就好了。"恶魔笑吟吟地向我伸出一只手说，"还没自我介绍，你好，我叫尹浩。"

引号？我还逗号、句号、感叹号呢，取这么一个搞笑的名字真是白白浪费了一张这么好看的脸啊。我一边腹诽，一边微笑着说："你好，我叫田菜菜。"

"田……菜菜？"尹浩一下子愣住了，念着我的名字，眼睛突然一眨不眨地盯着我。

这是他第一次这样看我，之前总觉得他的目光无法停留在一个地方太久，即便是对那些漂亮的女生，他也只是一瞥而过。而此刻，我感觉到他落在我身上的目光几乎可以把我烫伤。

尹浩好像根本感觉不到其他女生哀怨的眼神，只是很认真地看着我，用那种把人一眼看穿看透的眼神看着我。但是很快，他的眼神变得有些模糊，虽然还是看着我，但是思绪似乎飘到了很远很远的地方。

我伸出双手在他眼前挥了挥，说："怎么了？"

尹浩回过神来，摇摇头说："没什么，只是觉得……"他低声说着，"好像遇到了一件十分有趣的事情。"

我有些莫名其妙地问："什么意思？"

"我只是觉得田菜菜这个名字实在是太有喜感了，哈哈。没想到现在还有人会取这样的名字。"尹浩突然笑了起来，又是那种邪气的笑容，让人不寒而栗。在我还没反应过来的时候，他便转身去招呼其他同学了。

听着他大声嘲笑我的名字，然后潇洒地走开，我努力克制住内心的火气才没有站起来对他破口大骂，只是在心里用最快的速度将他从头到脚诅咒了一遍。

罗雳丽看到我一脸怨恨的样子，无奈地拍了一下我的肩，说："别发呆了，快去吃东西吧。"

幸好这家餐厅的食物没有让我失望，很快，我的愤怒就因为那些美味

的食物而暂时被遗忘了。而另外一边,罗雾丽已经顺利地跟其他班的一些男生打成一片。这次聚会,尹浩不止邀请了我们班的同学,还邀请了很多外班的同学,那家伙是想拉拢整个年级的同学吗?

我拿了一块牛排,举起刀叉正准备享受美味的时候,陆陆续续有几个外班的女生走了过来。我有些不安,心里也大概猜到了她们的来意,手不由自主地颤抖起来,连刀叉也拿不稳了。气氛变得有些微妙,那些女生看着我的眼神充满敌意,让我不敢抬起头。

一个留着长卷发的美女指了指我,问另一个女生:"她……真的是纪严的女朋友吗?"

另一个女生压低声音说:"没错,就是她。"

她们一问一答,就当我完全不存在一般。

有个胆子大些的女生干脆直接问我:"你真的是学生会会长的女朋友?"

我最怕遇到这样的问题,如果我回答不是,连我自己都不相信我和纪严真的一点暧昧都没有,但如果我回答是,又会遭来无数质疑,这也是我不想要的。我踌躇着不知道该怎么回答。

我们班的班花凌蕾在这个时候突然走了过来,开口说:"我才不相信纪严会喜欢她呢。"

其他几个女生也附和道:"是呀,纪严那么优秀,又是公认的校草,还是学生会会长,他怎么会喜欢田菜菜这样成绩平平、相貌平平的女生呢?"

有个女生大声说:"哦,我知道了,肯定是她想尽办法缠着纪严,居然还在微博上称纪严是她家大神,真是不要脸。"

女生们点头议论着:"真看不出田菜菜是这么有手段的人。"

见此情形,我急忙说:"我没有,我和纪严……"话说到一半卡在喉咙里说不出来了,因为到现在为止,连我自己也不清楚,我和纪严到底算是什么关系。

空气瞬间凝固,女生们都不说话了,紧紧地盯着我。

我开始为自己的冲动感到后悔。此刻,我只感觉到那些女生对我的敌意更重了,渐渐地,她们在我身边围成一个圈。

一个女生气势汹汹地说:"你和纪严怎么样?说呀,说不出口了吧。"

这么多人围着我,就像我真的撒了一个弥天大谎,欺骗了她们所有人一样,非要把我逼得举手投降才肯罢休。我只觉得头昏脑涨,却不肯示弱地说:"我……我和他什么关系,为什么要告诉你们呀。"

"那你说,纪严真的向你表白过吗?"凌蕾问我。

不得不承认,纪严一次都没有对我说过直接明了的表白的话,所以犹豫了半天后,我摇了摇头。

女生们一阵哗然。

凌蕾轻蔑地一笑:"那你凭什么说你是纪严的女朋友?"

"是啊。"另一个女生紧接着说,"连表白都没有收到,你凭什么说自己是人家的女朋友呢?你的清白是不要紧,但毁了我们学生会会长的名誉,你担当得起吗?"

凌蕾突然喊了一声:"田菜菜。"她示意边上的那些女生不要说话,正视我道,"在我们看来,纪严是全校最优秀的男生。你不要怪我们直接,我只是想告诉你,我们觉得你配不上纪严。"

"配不上纪严"这五个字就像一把刀刺入了我的心脏。其实,我又何尝不是这样觉得呢?别说这些纪严的崇拜者们会怀疑,就连我自己都不敢相信。

"是啊,只有我们凌蕾这么漂亮优秀的女生才配得上纪严。"那些女生开始起哄。

我终于明白了她们的意图,她们根本就是来向我宣战的。

"我们这么说,其实是为你好。"凌蕾露出笑容,"或许纪严只是一时兴起,和你玩得比较好,你就误会他的意思了。一句表白都没有收到,你又怎么能肯定他喜欢你,想和你在一起?田菜菜,你说是不是?"

我没有力气也没有勇气再和她辩解。其实她们此刻问的这些话,我又何尝不想亲口问一问纪严呢?

"我猜,如果纪严此刻出现在这里,我们的疑惑就可以解开了,他一定会一本正经地告诉你——'我们只是朋友'。"凌蕾笑着说。

其他女生也哄笑起来。

"有这么好笑吗?"罗雳丽在这个时候突然出现,推开那些女生,走了过来。

"罗雳丽,你……"凌蕾看着罗雳丽,微微后退了一步。

罗雳丽看了看凌蕾,轻蔑地一笑:"就你这样的,卸了妆以后不见得

有人认识你。"

罗霁丽一句话就把凌蕾的气势压了下去,周围的女生都露出了愤怒的表情,罗霁丽却毫不示弱地看着凌蕾。

"你别以为……"凌蕾瞪大了眼睛。

"别以为什么?"罗霁丽步步紧逼,凌蕾又后退了一步,罗霁丽不屑地笑着说,"她们说你优秀,那你怎么当时没进学生会呢?有本事进学生会,靠你的美貌去勾引纪严试试啊。"

罗霁丽停顿了一下,继续道:"一口一个纪严,可是人家纪严……"罗霁丽看着凌蕾,挑衅地一笑,"他认识你吗?"

"哼。我们走着瞧。"凌蕾终于受不了罗霁丽的步步紧逼,跺了跺脚后带着那些女生离开了,临走还忍不住看了我几眼。

"瞧你那小媳妇样,什么时候能不被欺负。"罗霁丽皱着眉头不停地摇头。这时,她的手机突然响了起来,她看着屏幕上的来电号码,愣了半天才按下接听键。

"喂?"罗霁丽轻声说,几秒钟后她的表情仿佛凝固了,眼睛瞪得大大的,愣愣地看着我。罗霁丽从来都是以冷静和大胆著称,似乎没有任何事情能吓到她,此刻,她却那样惊讶地看着我。

几秒钟后,她脸上惊讶的神情慢慢消失,流露出笑意,她将手机递给我,说:"菜菜,找你的。"

"喂。"电话那头只传来了一个音节,却是无比熟悉的语气,清冷稳重,让听到的人整颗心都安定下来。

一瞬间,我感觉时间静止了,周围的嘈杂都不复存在,那些女生的冷嘲热讽、那个尹浩的阴冷笑容、那些男生的大声喧闹,都在一瞬间被这一个字压了下去。

"菜菜,我回来了。"

只是一句话,我感觉原本灰暗的世界顿时一片明亮。

"纪严。"我感觉心在剧烈地跳动,低低地应了一声。

"我刚到家,你现在在哪里?"

电话那头的声音平静而低沉,却在一瞬间让我感觉安定。

虽然只是短短的几句话却让我如梦初醒,真真实实地感受到了他的存在。太多的思念以及隐隐的不安和委屈一下子全部喷涌而出,我鼻子一酸,不由自主地有了想哭的冲动。

"菜菜,你在听吗?"那边的声音打断了我的思绪。

"纪……纪严,你……你怎么会突然打电话过来啊,你知不知道……"我终于反应过来,感觉有好多话想说,可是一开口脑子便乱了。

"难道你不希望我打电话过来?"纪严打断了我的话。

"没……没有。"生怕纪严误会我的意思,我急忙解释道,"只是……只是有些突然……"

"是这样啊,我还以为你随时都做好了接我电话的准备呢。"电话那头的纪严似乎笑了一下。

我急得说不出话来,心里闷闷地想:谁叫你出国这么久都不打电话给我,现在突然打电话来,我当然会震惊。

电话那头传来低低的笑声,纪严又转回了之前的话题:"你现在到底在哪里?"

"我在……在'白银之河自助餐厅',班上一个新同学请吃饭。你……"

纪严突然打断我:"新同学,谁呀?"

我愣了一下,回答道:"是前几天刚转学过来的……哦,他说他叫尹浩。"我还想问纪严到底是什么时候回来的,他却已经把电话挂了。

我对着电话一阵茫然,想了一会后突然意识到了一个问题:难道纪严要过来找我?

"怎么了?他说什么?"罗霏丽问我。

我将手机还给罗雳丽,整个人还沉浸在纪严刚才那句话中:"纪严没说什么,就是问我在哪里。"

我整个人都像飘在云端,直到罗雳丽问我:"纪严会不会过来呀?"

我突然反应过来,脸刷地一下烧了起来,整个人就像被雷击了一下,我摇头说:"不会的,他刚回来,怎么可能会来找我呢。"

"在想什么呢,这里的饭菜不可口吗?看你都没吃什么东西。"尹浩走过来坐在我身边,衬衫的袖子微微挽起,随意的样子却流露出高贵的气质,连我也不禁在心里暗自赞叹了一声。

我摇摇头说:"不是,这里的东西很好吃,只是有点别的事情……"

"哦?"尹浩饶有兴味地弯起嘴角,说,"想什么呢?该不会是想那位学生会会长吧。"

他怎么会知道?

我愣了一下,转头瞪了尹浩一眼。

尹浩的笑意更深了,他指了指不远处的几个女生说:"刚刚其他同学说你缠着学生会会长的话正好被我听到了。"

"我没有。"我大声否认。

"哦。"尹浩眼里闪过一道光,然后仿佛不经意地问,"那就是说,你真的是他女朋友?"

我正想回答,转念一想自己为什么要和这个讨厌的家伙解释这些事情,于是急忙闭嘴不再说话。

"看来的确是了。"尹浩点点头,然后站起身。

我以为他已经意兴阑珊准备离开了,可是他突然弯下腰,直接凑到我的脸前。我感觉只要他再近一点,我们的鼻尖便要碰在一起了。

他的动作那么突然,我完全来不及躲开,只能那样直直地瞪着他。

他盯着我的眼睛问:"听说,你的男朋友是全校最优秀的男生?"

尹浩身上散发出来的那股危险气息让我觉得背上一阵发凉,下意识地往后靠了靠。

就在这个时候,不知是谁大喊了一声:"快看,那不是纪严吗?"餐厅里所有人都停下手上的动作,把目光同时投向转角处。

一个身材修长的男生从转角处走了出来,伴随着餐厅里悠扬的钢琴声

停下脚步。他风度翩翩地站在那里,头顶昏黄的灯光流泻下来,让他的半张脸隐在阴影里。

几秒之后,终于有女生惊讶地叫出了他的名字:"纪……纪严。"

"咦?他什么时候从国外回来的?"人们开始窃窃私语。

纪严站在那里,高大的身影修长挺拔,嘴角依旧微微上扬,整个人儒雅干净得就像是从画中走出来的。他只是静静地站在那里,一句话都没说,但那种自然散发出来的闪耀光芒让周围的一切都显得黯然失色。

有女生拿出手机对着纪严悄悄地按着拍照键,但更多的女生只是一动不动地看着纪严,就像是痴了一般。

有餐厅的侍者从纪严身边走过,竟也忍不住停下来打量这个突然出现的男生。

我没有开口呼唤他,只是呆呆地看着他,一个月没有见面,此刻积蓄已久的思念喷涌而出,我想立刻跑过去拥抱他,想大声喊他的名字,那声呼唤却卡在了喉咙里。

"纪……"我喊出了第一个字,却觉得自己的声音竟然带着哽咽。

与此同时,他把目光投向我这个方向,脸上露出冷冷的笑。直觉告诉我,那样的笑容意味着他在生气。

我愣了一下,才恍然发现自己和尹浩竟然离得这么近,急忙伸手想推开尹浩。

可是尹浩并不急着和我撇清关系,只是看着不远处的那个身影,目光深邃,脸上的表情像是突然换了一个人。

我皱着眉对尹浩说:"不要靠我这么近。"接着用力推开了他。

尹浩看了看我,又转头看了看纪严,嘴角一弯,说:"真是越来越有意思了。"他拨了拨自己有些长的刘海,用一种奇怪的眼神看着纪严,那种眼神带着好奇,同时隐藏着很多复杂的情绪。但只是片刻,笑容再次洋溢在他的脸上。

似乎注意到了我的目光,尹浩转头看着我,微微眯起眼睛,指着朝我这边走过来的纪严问:"看你那么紧张,要不要我帮你去和他解释一下?"

我愣了一下才反应过来,快速地摇头说:"不……不需要。你不知道

解释就是掩饰吗?"

尹浩耸耸肩,微微上扬的嘴角带着坏坏的笑意,却透着一种邪邪的帅气。他没有回答我的话,只是迎着纪严走过去。

"好久不见呀,纪严。"尹浩大笑着,身上的阴冷气息瞬间消逝,像久违的老朋友一样向纪严伸出了右手。

"啊。"

人群中爆发出惊呼声,学校的传奇人物纪严和新转来的美男尹浩竟然早就认识,而且看上去是很熟络的朋友!

"好久不见。"纪严也伸出手,却只是象征性地握了一下尹浩的手,与尹浩的热情相反,纪严的话语中满是冷漠,眼神中也透着疏离。

尹浩却像没有察觉到这些一样,伸手拍了拍纪严的肩膀说:"真是的,这么久不见,你怎么还是这么冷淡……"

"啪。"

纪严拍开尹浩的手,从他的身边直接走了过去。

尹浩尴尬地站在那里,片刻后转身看着纪严的背影耸了耸肩,无奈地摇头笑了一下。

纪严径直朝我走了过来,脸上并没有任何表情。

而我的心跳随着他的走近愈加剧烈了。

我想露出灿烂的微笑,于是努力扬起嘴角,而罗雾丽冷不丁地对我说:"菜菜,你做鬼脸干什么?"

我抬起头看到纪严直视过来的目光,立刻低头躲开。我在怕什么?我摸了摸自己发烫的脸庞,兀自纳闷。

女生们又是一阵骚动,每个人都下意识地整理了一下衣服,甚至有几个还偷偷拿出镜子忙着补妆。

只有我茫然不知所措,不知道该用怎样的表情、怎样的姿态去迎接突然到来的纪严。

"好帅啊。"他走过的地方响起这样的赞叹声。

"纪严不是出国当交换留学生了吗?现在怎么突然出现在这里呀?"有女生不解地问。

经过的纪严听到了这句话,转头微笑地看着那些满脸疑惑的女生,用

温柔但整个餐厅的人都能听到的声音回答:"我来找人。"

我感觉脸刷地一下变得火辣辣的。

纪严走过来,拉开我面前的位子,直接坐了下来,眼睛直视着我。我也愣愣地看向他。

"田菜菜,你的手机为什么一直打不通?"纪严的语气中有一丝怒意。

"我的手……手机摔坏了。"我被纪严的语气吓了一跳,急忙解释道,"昨天才拿去修的。"说完我朝尹浩狠狠地瞪了一眼,在心里默默地加了一句:就是那个家伙害的。

可是尹浩完全没有理会我,他拿着一杯果汁轻轻地啜了一口,若有所思地看着我们这边。

"纪严。"一个甜甜的声音突然传来。

我抬头望去,是我们班的班花凌蕾,她身边是刚才那些打扮得很漂亮的女生。

"要来这边坐吗?我们在玩国王游戏,正愁人数不够,不好玩呢。"凌蕾看着纪严笑得很甜美,甜腻的声音让我不禁打了一个寒战,但是不得不承认,一般的男生看到这样笑容甜美的女生肯定是不会拒绝的。这么一想,我心里难免涌起一阵失落感。

"是啊。过来一起玩吧。"凌蕾旁边的那些女生也跟着喊道。

那些女生今天都穿得很漂亮,尤其是凌蕾,站在那里就像是被众多嫔妃包围的女王一样。

我看着自己身上宽大的T恤,心中莫名地升起一股沮丧。

"不好意思。"纪严冲那些女生微微一笑,又转头看着我说,"我是来找菜菜的,她的手机从昨天开始就一直打不通,我还以为她出了什么事。"

空气仿佛随着纪严的这句话凝固了,所有人都不再说话,凌蕾尴尬地站在那里,脸上的笑容有些挂不住了。

"纪严,我们凌蕾有话想和你说。"一个女生忍不住开口说。

纪严看了那女生一眼,用冷冷的声音问:"谁是凌蕾?"

凌蕾刚刚还挂着笑容的脸瞬间垮了下来,她出声道:"是我。"

纪严转头看着凌蕾,客气地笑了笑,说:"凌蕾,不好意思,我现在有话要对菜菜说,有什么事可以下次再说吗?"

纪严温柔但强硬的语气让气氛更加尴尬,凌蕾红着脸坐下了,那些女生有的想说什么可是张了张嘴最后还是无奈地坐下了。

我感觉心中暖暖的,沮丧一扫而空。

即便在几分钟前,我还像一只被她们嘲笑的丑小鸭,可此刻我就像是终于被王子发现的灰姑娘般扬眉吐气。

我能感受到一些充满羡慕的目光,终于勇敢地抬起了原本一直低着的头,她们打扮得再漂亮又有什么用呢,我家大神才不在乎那些呢。我暗自得意起来。

最后还是尹浩打破了有些尴尬的气氛,他走过来拍了拍纪严的肩,说:"既然你都来了,不如留下来一起吃饭吧。"

纪严没有理会尹浩,而是直接拍开尹浩的手,然后站了起来,拉起我的手,说:"不了,我和菜菜还有些事情,我们先走了。"他的语气依旧那样强硬。

在这么多人的面前,纪严一把将我拉了起来,朝门口走去。

我知道此刻餐厅里的女生看我的目光一定带着杀气,不由得又默默地垂下头。

"喂。"尹浩追了上来,将手按在了纪严的肩膀上。

纪严停下了脚步,却没有回头。

"这么久没见面,说会儿话都嫌麻烦吗?"尹浩轻轻地说。

纪严伸手将尹浩的手拍开:"我还有事情,下次吧。"

"还是一如既往的冷淡啊。"尹浩无所谓地笑了笑,"不过,你别得意太久,迟早有一天我会超过你的。"

"等到了那天再说。"纪严冷冷哼了一声,拉着我继续朝门口走去。

餐厅里再度陷入沉寂,每个人都小心翼翼地看着尹浩,不知道这个骄傲邪气的王子究竟会做出怎样的反应。

我被纪严拉着走出去的时候,不禁好奇地转头看了尹浩一眼。

出乎意料的是,尹浩脸上没有一点怒气,只是闪过一丝诧异,看到我

转过头,他冲我微微举杯,满脸都是耐人寻味的笑,长长的刘海垂下来遮住了一只眼睛,让我看不清他此刻真实的表情。

纪严拉着我走出餐厅后就招手拦了一辆出租车。

坐在车里,我有些忐忑地问:"去哪里呀?"

"去吃饭。"纪严关上车门,转头冲我直截了当地说。

"嗯。"我低低地应了一声,不知道该说什么。

纪严突然问道:"你跟那个尹浩很熟吗?"

"我跟那个家伙根本不熟!"我急忙反驳。

"不熟?"纪严眯起眼睛看着我沉声说,"哦,刚刚看你那样,我还以为你们很熟呢。"

"啊!那个……"我想起了刚刚和尹浩的亲密距离,看来纪严注意到了,"那是意外……"我支支吾吾了半天却说不出个所以然来。

最后,纪严挥挥手打断我,岔开话题:"行了,我饿了,先去吃饭。"

我点点头,想了一下说:"你之前说要去一个月,我还以为你下星期才回国。"其实这些天,我每一天都是数着过的,没有一点他的消息,觉得每一天都无比漫长。

听完我的这句话,纪严看着窗外,仿佛并不在意地说:"本来是要一个月的,可是我提前完成了学习任务,就提前回国了。"

学习任务?我突然想起那天在微博上流传的照片,急忙夸赞道:"对了,前几天我在微博上看到会长比赛得奖的照片了,会长无论在哪里都那么厉害。"

"比赛?"纪严想了一下后恍然大悟道,"哦,你说那个啊。说起来因为那个比赛,我还获得了一笔奖金。"

"奖金?"

纪严看着我挑了挑眉,继续道:"是啊。本来我想如果你表现好,就用那笔奖金买个礼物奖励你。"

礼物?

我顿时眼睛一亮,但立刻将自己激动的情绪掩饰起来,在心里告诉自己要镇定,随即摆出一脸谄媚的表情,讨好地说:"会长,我不要什么礼

物。只要会长你人回来,我就很开心啦!"

"哦?你确定什么礼物都不想要?"纪严微微一笑,眯起眼睛扭头看着我,语气中充满诱惑。

我眨了眨眼,用力点了点头。

"那好吧,如你所愿。"纪严突然伸手摸了摸我的头。

啊!我听到了内心剧烈的吼叫声,什么叫"那好吧",我想要的并不是这样的结果,本来想在纪严被我哄得心花怒放的时候,趁机要求他送我一部智能手机。自从迷上玩微博之后,我已经越来越嫌弃那部旧手机了,刚才听到"礼物"二字我便仿佛看到了新手机的影子,但是纪严一句"那好吧"就这么轻易地敷衍了过去。

我不甘心啊!

我开始拐弯抹角地说起自己想要手机的愿望。

我装作很随意的样子说:"会长,我觉得微博就是好啊,要不是有微博,我都不知道你获奖了呢。"

纪严转过头,看了我一眼,轻轻一笑,那笑容让我感觉自己的那些小心思似乎一下就被聪明的纪严看穿了。我有些心虚地低下头,但嘴里还是继续念叨着:"可惜我的手机太落后了,不能随时发图片,还经常死机,浏览网页的速度又慢……"

在听我滔滔不绝地把自己的手机有多差形容了一遍后,纪严淡淡地说:"你以前不是一直把偷菜当成你的人生寄托吗?"

"可……可是……"我顿时语塞,纪严总是有能力让我一句话也说不出来。

纪严语重心长地说:"微博是很方便,只要不超过规定的字数,你想写什么都行,可是你真正想表达的东西,别人不见得能明白。只求速度不求内涵就像吃快餐一样,没有任何营养。"说完,他伸手捏了捏我的脸,教训了一句,"你的爱好就跟你的人一样,老爱吃垃圾食品。"

"什么啊。"我不满地嘟了嘟嘴,想了想后又问他,"那你说,什么是有营养的东西呀?"

纪严并不回答,只是笑着冲我这边的窗外指了指。

我好奇地转过头,却发现窗外除了川流不息的车辆,什么东西也没

有,于是疑惑地转过头,问:"会长,我什么都……"

当我转过头的一瞬间,纪严突然吻住了我的唇。

四目相对,一开始的震惊瞬间就因为纪严眼眸里的温柔消散,那一秒,我心里的花朵肆意地盛放。

近距离看着纪严的脸,依旧是那样完美,毫无瑕疵。感觉到他如此靠近自己,心中有一股暖暖的情绪慢慢荡漾开来。心像是飘到了很远很远的地方,在只有快乐温暖的草原上跳跃着。

周围的一切仿佛都不复存在,世界上仿佛只剩下我和纪严两个人。幸福安定的感觉中,我这一个月来漫长的思念和诸多的埋怨,还有刚才在餐厅里那一刻的惊讶和感动都涌上了心头,所有的情绪都在这一刻转变为最简单的情意,我鼻子一酸,差点落下泪来。

你知不知道,这一个月来没有和你联系,我的日子多么难熬?

你知不知道,因为与你有关的一句话,我在微博上被多少人骂?

你知不知道,你突然出现在我面前的时候,我有多高兴?

你知不知道,你刚才在所有质疑我的女生面前说你只想找我,我有多么感动?

纪严啊,你真是让人又爱又恨的恶魔。

许久之后,我睁开眼,看着纪严眼眸里能将人融化的温柔,感觉脸像火烧一般发烫。

如纪严所说,这真的是最有营养的东西啊,只是一个吻,却能治愈所有的悲伤。

"这样才有营养吧。"纪严坏坏地笑了起来。

我摸着滚烫的脸,竟然呆呆地点了点头,点完头后又反应过来,纪严只用了一个吻就让我所有的不满在片刻间烟消云散了。田菜菜啊田菜菜,你可真没出息。

感受着心脏的剧烈跳动,我不好意思地看向窗外。

还好很快就到了吃饭的地方,之前在餐厅里我本来想大吃一顿却因为各种原因最后没吃什么,这个时候早就饿得肚子咕咕叫了。

纪严拉起我的手往饭店里走去。

此时,我的羞涩已经被对食物的渴望完全替代了,刚刚坐定,我就拿起菜单对服务员叫道:"我要这个,这个,还有这个,再加一个蛋糕吧!"

"还是跟以前一样,爱吃些乱七八糟的东西。"纪严微微皱着眉头,看着我以极快的速度从一个娇羞的少女变成一个好吃的大胃女。

"乱七八糟的东西才有营养。"我满意地合上菜单,对服务员微笑了一下。

纪严听我说完这句话,突然把脸凑了过来。

难道他又要吻我?

我下意识地闭上了眼睛,耳边却传来他幽幽的声音:"我听展思扬说,你很久没在学生会出现了?"

展思扬是学生会副会长,自从纪严出国交流后就一直暂代会长职务,以前我作为会长助理的时候一直被纪严欺压,换了展思扬后我就像脱缰的野马完全自由了,几乎没在学生会出现过。听到纪严的这句话,一阵凉意顿时从背上袭来,我打了个寒战,赶紧承认错误:"会长,我错了!我最近太忙了!"

纪严咧嘴一笑,挑眉道:"你?太忙了?"他摆弄着手中的筷子,问,"那么,田菜菜同学,请问你在忙什么?"

我支支吾吾地说:"忙着……忙着……"

纪严伸手抬起我的下巴,笑眯眯地看着我:"乖,不要弄得好像我在威胁你一样。不管你之前在忙什么,既然我回来了,你自然要开始忙学生会的事情。"

看着纪严的眼神,我急忙点了点头。听到"学生会"三个字,我就忍不住想抓狂。回想起过去那段给纪严做助理的日子,每天跑动跑西,搬东西运货的,真是一想到就心寒啊。

纪严故作无奈地耸耸肩说:"我刚回来,老师就打电话来给我安排了任务——交一份下个月的国庆晚会策划和一份著名校友资料集。还好,我记得我有一个助理,是吧?"纪严微笑地看着我,"我看了最近几个月学生会的任务,好像还挺多的。"

我急忙低下头。

纪严喝了一口水,突然笑起来,说:"之前你偷懒的事情,我可以不

追究。"

我激动地抬起头看着纪严说:"会长,你真是善解人意呀。"

"不过,"纪严突然收起了笑容,"如果你再不乖乖工作,就全部给我补回来!"

我没敢回话,只是不停地点头。

我突然醒悟过来,想在话语上占纪严的便宜,那根本是不可能的事,我还是一言不发地乖乖听话吧。

菜很快上来了,我早就饿得肚子咕咕叫了,夹了菜就大口吃起来,压根儿顾不上有没有形象可言。

"今天真是便宜了那个尹浩,本来还想好好敲诈他一顿的。"我一边吃一边嘟囔道。

听到我这句话,纪严停下了手中的筷子,冷冷地问:"你和尹浩很熟?"

"熟?"我微微一愣,没好气地说,"别提了,一想到那个家伙我就气不打一处来,谁要和他熟!"

纪严抬头看了我一眼,看似不经意地问:"哦?是什么事让你这么愤怒?"他的表情依旧冷冷的。

想到尹浩吊儿郎当的样子,我一边嚼着饭一边愤愤不平地诉说了我最近的倒霉情况,从差点被车撞死到尹浩自以为是地要给我钱,以及我怎样潇洒地将钱甩到他脸上的场景都绘声绘色地描述了一遍,当然,我又拐弯抹角地提到了自己的手机也在当时"光荣就义"的事。

纪严一句话也没说,只是用手撑着脑袋看着我,有时会微微皱一下眉头,有时会默许地点点头,但更多的时候只是一副认真倾听的样子。

纪严只是静静地听着,让我恍惚中有了一种错觉——他其实根本没有在听我说什么,只是一直在看我。

这个想法让我的脸忍不住微微发烫。

我发现旁边几桌的女生正盯着纪严窃窃私语。

好看的男生不管到哪里都是这么引人注意啊。我突然停下不再说话,看着纪严。

"怎么不说了?"静默几秒后,纪严终于回过神来。

"说完了。他就是个不可救药的'富二代'。"我点点头,以这样一个完美的定义结束了我的控诉。

纪严若有所思地点点头"哦"了一声,并没有发表什么观点。

差不多吃饱的时候,我不停地用筷子挑动盘子里的虾仁,已经好久没有和纪严一起吃饭了,这么快结束有一种舍不得的感觉。我抬头看向纪严,发现他已经拿起纸巾擦嘴。

我刚想开口讲话,纪严的手机突然响了。他拿起手机,看了看来电号码,微微皱起了眉头,并没有直接按接听键,而是将自己的钱包扔过来对我说:"你结一下账,我去接个电话。"

纪严说完就准备起身。

什么电话一定要躲着我接听?我记得以前从来没有出现过这样的情形,纪严在我面前从来都是坦坦荡荡的,无论什么电话、什么事都不会避开我,这次是怎么了?

纪严起身的时候按下了接听键,在他转身走开的瞬间,我隐隐约约听到了从电话那头传来的声音。

那是一个无比甜美的女声,带着一丝撒娇的味道,虽然我听得并不清晰,却依稀觉得不是自己认识的女生。

此刻纪严已经走到了一边,对着电话眉宇飞扬地说着什么,或许是自己的小心思在作祟吧,我总觉得纪严接电话时的神情有些不寻常。

是在这一个月里认识的女生吗?还是之前的好朋友?我开始胡思乱想,之前的那种不安感又涌了上来。

纪严此刻就像是遇到知己一般,与电话那头的人相谈甚欢。为什么和我在一起的时候,他从来没有露出那样的表情呢?我低下头,努力不去看他,想让自己的心安定下来。

"服务员,结账。"我努力克制自己的情绪,转移注意力。

很快纪严挂断电话回来了,语气却有些着急:"我有些事情得先回去了。"

"这么快就要回去了?"我有些不甘心地问。

"嗯。"纪严拉起我走了出去,在门口给我拦了一辆出租车,在我准备上车的时候,又突然拉住了我。

"怎么了?"我问。

"菜菜。"纪严的语气带着从未有过的严肃,停顿片刻后,他直视着我的眼睛,让我感觉到一丝寒意。

是什么样的事让纪严如此重视呢?我记得即便是在开学宣誓的时候,他都没有用过这样郑重其事的语气说话,而这一刻,他几乎是一字一顿地说:"菜菜,不要接近那个叫尹浩的家伙。"

夏雪缘的五星级幸福餐单

纯爱偶像剧公主 夏雪缘 爆发超强小宇宙，
倾心制作超诱人文字饕餮，带你一同感受，爱情的酸甜苦辣！

【幸福の料理一】
《消失的海蓝星》

色泽：

口感： 微酸。

配料：

纪星海——二十岁，蓝星集团继承人，星城学院学生会长，身高一百八十六厘米，拥有俊帅的外形，聪明的头脑。老师眼中的优秀学生，学生心中的偶像。

蓝静宸——女，十八岁，身高一百六十五厘米，长发飘飘，五官精致。在孤儿院长大，个性如杂草般顽强。

柏恩杰——男，二十四岁，星城警察厅高级督察，身高一百八十厘米，剑眉星目，俊朗不凡。

丁小柔（叮叮）——女，十八岁，身高一百六十三厘米，富家千金，长相甜美，个性爽朗。

菜品描述：

她是被遗弃在孤儿院的顽强少女，为寻找家人孤身奋进。

他是含着金汤匙长大的财团少爷、人人羡慕的完美王子。

一场车祸，他因她而失去了挚爱，从此，他将所有罪责都加诸在她身上，处处刁难。她奋起反抗，而一次次的交战和反击，将两人紧紧联系在了一起。

一枚海蓝之星，引出一段错位人生。二十年前的偷龙转凤，二十年后的爱恨纠葛，如今，他们该何去何从？

评分： ★★★★☆

【幸福の料理二】
《一切从相遇开始》

色泽：

口感： 微甜。

配料：

洛铃星——喜欢淡紫色，尤其是淡紫色的裙子。清秀的长相，不是很漂亮，但特别耐看，属于第二眼美女。

尹灼彦——喜欢金色跟黑色。喜欢穿T恤、修身的牛仔裤、三叶草的运动鞋。轮廓分明，眼睛如同黑色的玛瑙一样，右耳处有一颗钻石耳钉，嘴唇厚薄适中，很适合接吻。他外表冷漠，其实爱憎分明，一旦爱了，就会全心全意，将最真实的自己袒露出来。

慕骅——优雅贵公子，衣着比较讲究，长相俊美，为人温和，是谦谦君子、温润如玉的类型。他一直都有贵族似的高贵，如和煦的风一样。

牧小西——活泼可爱的女孩子，学习成绩一般，家境不错，善良，讲义气。

菜品描述：

只因为一次偶然的相遇，洛铃星的心里从此有了他的影子，而再次相逢，她勇敢地伸出手，想要抓住这段缘分。外表冷漠、有伤痛的过往？没有关系，她会用自己的乐观与坚强融化掉他的冷漠。因为她知道，掩藏在他冷漠的面具下的，是一颗赤子之心。可是，他在冲动的时候狠狠地伤害了她，她也因为跌落台阶暂时失去了记忆。

当一切都结束的时候，他为了她成为明星，只属于她一个人的明星。带着歉意回来的他，还能否得到她的心？而那个一直默默爱着她的慕骅，又该何去何从？

评分： ★★★★☆

【幸福の料理三】
《刻在星星上的我们》

色泽：

口感： 微苦。

配料：

珍彩——明星助理。家庭普通，长相可爱，爱恨分明到固执的程度，无法对欺骗释怀。从小就怀揣着"王子和公主最终会幸福地在一起"的梦想，相信初恋情人会是自己命中注定的王子。

佑贤——明星，天生魅力无边，沉着稳重，重感情，擅长唱歌与表演。

夏哲——明星，"午夜明星"选秀比赛出身。富有正义感，心细，善良，为人直率。

闵娴娜——看似长在糖果城堡里的公主，其实有颗破碎而敏感的心。六岁时因为自己强烈要求去迪士尼玩，结果遭遇严重车祸，双亲去世，从此对汽车、黑暗十分恐惧。

菜品描述：

一场纠葛的误会，一次没有任何解释的离散，一个慢慢退出生活的人。

珍彩在演艺圈里跌跌撞撞，只为能找到佑贤，询问当年分手的原因。

曾以为一切都只是因为不爱了，但越是靠近，越发现真相的无可奈何。

两个人有时候不是互相爱着就能够一直走到永远的。那些说过的誓言，那些对着流星许过的心愿，要有多强烈的爱，要有多大的勇气才能够坚持呢？

评分： ★★★★☆

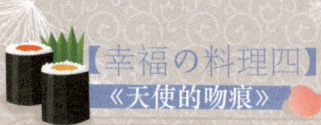

【幸福の料理四】
《天使的吻痕》

色泽：

口感： 微辣。

配料：

南梦研——格致学院学生，清秀可人，性格率真开朗。

元星熙——格致学院的转学生，英俊帅气，个性冷漠，曾经因为额头上的胎记有轻度的自闭。

楚天浩——长昇学院学生，温柔体贴，俊美帅气，是梦研心中最值得信赖的人。

蓝琪儿——校花，相貌漂亮高挑，个性骄傲跋扈、自私霸道。

菜品描述：

　　她在他的额头留下轻轻一吻，对他说：这是天使留下的吻痕。当她被人收养领走的时候，他伸出手指和她隔空约定，一定会去找她。多年后，他终于找到她，她身边却已经有了忠诚的护花使者……面对曾经刻骨铭心的美好，和现在得之不易的幸福，她该怎么抉择？

评分： ★★★★☆

纯爱言情偶像剧公主——夏雪缘

用最细腻的文笔、最催人泪下的故事,邀你进入属于她的纯爱王国。

蓝静宸,用她的坚强告诉你,
爱是坚定,是不顾一切,是手心唯一能够紧握的星光。

纪星海,用他的霸道告诉你,
如果你真的爱上一个人,那就像一个男人一样为她战斗吧!

柏恩杰,用他的守护告诉你,
即使不言不语也会有美好的风景,爱是永远的支持和等待。

丁小柔,用她的可爱告诉你,
为朋友两肋插刀,对朋友不离不弃,最终一定会拥有幸福。

> 不停挣扎的执著,日益深厚的仇恨,渐渐萌芽的爱情。
> 这是一场纠葛的两人追逐,也是一场盛大的交换命运大戏。

比《千山暮雪》更加牵动人心、复杂纠葛的爱情童话——
《消失的海蓝星》,告诉你,为爱勇敢!

如果所有的爱最终只能化为泡沫,
你还会不会执子之手永远不放?
如果那罂粟般的仇恨转换成为爱,
你是否会敞开胸膛坦然接受?

当幸福来敲门,你能否勇敢接受邀请函?
若命运不公,让你吃尽苦头,你是否依然会绽放笑颜?

夏雪缘：寻找"最美最特别的印记"！

传说中，身体上的胎记，其实是前世留下来的，
每一块不同的伤痕背后，都有一种寓意，
也许是关于爱的记号，
或者，也许是恨的印记……

一块樱花形状的胎记，一个善意温柔的吻，一次震撼心灵的交流，他们的命运从此开始纠缠……
当他和她隔着空气勾起手指约定，她转身离去，而他，开始踏上了寻找真爱的漫漫旅途！

然而，命运的安排，总是那么出其不意。
他终于找到她，她也认出了他，但他们中间已经隔着一道厚厚的屏障——收养她的养父母的儿子，她名义上的哥哥，居然在朝夕相处中不知不觉被她吸引，深深地爱上了她！

如果她选择爱情，势必会伤害自己一直敬重的哥哥，
她所珍视的家和亲情可能会再度失去……

她该怎么办？
一边是期待已久的心爱的人，
一边是无法割舍的亲密家人，
无论选择哪一边，她都会痛彻心扉……

2012年最纯洁、最缠绵的忧伤之爱：《天使的吻痕》
绝对值得期待和拥有！

Happiness food
幸福の料理

暖暖的文字,让幸福蔓延,舌尖微甜……

Happiness food
幸福の料理

暖暖的文字,让幸福蔓延,舌尖微甜……

Happiness food
幸福の料理

Happiness food
幸福の料理

Happiness food
幸福の料理

Happiness food
幸福の料理

Happiness food
幸福の料理

书名	作者	排名
爱的交换蜜语	喵哆哆	1
叮，这是你的愿望啊	草莓多	2
刻在星星上的我们	夏雪缘	3
我的男友是只猪	西小洛	4
诱捕花男甜心计	童以若	5
蜜恋假面派	宅小花	6
女声蜜乐团	FAN小妖	7
梨涡少女糖衣恋	西小洛	8
妖精的恋爱法则	陆慢慢	9
暗王子联盟之天使降临	极光	10

慕夏发力，《逆光·咫尺》全国销量突破**4万**册！

不可思议大进步！逆光粉，你们在哪里？慕夏哥哥对你们说：6万逆光粉，我爱你们哦！

注：号外！号外！
3月加货王是谁？

《真的是王子哟》艾可乐开年大作，现已全国加货超1万！
5万销量很有可能哦！可乐粉，为了某叔和某人的结合，奋斗啊！

更多消息和八卦请登录魅丽优品官方网站：www.merry520.com
或者登录新浪微博@魅丽优品 @妮时代杂志

纯爱偶像剧公主夏雪缘爆发超强小宇宙，
倾心制作超诱人文字飨宴，
带你一同感受，
爱情的酸甜苦辣！

插画：元小青
魅丽优品投稿专用信箱：merry_young@126.com
魅丽优品官方网站：www.merry520.com
邮购电话：0731-84887200转666
魅丽优品官方QQ：980103911

Merry Product ©SOL.Bianca Creation works

随书附赠　不另出售